親愛的公主病

My Little Princess

追愛系女王
瑪琪朵 著

你，可以不是王子，
但一定要把我當公主！

出・版・緣・起

三百六十度全媒體出版

城邦原創創辦人　何飛鵬

當數位變革浪潮風起雲湧之際，做為一個紙本出版人，我就開始預想會不會有數位原生內容出版社出現？如果會的話，數位原生出版會以什麼樣貌出現？而我又將如何面對這種數位原生出版行為？

就在這個時候，我看到了大陸的起點網，這個線上創作平台，聚集了無數的寫手，形成數量龐大的創作內容，無數的素人作家在此找到了夢許之地，也成就了一個創作與閱讀的交流平台，而手機付費閱讀的習慣養成，更讓起點網成為全世界獨一無二、有生意模式的創作閱讀平台。

基於這樣的想像，我們決定在繁體中文世界打造另一個線上創作平台，這就是POPO原創網誕生的背景。

做為一個後進者，再加上我們源自紙本出版工作者，因此我們在POPO上增加了許多的新功能，除了必備的創作機制之外，專業編輯的協助必不可少，因此我們保留了實體出版的編輯角色，讓有心成為專業作家的人，能夠得到編輯的協助，我們會觀察寫作者的內容、進度，選擇有潛力的創作者，給予意見，並在正式收費出版之前，進行最終的包裝，並適當的加入行銷概念，讓讀者能快速認識作者與作品。

這就是POPO原創平台，一個集全素人創作、編輯、公開發行、閱讀、收費與互動的一條龍全數位的價值鏈。

經過這些年的實驗之後，POPO已成功的培養出一些線上原創作者，也擁有部分對新生事物好奇的讀者，不過我們也看到其中的不足—我們並未提供紙本出版服務。眞實世界中，仍有許多作家用紙寫作，還有更多讀者習慣紙本閱讀，如果我們只提供線上服務，似乎仍有缺憾。

爲此我們決定拼上最後一塊全媒體出版的拼圖，爲創作者再提供紙本出版的服務，讓所有在線上創作的作家、作品，有機會用紙本媒介與讀者溝通，這是POPO原創紙本出版品的由來。

如果說線上創作是無門檻的出版行爲，而紙本則有門檻的限制，線上世界寫作只要有心，就能上網、就可露出，就有人會閱讀，沒有印刷成本的門檻限制。可是回到紙本，門檻限制依舊在。因此，我們會針對POPO原創網上適合紙本出版的作品，提供紙本出版的服務，我們無法讓所有線上作品都有線下紙本出版品，但我們開啓一種可能，也讓POPO原創網完成了「三百六十度全媒體出版」的完整產業及閱讀鏈。

不過我們的紙本出版服務，與線下出版社仍有不同，我們提供了不同規格的紙本出版服務：（一）符合紙本出版規格的大眾出版品，門檻在三千本以上。（二）印刷規格在五百到二千本之間的試驗型出版品。（三）五百本以下，少量的限量出版品。

梁。

我們的宗旨是：「替作者圓夢，替讀者服務」，在作者與讀者之間搭起一座無障礙橋梁。

我們的信念是：「一日出版人，終生出版人」、「內容永有、書本不死、只是轉型、只是改變」。

我們更相信：知識是改變一個人、一個組織、一個社會、一個國家的起點。讓想像實現、讓創意露出、讓經驗傳承、讓知識留存。我手寫我思，我手寫我見，我手寫我知，我手寫我創，變成一本本的書，這是人類持續向前的動力。

我們永遠是「讀書花園的園丁」，不論實體或虛擬、線上或線下、紙本或數位，我們永遠在，城邦、POPO原創永遠是閱讀世界的一顆螺絲釘。

目錄

公主病

偽基百科警告：這是無可救藥的，惡疾！

【症狀一】患者智商跟情商驚人低落

備註：以數學式代之，可標注為IQ×EQ→0

意即不管IQ、EQ數値為何，乘起來皆趨近於「零」！

【症狀二】患者自我感覺良好

備註：以為自己招人疼，其實招人頭疼。

【症狀三】患者依賴心與責任感成反比

備註：金錢觀、道德觀、時間觀三觀不正。

【症狀四】患者好逸惡勞、嬌生慣養

備註：不能太勞累，所以讓人很疲累。

【症狀五】患者價值觀異常驚人

說明：認爲男人只分三種——帥哥、好人、召喚獸。沒錢的＝不是人。但常常識人不清，看到騎白馬的就以爲是王子，殊不知可能是唐僧……

【症狀六】患者極度愛慕虛榮

備註：以「拜金」爲人生目標，「名牌活字典」勉強算是優點。

【副症狀】

白目、路痴、善妒、家事無能、心胸狹窄、驕傲自大、喜歡胡思亂想、愛做白日夢、愛頤指氣使、間歇性歇斯底里、偶爾同情心泛濫……其他不及備載之處，請參照【症狀一】。

【遭遇病患時的處理方式】

1. 請勿拍打餵食。
2. 請勿嬉笑逗弄。
3. 請勿試著救她。
4. 請勿愛上……

症狀一　智商情商低落

遇見你是最美麗的意外……才怪。

每個女孩總愛幻想自己是灰姑娘，隨著時代變遷，這些灰姑娘們有了另一個稱號，叫「便利貼女孩」。

這些女孩儘管家世平凡、長相平凡、身材平凡，但心地善良，任勞任怨，通常都不太聰明，還有點兒傻裡傻氣。

她們樸素安分，從小到大沒逛過名牌店，Guess跟Gucci傻傻分不清，神奇的是，總能在第一時間遇上閃閃發光，渾身名牌的鑽石男主，順利發揮便利貼的優勢，沾上、黏上、緊緊纏上男主不放，最後打敗外貌家境好千百倍的女友或未婚妻，贏得王子青睞，從此躋身上流社會，成爲人人羨慕忌妒恨的貴婦。

看，多麼勵志的故事！

當然，過程中或多或少會有些流淚犧牲，但我相信，當灰姑娘披上華麗嫁衣的剎那，內心深處的自己一定雙手扠腰、仰天狂笑：哇哈哈哈，老娘終於麻雀變鳳凰啦！

問我爲何能如此清楚地描述那些灰姑娘的心理狀態？

不知道是幸運還是不幸，我的親生母親——朱莉亞小姐，就是麻雀變鳳凰俱樂部的一員。

身爲萬千女孩追求豪門夢想的表率，從小到大，媽媽便以自身的例子時時刻刻對我耳提面命：婚姻是女人最大的成就，混得好不如嫁得好，嫁得好不如嫁得豪……

「但，妳是小三。」我總是毫不客氣戳破那女人的粉紅泡泡。

「那又怎樣？還有人爭著當小四、小五呢。」朱莉亞大嬸坐在我的梳妝臺前，拿著指甲銼熟練地將指甲磨出光澤，連頭都沒抬，語氣裡那個得意呀，「當年倒追妳爸的女明星跟名門千金不知道有多少。」

這句話聽在女兒耳裡，不知道該高興我老爸風流倜儻、魅力無敵，還是該爲老媽掬一把同情淚。

「是是是，所以還眞委屈您了，甘願這樣沒名沒分跟著我老爸。」

朱莉亞大嬸伸出塗滿紅色蔻丹的美麗爪子，狀似親暱地往我翹挺的鼻頭一掐：「知道妳媽委屈就好。」

我摀著被捏疼的鼻梁，急忙逃開：「別捏壞我的鼻子，剛整完呢。」我對著化妝鏡左右端詳，還好沒歪，只是鼻頭微微發紅，趕緊拿起粉撲補救一番。

「妳什麼時候去整的鼻子？我怎麼都不知道？」那女人眼睛一亮，聲音拔高了幾度，「除了鼻子妳還整了哪裡？」

啊，糟了，說溜嘴了。

「回台灣前去了趟韓國，就順便……」我別過臉，咳了一聲，含糊不清地說，「不過就是墊高了鼻頭……」還順便割了雙眼皮。

「嘖嘖，看起來挺自然的。」她瞇起一隻眼，捧著我的臉蛋轉來轉去研究，「是墊軟骨還是矽膠？哪家診所？花了多少錢？」

「都有啦。」我用蚊子般微弱的聲音哼：「其他的……忘了。」

「忘了？」她又嘖了幾聲，發現事有蹊蹺，「不對呀，林星辰，妳給老娘說清楚，妳一個孩子，未滿十八歲，又不懂韓語，怎麼有辦法去韓國整這個？」

「我帶了翻譯。」

「翻譯很貴。」

「我有存款。」

「林、星、辰？」

我抵擋不住了，老實地全盤托出：「『那女人』帶我去的。」嘆口氣，隱約感覺到自己又挑起了兩個女人的戰爭。

「妳居然跑去整形？妳嫌棄妳媽生給妳的這張臉？」

開始了，一說到那女人，朱莉亞大嬸的被害妄想症又開始發作了。

「整形這種大事不先跟妳媽商量？跑去找那女人幹麼？那女人是不是又說了我什麼？」

「有必要這麼大驚小怪嗎？」我斜斜瞟她一眼，立刻又把眼神轉開，聲音有些哀怨：「當年妳生我也沒先跟我商量啊。」

「妳！妳這沒心肝的孩子，我就知道妳嫌棄我。」朱莉亞大嬸指著我的鼻子，眼眶一紅，「嗚嗚嗚……我這什麼命啊，當年要不是爲了拚死生下妳，妳以爲我愛當人家的小老婆嗎？妳以爲我愛看『那女人』的臉色過活嗎？」

唉，女兒錯了，鼻子被老媽捏，我應該忍著，一時口快的下場，換來耳根數十分鐘不得安靜。

那女人，指的是爸爸戶籍上的元配，古代稱之爲「正宮夫人」，我稱爲「大媽」的女人。而生我的媽媽，是爸爸戶籍外的女人，古代稱之爲「妾」，現代人稱「小三」的女人。

這兩個女人跟一個男人的故事，認眞歸類起來，大概就是言情小說裡的總裁祕書系列。

總裁，想當然耳就是我那有錢多金又風流的老爸；出身貧苦，力爭上游的嬌俏小祕書就是我老媽。

如同所有言情小說的俗濫情節，總裁與祕書朝夕相處，處著處著不小心對上眼了，眉來眼去、偷來暗去，不小心從辦公桌滾到了床上，滾來滾去……省略幾十萬字的滾滾紅塵，然後未婚妻挾著龐大財勢出現……又省略幾十萬字的甩巴掌、潑咖啡、談判、撕支票，有如世間情的戲碼，這齣大總裁追小祕書，外加未婚妻攪局的苦情戲，一路狗血澎湃來到了結局——有情人終成眷屬，喔！不，是「有錢人終成眷屬」，我的總裁爸爸結婚了，對象最終是門當戶對的千金小姐。

有句話這麼說：女人看言情小說，就跟男人看A片一樣，都是自爽用的。言情小說跟A片一樣，是成人版童話，既然是童話，眞的相信你就輸了。

現實生活裡，我的總裁老爸不夠霸氣，而正宮媽媽又太過精明幹練，爲了戶口名簿及身分證上的配偶欄該塡上誰的名字，兩個女人纏鬥了十幾年，當中沒少給外人看笑話，而老爸這個不負責任的男人，直到去世前始終理不出一個結果。

十幾年過去，元配跟小三不得不偃兵息甲，維持表面上的和諧，而元配媽媽也收養了我，讓我免去淪爲「私生女」的命運。

也是，沒有爸爸撐腰，偌大的集團利益鬥爭中，一個沒有子嗣的元配跟一個只生下女兒的小三，地位誰高誰低實在很難說。

「妳跟那女人走那麼近，有說有笑一起去韓國度假整形，居然還瞞著我……」朱莉亞大嬸淚眼汪汪，實在很愛演，「妳眼裡還有我這個親生媽媽的存在嗎？嗚嗚嗚……妳爸死得早，媽這輩子就指望妳了……」

少來。

「爸不是留了幾筆房產給妳，妳還用得著指望我嗎？」我用眼角餘光瞄她，「別跟我說妳都賣掉了。」

「就那幾間荒郊野外的破房子能值幾個錢？我想賣還沒人想買呢！」她嘆了口氣，一副惆悵的模樣，「星辰，媽告訴妳，媽跟妳爸在一起，圖的絕對不是那幾筆房產，女人最重要的是名分……」

「也對，女人最重要的還是名分。」我想了想，點點頭表示同意，「有了名分，別說幾間房子，『Dolly集團』至少三分之一都是妳的，讓妳幾輩子花也花不完。」

Dolly集團是我家祖傳三代的家族事業，別看那洋派名字取得很時尚，直翻成中文發音就是「多利」，取其利多多、錢多多、盈餘也多多之意。

Dolly集團旗下的事業並不複雜，只做鞋子。舉凡男鞋、女鞋、皮鞋、運動鞋、登山鞋、慢跑鞋、布鞋、涼鞋、拖鞋、雨鞋、膠鞋、嬰兒鞋、各種馬靴、雪靴……簡單來說，只要能包住腳掌的，都是我家工廠製造或代工的範圍。

做鞋子有什麼了不起呢？是沒什麼了不起，財經雜誌說市值幾百億而已。

「當年妳爸說，會跟那女人離婚來娶我，結果妳看看，拖了十幾年，我落得現在這種下場……」

「男人死了，在孩子面前說這些有什麼用？」

穿著香奈兒套裝，挽著整齊光潔的髮髻，喀喀喀地踩著金色高跟鞋，元配大媽氣勢十足地出場了。

大媽本名叫陳明儷，雖然已經四十好幾，但身材保養得宜，妝容精緻冷豔，形象精明幹練，再加上犀利冷靜的頭腦，隻手撐起Dolly集團半邊天，「鞋業女王」的封號可說實至名歸。

我私心佩服大媽，別的不說，畢竟讓我能揮霍無度的金主是她，也知道一個女人在商場上打滾不容易，但這樣聰明的女人，嫁雞隨雞、嫁狗隨狗，如果遇上感情專一疼她的男人該多美滿，偏偏遇上我那無良老爸，再搭上我那無知的小三老媽，三人攪和了一輩子，把自己的人生攪成一團稀泥，也算倒楣。

「我是在感嘆女人青春有限，要星辰好好把握呀！」

「少在這裡廢話，妳難道就沒別的事可忙？」大媽嗤之以鼻。

「是沒什麼事可忙，每天不是逛精品店，就是做SPA，再不然就是找人喝下午茶，閒得發慌只好來找我女兒聊聊天……」想到什麼似地，朱莉亞大嬸一雙眼賊溜溜地轉了幾圈，「姊姊最近挺忙的？那天我看到您好像跟那些人聊很久？」

「這不是妳該管的。」

「不對呀，那些人都是餐飲界的，姊姊難道想開餐廳？」

「不過湊巧碰見，聊幾句罷了，妳多想了。」

兩個女人聊起公事，我百般無聊地拿起梳妝臺前的銼刀修起自己的爪子，考慮著是要低調點，做個法式指甲就好，還是多弄點水鑽、羽毛，乾脆高調到底。

「說的也是，Dolly集團也沒有閒錢讓妳拿去投資，不過……」朱莉亞大嬸拽著冷豔大媽的手緊緊握住，「我說，好姊姊呀，如果眞要開餐廳，妹妹我願意幫忙打理。別的不說，說到吃，我還是有些研究的。」

「妳？」大媽用力把手抽出來，冷哼，「我不如交給星辰。」

「交給星辰？這怎麼行呢！她還只是個孩子呀。」朱莉亞大嬸愣了一會兒，陪著笑臉繼續說：「還是我來幫您分擔些……」

大媽不屑地鄙視她：「意思是妳的智商還不如一個孩子。」

「妳——」

眼看一場脣槍舌劍一觸即發，突然一陣門板輕叩聲響起，我趕緊揚聲喊：「進來。」

「星辰小姐，您訂的Dior禮服送來了。」家事阿姨手捧著一個銀色大禮盒。

我下巴一抬，冷傲道：「嗯，放下吧。」

儘管我私底下總是廢材樣，但在外人面前，還是得擺擺名門千金的架子。

家事阿姨應了聲「是」，恭恭敬敬退了出去。

「這件Dior小禮服真美，顏色真襯星辰的膚色，快去換上讓媽看看。」朱莉亞大嬸誇獎我跟誇獎她自己總是同步進行，「不愧是我女兒，完全遺傳到我的花容月貌。」

大媽從名牌包裡掏出一張支票，不耐煩地揮揮手，下了逐客令：「時間不早了，妳如果想繼續在這裡廢話，不如拿了錢就走吧。」

「說的我好像是爲了錢才來的……」

「不要就算了。」大媽作勢收回支票。

「既然姊姊一定要給，做妹妹的當然要收。」朱莉亞大嬸悻悻然接過支票，臨走前不忘A走一件我剛買的BALENCIAGA（巴黎世家）機車包。

「這包，黑色的，妳拿多老氣呀！」她把自己手上有著大大金色LOGO的俗豔晚宴包往我身上一塞，「媽這個跟妳換，別太感謝我……」

有沒有搞錯啊？拿一個市價不到兩萬塊的Fendi包跟我換市價八萬塊BALENCIAGA的

小羊皮機車包？

我深深深呼吸，掙扎在「孝道」跟「名牌包」之間，幾秒後，尚未泯滅的人性逼我說出這句話：「媽喜歡就拿去吧。」

「呵呵，今天眞是大豐收呀。」一手捏著七位數字支票，一手拎著名牌包，朱莉亞大嬸開心地屁股一扭，走了。

「哼，從年輕時就是這副見錢眼開的模樣，注定一輩子見不得光。」大媽眼裡滿滿的鄙視溢了出來。

雖然我平時也不待見朱莉亞大嬸那個貪小便宜的女人，但她好歹是懷胎十月生我的親媽，母女之間可以互相嫌棄，卻容不得外人來指指點點。

我低聲從齒縫擠出話來：「總強過某些人……太陽底下盡幹些見不得光的事。」

陳明儷女士發出一聲冷笑：「哼，要不是我，妳不過就是一個因爲婚外情生下的私生女，不想昭告天下的話，就管好妳媽的嘴巴。」

我抬眼瞟了瞟大媽臉上陰晴不定的神色，哼了哼，沒說話，拿了禮服躲進更衣間。

夾縫中生存不容易呀，多說多錯，林星辰從小就懂得看人臉色，適時閉嘴。

唉！算了，不說了，這些都是不足爲外人道的心酸。

但，如果你以爲這又是個灰姑娘麻雀變鳳凰的故事……那麼，抱歉讓你誤解了。

撇開這些不爲人知的身世祕辛，我，林星辰，外人眼中不折不扣的名門千金，擁有模特兒身材（厲行節食的結果）、如花美貌（雖然動過一點手腳）、一輩子也花不完的金錢

（如果我又順利嫁入豪門的話），簡直就是人生勝利組的代名詞。

想當然耳，在豪門家族的庇蔭之下，我的千金人生混得風生水起，多數女孩還處在玩芭比娃娃的年紀時，我的生日禮物就已經是香奈兒包包、卡地亞鑽飾。出門有司機隨扈，入門有管家隨侍，從來不知家務爲何物。

貴族小學畢業後即被送至日本留學，課業成績雖然勉勉強強，但隨便塗鴉幾張畫就受眾人吹捧，十四歲那年，無心插柳開了畫展，自此被譽爲「才貌兼備的美少女畫家」。

除了家裡那點破事之外，這樣的人生還有什麼缺憾？按照兩位家母的標準，還差一項就完美了，那就是擁有一個襯得上我的家世、我的財勢、我的美貌、我的才華，簡稱「高富帥」的男人。

那兩個總是意見不合的女人，在幫我選老公這件事上，倒是默契十足。

在兩位家母煞費苦心之下，終於成功爲我找到一個倒楣鬼……呃，成功爲我釣到一個金龜婿——鄭楚曜。

鄭楚曜是誰？

日耀集團的小少爺，其家族事業横跨百貨、銀行、旅運、教育、金融控股、消費性電子……近幾年更大手筆投資土地買賣。

去日本前，我跟鄭楚曜曾見過面，次數不多，總是在雙方家族禮儀繁冗的商務場合，每次會面都不太愉快，他給我的臉色不是很冷，就是更冷，而我也總是回敬他一張大便臉。

沒辦法，誰叫我們的孽緣早已天注定，而且根深蒂固。

我跟那小子的第一次見面，是個惡夢般的記憶，我永遠記得！

那年，那天……

華麗的宴會廳裡，水晶燈高懸天花板上，耀眼白光灼亮的像要燒起來，嘈雜人聲與杯盤的碰撞聲交織成一首〈命運交響曲〉。

如今想來，這些都是凶兆，而我竟然輕易忽略。

小小的我，一個六歲的小女娃兒，在冰涼的大理石地板上不停奔跑，提著粉紅色蓬蓬裙，一腳穿著鞋子，另一腳光溜溜，四處尋找不知怎麼玩丟的一隻鞋。

大人們的長腿在眼前來來去去，穿褲子的、穿裙子的，像邪惡森林裡快速移動生長的大樹，不斷阻礙我前進。

我越找越心慌，越慌越找不到，擔心被大媽責罵，癟癟嘴，眼淚在眼眶裡打轉，很有準備放聲大哭的架勢。

突然，人群被撥開一條小縫，鑽出一個小小身影。

小王子出現了！

他一身白色小西裝，領口打著紅色小啾啾，稚氣未脫的臉蛋長得挺好看，只是微蹙著眉，看起來有些不耐煩。

他粉粉的小嘴吐出一聲稚嫩的童音：「妳來。」

我怯生生地靠近：「什麼事？」

「這是妳的嗎？」白胖胖的小短手捧著一隻精巧的粉色小皮鞋。

「啊，是我的鞋鞋。」我感激到飛撲過去抱住他。

小王子僵硬了一下，後退一步：「喏，妳的鞋，快穿上吧。」

噔楞！我怔了一會兒。

哦，這不是奶媽每天晚上念的童話《灰姑娘》裡面的情節嗎？王子帶著玻璃鞋來到灰姑娘面前，說：「我終於找到妳了，快穿上玻璃鞋當我的王妃吧！」

我的小小少女心很不爭氣地撲通了一下，羞澀地抬起沒穿鞋的那隻小腳丫，等著小王子為我穿鞋。

小王子疑惑地歪歪頭。

「快啊，幫我穿上鞋鞋。」我晃晃小腳丫。還在等什麼呢，我的腳舉得都瘦了。

「不要。」小王子斷然拒絕我，附加一個凶悍的瞪視。

「什麼？」我愕然。這小子沒按照劇本啊！

「幫我穿。」

「不要。」

「幫我穿。」

「不要。」

「幫我穿。」

……

來來回回數回合之後，小王子耐心用盡，眉毛凶惡地一擰，把鞋甩到我身上：「自己穿。」說完轉身就要走。

我再度愕然。

鞋軟軟地砸在我身上，不痛，但砸碎了我的小小少女心。

《灰姑娘》這個童話實在害人不淺，現實生活裡，撿到玻璃鞋的王子，原來並沒有義務要幫妳穿上鞋。

「喂，你站住！」我發出一聲高分貝尖叫，他嚇得腳步一頓，回過身。

「幫我穿鞋鞋。」

「不要。」小王子亮晶晶的雙眼醞釀著風雨欲來的怒氣，「妳是什麼東西？敢叫我幫妳穿鞋？」

妳是什麼東西——這句話狠狠戳痛我幼嫩的神經，一張張刻薄的臉孔浮出我腦海，跑馬燈似地旋轉，伴隨著一聲聲冷哼。

妳是什麼東西敢進林家大門？

妳是什麼東西也配穿上這身衣服？

妳是什麼東西敢跟我坐在同一張桌子吃飯？

妳是什麼東西？不過就是個——小野種。

「我才不是什麼東西！」我大吼一聲，奮力將鞋往他那張小正太臉上一丟，高度卻沒控制好，粉色小皮鞋越過小王子的頭頂，空中翻滾幾圈，直撲他身後的香檳塔……

高度沒控制好，角度卻十分完美，左右稍微偏移一點，或許悲劇就不會發生，但我相信冥冥之中一定有某種神祕力量牽引，讓粉色小皮鞋準確砸中香檳塔，塔尖的玻璃杯搖晃幾下，哐啷一聲華麗麗崩塌，酒水、玻璃碎片飛濺一地。

對兩個小小人而言，雙子星大樓倒塌大抵如此。

離災難現場最近的某位大哥哥猛然回神，急急奔到我們面前，尋找罪魁禍首：「你們兩個！是誰丟的鞋子？」

惡人沒膽的我顫抖著身子，怯怯抬眼，看到被潑了一身溼的男人，琥珀色的酒水沿著他俊美如神祇般的五官流下……可惜，當年我年紀尚小，太天真純潔，不懂得欣賞男人溼透白襯衫底下更旖旎的風光。

「嗯？到底是誰？」大哥哥的聲音變得更嚴厲了些。

長年看大媽臉色過活，不過是個寄人籬下私生女的我，小腿兒一軟，劈手直指小王子，抽抽噎噎地說：「他……他搶走我的鞋鞋……我要他幫我穿，他不肯幫我一生氣就亂丟……」

我頓了頓，覺得自己好像哪裡說的不對，卻又不知道該怎麼解釋，只好開始幹每個幼兒犯錯後都會幹的事……大哭。

「我沒有搶她的鞋！」小王子黑下臉，猛力朝旁邊花架用力一踢。

「砰！」重重一聲，將圍觀眾人都嚇了一跳。

眞是脾氣暴躁的小鬼，這下可好，連花架都倒了，花束散得七零八落，滿地狼藉。

事後回想起來，我當時並沒有打算嫁禍給小王子的意思，我只是想好好解釋事發經過：小王子拿走我的鞋，我要他幫我穿，他不肯幫，我一生氣就亂丟……

然而，小王子顯然搞錯重點，以致於他惱羞成怒的行徑看起來更像欲蓋彌彰的耍賴。

再加上大哥哥沒聽清楚我話中的停頓，結果變成——我要他幫我穿，他不肯幫我，一生氣就亂丟。

一個標點之差，讓暴躁小鬼成了我的替死鬼。

大哥哥溫柔安慰我一陣子，半跪在我面前，抬起我的小腳丫放進粉色小皮鞋裡，還細心地扣上鞋帶。

小小的我想著，這個王子雖然高大的像個巨人，但總算像童話中說的，幫灰姑娘穿上鞋，我破涕爲笑道了謝。

「好漂亮的孩子。」大哥哥抹去我臉上的淚，「妳叫什麼名字？」

「林星辰。」被大哥哥稱讚漂亮，我屁顚顚地補充：「媽咪叫我小星星，大哥哥你可以叫我小星兒……」

暴躁小鬼挑挑眉，表情很不屑，低嗤一聲：「小星星？」

我怒瞪他一眼，這時，大哥哥大手一撈，攔腰將我抱起，然後一手牽著那暴躁小鬼：「原來是Dolly集團的小千金，我帶妳去找媽咪，好不好？」

攀住大哥哥結實的肩頭，我把頭埋在他肩窩，乖巧地答了一聲好。

「我叫鄭孟熙。」大哥哥嘴角揚起俊雅的弧度，「是那小子的叔叔，妳別叫我大哥哥，跟著叫叔叔好了。」

我往男人懷裡蹭了蹭，吃夠豆腐後，才軟軟甜甜喚了聲：「孟熙叔叔。」

「嗯，好乖。」

「他都欺負我。」我嘟起嘴。

「叔叔幫妳欺負回來。」

「好。」

男人臉上笑得風光明媚，我都想替那小子掬一把同情淚。

被大媽拽著離開之前，我回頭望了他們兩人一眼，只見孟熙叔叔拎著暴躁小鬼的衣領，用力拍了拍他屁股，邊教訓：「鄭楚曜！你這個搗蛋鬼，看你闖的禍，我讓你爸罰你一個月不准玩電動……」

那個叫鄭楚曜的暴躁小鬼咬著粉粉小脣，恨恨地瞪著我，怨毒的眼刀彷彿要將我射穿。

我慚愧幾秒，轉念一想，又覺得所有事情都是那暴躁小鬼惹出來的，乖乖幫我穿鞋就好了嘛，於是吐了吐舌頭，送他一張鬼臉。

小蘿莉耍起心機起來也是會變成小惡魔的，怎樣？不然你咬我啊！

這就是我與鄭楚曜第一次見面的經過。

後來我被大媽強制送出國「深造」，整天周旋在各色美男、型男之間，早就把這凶神惡煞的暴躁小鬼遠遠拋到腦後。

如今，毫無感情基礎的兩人，居然要被家族利益拴在一起，想想真是可悲，我就像個古代小閨女，憑著媒妁之言就要把自己嫁給鄭楚曜。

幾年沒見，不知道當年那隻暴躁小鬼進化成什麼樣的妖物？

「一聽到妳從日本回來，鄭家老爺就迫不及待要讓妳跟楚曜見見面，培養一下感情，順利的話，年底就讓你們先訂婚……」大媽的聲音透過穿衣間薄薄的門板飄進來，語調有些尖銳。

我猛地開門，怒道：「培養感情？跟妳說了，我對他只有一種感情——」

大媽眼神疑惑：「什麼感情？」

「哀悼之情！他死的那天，我去祭他！」

「他如果死了，就算要冥婚，這個門妳還是得過！」

「妳……」我恨恨瞪著眼前的女人。

被我千刀萬剮地瞪著，大媽沒有生氣，反而笑了笑：「想當名門千金，付出點代價是應該的，不然，妳跟妳媽還想看我的臉色活多久？」

「……」

這女人越笑越溫婉，但內心不知養了多少毒蛇：「看在妳是『我死去老公的女兒』的份上，我好心勸妳，鄭家小少爺已經是最好的選擇，妳知道我沒什麼耐心，新品牌上市在即，我們需要大筆資金跟開發通路，而妳也知道Dolly集團現在的狀況不比從前，代工的單被抽去不少……」

「不就缺錢嘛？」我冷哼：「倒不如把我賣了。」

「賣妳也沒那個價。」大媽撫著我的髮，淡淡地說：「錯過這個，我可不敢保證下一個，甚至下下一個還是這般人模人樣。星辰，妳是聰明的女孩，說的這麼白，我相信妳懂。」

哦，我懂，我當然懂。

大媽在威脅我，這次的締姻物件在各方面都算有品質保證，若不成，以後的篩選範圍大概就只剩「富」這個條件了。

換句話說，基於商業利益，基於自身幸福跟性福，老娘非得拿下鄭楚曜這個小子不可！否則……

我想像往後日子，我的青春年華將流逝在相親中，還是跟一個又一個又富又胖、又富又禿、又富又矮、又富又老……的男人相親，內心萬馬奔騰！

「草泥馬……」我幽幽地開口。

「妳說什麼？」大媽沒聽清楚。

「草泥馬，」我又重複了一遍，在她臉色大變下慢慢解釋：「其實是一種動物。」

比起口無遮攔的老媽，大媽是個談吐優雅的女人，這種罵人不帶髒字的嘴上便宜只能輕易被我討了去。

「哼，窮酸媽生的沒教養丫頭。」看吧，她的攻擊火力也不過如此。

我懶懶地打了一個呵欠，扭扭屁股，換了個自以為優雅的姿勢癱坐在梳妝臺前。

「我找了化妝師來幫妳打理造型，好好打扮，好幾年不見，今晚給人家一個好印象。」大媽看看手中的鑽錶，意識到沒時間對我精神教育，打了一個響亮的彈指，幾個穿著黑衣的專業人士從門口魚貫進入。

「把她打扮的端莊大方、高貴優雅又不失華麗，重點是看起來要像個公主。」大媽下了命令。

像個公主？

像個酒店公主還差不多。

仲夏夜晚，某家五星級飯店的頂樓，正在舉辦一場奢華的池畔派對。

夏夜涼風襲來，音樂輕輕流洩，池畔隨處裝飾著從法國空運來台的九千九百九十九朵大馬士革玫瑰，鮮花暗暗飄香，空氣中充滿紙醉金迷的氣氛。

身著黑色燕尾制服的男女侍者穿梭在衣著華麗的賓客之間，送上一杯又一杯昂貴的香檳。

號稱造價百萬的鏡面吧檯上，擺滿米其林星級主廚精心烹調的各式餐點，琳瑯滿目，色香味俱全，滿足貴賓挑剔的味蕾。

根據八卦雜誌報導，今天是Dolly集團千金和日耀集團小少爺相親的日子，兩大集團談聯姻，多少人計算著背後的利益。

突然，音樂一頓，場上燈光暗下，只餘入口處那兩盞投射燈，眾人屏息以待。

迎著此起彼落的鎂光燈，今晚的派對女王款款走出。

身穿Dior低胸小禮服，粉裸色半透明薄紗材質增添性感韻味，小巧美麗的臉龐畫上精緻的妝容，即肩捲髮用施華洛世奇訂做的髮夾挽起，點點鑽石鑲嵌在皇冠形髮夾上，顯得高貴華麗。

我的出現瞬間吸引住全場賓客的視線。

這些投注在我身上的目光，有讚歎、有羨慕、有忌妒，有的上流、有的下流，我一律優雅地微笑致意。

一位身材高眺的侍者托著酒盤從我身旁經過，看來這家五星級飯店的侍者是精挑細選過的，個個都是樣貌姣好的少男少女。

我隨意攔下其中一位，從他的酒盤中拿走一杯葡萄酒，側著頭朝他魅惑地一眨眼，那可憐的男孩彷彿中了蠱，瞬間石化，呆呆瞅著我。

輕啜了一口酒，杯口邊緣印上兩瓣淺淺口紅痕，我把高腳杯還給他，順便吐出一聲帶著醉人酒氣的氣音：「Thank you～」說有多銷魂就有多銷魂。

男孩的臉慢慢熟成紫紅色，跟高腳杯裡的葡萄酒相互輝映。

喔呵呵，林星辰，要是哪天穿越到了古代也不愁沒飯吃，憑這美貌，憑這魅惑人心的姿態也能在青樓混個頭牌。

像我這樣的頭牌，自然不需要主動跟那些普通賓客周旋，就算是姿態慵懶地倚在牆角，也有一堆蒼蠅螞蟻黏在我身邊，趕都趕不走。

「這不是Krystal嗎？」

Krystal是我的英文名字。

「嗨，Krystal！妳還記得我嗎？我是Allen啊……」又富又矮的猥瑣男A說。

謝謝你記得我叫Krystal，但我只認得黑輪，不認得Allen。

「Krystal，妳今天真是美豔絕倫，連那個全什麼智賢的韓國女星都給比了下去，走在忠孝東路上回頭率一定百分百……」又富又胖的猥瑣男B說。

謝謝，別說忠孝東路，就算我走在巴黎香榭麗舍大道，回頭率也肯定百分百。

「Krystal，認識妳之後，哥哥就再也看不見其他女人了。」又富又禿的猥瑣男C說。

我抽了抽嘴角，心想：滿街都是女人，那是你眼睛有問題。

「星辰。」徐娘半老卻風韻猶存的老鴇——我大媽，陳明儷女士蓮步輕移走到我面前。

不是我愛批評，大媽在事業上顯然是女強人，但衣著品味有時眞令我不敢恭維，看看她今天一身金黃色的高級訂製旗袍，配上金色高跟鞋，整個人活脫脫是一條黃油油的芥末！

我暗暗掩面，極度忍耐才沒把這話說出口。

「妳遲到了。」她說，裝出一臉慈愛撫了撫我鬢邊的碎髮。

我不著痕跡地撥開她的手，淺笑：「我當壓軸呀。」

大媽挽著我的手肘，外人看來是母女情深，實則怕我逃跑，打算押著我去VIP包廂見鄭家老爺。

一掃在商場上的嚴肅，見了我，鄭老爺爺瞇眼笑了起來，直說：「這渾小子有福氣了，未婚妻美得跟模特兒一樣。」

謝謝，割了雙眼皮，墊高了鼻子，挨那幾刀果然值。

一票我認得的、認不得的眾人圍著我跟大媽客套。

「郎才女貌呀！」

「眞是天作之合啊。」

見鬼的郎才女貌、天作之合。

「星辰喜歡吃什麼？儘量吃，別客氣。」

「我不怎麼挑食的，但是謝謝，我吃飽了……」才怪，爲了把自己塞進這件Dior小禮服，老娘從早上到現在半口食物都沒吃。

「聽說Krystal一直在東京念書，都去哪裡玩呀？有沒有推薦的私房景點？」穿著三宅一生禮服的某大嬸熱切地拉著我的手，「姊姊長年待在歐洲，說眞的，對日本不太熟，以後去日本玩就讓妳帶路嘍……」說話的同時，肥美的三層下巴不停抖動，能把三宅一生經典摺皺禮服穿出渾身喜感，這大嬸當眞奇葩。

「我不怎麼愛出門玩……」我狀似有些爲難，「我喜歡在家看書、畫畫、爬山，偶爾看看秀。」

「我們家星辰喜靜，從小就有藝術氣質。」大媽皮笑肉不笑地打圓場。

我掩嘴低笑，難得嬌羞。

天知地知我看的是什麼書？畫的是什麼畫？爬的是什麼山？看的是什麼秀？

看漫畫書，畫漫畫，爬枕頭山，只看服裝秀。

若再問我喜歡看哪些漫畫？

阿部美幸、新田佑克、冰栗優、山根綾乃、杉浦志保、如月弘鷹、寶井理人、東城麻美……這些耽美漫畫家們的作品我如數家珍，一時半刻也說不完，話說東城麻美老師去世時，我還哭的像死了媽。

表演完一整套口是心非的名門千金答客問，再說下去我怕鼻子會變長，趕緊找了藉口閃人。

「我去找鄭楚曜，看能不能多培養一點感情。」找暴躁鬼只是藉口，我只想跟食物培養感情。

「去吧，年輕人多聊聊也好。」大媽點點頭，拍拍我的手背，附在我耳邊說：「恭喜妳了，星辰，老頭子對妳頗滿意，這樁婚事算是成了。」她眼裡那個深情款款，看的彷彿不是我，而是一棵金光閃閃的搖錢樹。

豪門聯姻大抵都是長輩說了算，小輩們的心意都只是浮雲……體認到這點，我感到一陣悲涼。

端了一杯葡萄酒，夾了幾塊水果放入白色瓷盤，我在池畔邊的帷帳下坐著，準備好好享用今天的第一餐。

八卦速度傳播的比我想像中還快，日曜集團認準的孫媳婦身分，一下就嚇跑了先前來跟我搭訕的男人，而女人們大多又羨又妒，寧願在遠處竊竊私語，也不願來分享我的「喜悅」，一時之間倒也圖了個清淨。

我慢慢把水果吃完，還是有點餓，但爲了身材卻不能再吃了，名門千金的身材跟家世一樣惹人注目，誰知道前一刻對妳友善的鎂光燈，下一刻就變成網路上惡毒的批評。

我悄悄戴上無線耳機，用頭髮遮掩好，一小口一小口啜著葡萄酒，邊看著從網路下載來的搞笑影片。

其實，搞笑藝人在說什麼，我聽得不是很專心，只是這種感覺很好，沒人打擾，聽著耳機裡的罐頭笑聲和刻意設計過的對白，幻想自己的人生或許不再那麼可笑。

「要不要再多吃一點？」

一道陰影落在我面前，遮蔽住我視線所及的光，我隱約聽見對方說了什麼，但影片聲音太大，我沒聽清楚，只能抬起頭傻傻望著對方。

「我問妳要不要再多吃一點？」他傾身向前，又說了一遍。

我還是聽不大清楚，所以咧嘴笑了一下，喚道：「孟熙叔叔。」

墨黑色頭髮軟軟地覆在他前額，就算戴著無框眼鏡也隱藏不了雙眸的深邃幽深，他臉上掛著溫柔又帶著些許冷漠的微笑，是我所熟悉的表情。

幾年不見，孟熙叔叔越發……妖孽了。

感覺左耳邊的頭髮被撩了起來，我側頭看，孟熙叔叔掠起我頰邊的頭髮，看見耳機，露出一副「原來如此」的表情。

被他一撩撥，左臉頰霎時發熱，我趕緊拔下耳機，說了一聲：「抱歉。」

或許看到這裡，你已經隱隱約約嗅出兩個男主角的氣息了。

喔，不，你又弄錯了，從來就沒有所謂的兩個男主角，在我長成翩翩美少女的過程中，我眼中從來就只有孟熙叔叔一位男主角。

我永遠忘不了，當我鼓足勇氣，戰戰兢兢跟他告白時，那男人聽完是這樣說的——

「星辰啊，」他深情款款地喚，「叔叔要結婚了，妳當我的小花童，好不好？」

說完還摸摸我的頭，笑咪咪的。

小、花、童？

聽，你聽聽，居然是小花童啊！連個伴娘都不是。

無數的電影告訴我們，新郎跟伴娘之間總會有點說不清、道不明的曖昧，但是，他把我當小花童啊！

無視我的告白就算了，居然還把我當成發育未完全的兒童，也太傷人！

小花童眼巴巴望著心愛的男人挽著另一個女人的手走向紅毯那一頭，那心痛的感覺，就像妳看中一個名牌包，心心念念到了食不知味的地步，看見這名牌包便覺得它已經幻化成人形，巴不得摟著他睡覺，但那名牌包卻說：「不好意思，我已經給人訂走了。」

而那捷足先登的女人還趾高氣揚地挽著炫耀：「這是我的，有種妳來搶啊！」

我當然有種。

於是，我非常帶種，外加歇斯底里地朝新娘喊道：「妳憑什麼搶走我的孟熙叔叔！我比妳有錢、比妳年輕、比妳貌美，比妳好上一千倍，一萬倍！妳憑什麼！憑什麼！」外加驚聲尖叫、就地打滾、搥胸跺腳……等等，來表達我對這樁婚姻的強烈不滿。

補充聲明：那年我才十歲。

想來我「刁蠻千金」的名號，大概就是那時打響的吧。

我在孟熙叔叔婚禮上撒潑胡鬧的下場，就是被大人抓起來狠狠揍了幾下屁股，鼻涕眼淚齊齊落下，結束了我生平第一次的初戀跟單戀。

現在，我曾心心念念的那個男人這樣說：「多吃點，妳又瘦了。」說得真親暱，我聽得真心酸。

他凝視著我，慢慢傾身過來。

我嗯了一聲，不著痕跡拉開了一點距離，說：「沒什麼胃口。」

他微微一笑，沒有說什麼，逕自拉了張椅子在我身邊坐下，放了一塊水果到我盤子裡，我不知道該怎麼拒絕，只好用叉子叉了慢慢吃，他見我吃完水果，又往我盤子上放了一塊蛋糕……

就這樣，你放我吃，他每往盤子放一塊點心，我就吃一塊，直到肚子撐得再也塞不下，為了阻止他，我只好胡亂找話聊：「孟熙叔叔，你什麼時候要離婚？」

他愣了一下，隨即哈哈大笑，伸手撓撓我的額頭，一下就撥亂了我的瀏海，像他教訓他養的那隻調皮小貴賓後，撓牠的頭一樣。

孟熙叔叔隨便撓我頭的習慣要改，因為，我已經不是小孩子了。

「妳真可愛。」他說，卻沒有回答我之前的問題。

「孟熙叔叔。」我忍不住喚他。

「嗯？」

「我以後不叫你叔叔了。」哐噹一聲，把銀叉丟進白瓷盤裡，我高傲地宣布，「我要叫你的名字，孟熙，鄭孟熙。」

「為什麼？」他俊臉微揚，嘴角含笑，看起來並不生氣。

「我們非親非故，而且你也不是真的是我叔叔。」

「是嗎？說不定……」他看了我一眼，脣邊掛著殘忍的笑意，「我們以後會成為一家人，還是不要太早改口比較好。」

我愣了，想起我跟鄭楚曜的婚約，心裡有什麼東西發出細碎的一聲輕響。

有人說，世界上最遙遠的距離是我在你面前，而你不知道我愛你。

這句話或許還不夠心酸，最心酸的莫過於，我愛你，你也知道我愛你，但你回報的卻不是我想要的那種愛。

我有些懂了，不管我如何喜歡這個男人，他能給我的……僅是「家人之間的愛」。

但，就算是家人之間的愛，只要他願意給，我還是想要……犯賤。

我罵自己，林星辰，妳眞犯賤。

突然，背脊感到涼颼颼的，有股壓迫感直逼而來，轉頭一看，事件的另一個男主角，鄭楚曜不知何時站在我身後。

他雙手環胸，居高臨下地看著我們，雙眸濃黑而凌厲，眉峰傲慢地挑高，不笑的時候，顯得有些凶狠霸道，一只鑽石耳釘打在他左耳的耳骨，閃耀著炫目光芒，爲他與生俱來的貴族氣質增添一絲玩世不恭的氣息。

他穿著素色襯衫，領口採用不同的材質設計，搭配白色長褲，襯得身形修長挺拔，如果能加上陽光一點的微笑表情，看起來就像Dolce&Gabbana（杜嘉班納）服飾廣告上的帥氣男模……

但，鄭楚曜現在的表情，比較像臨時被通知換角的男模——一副想殺人的樣子。

我不禁懷疑，人在長大的過程中是否會基因重組或基因突變什麼的，不然當年那個粉嫩嫩的小正太怎麼會長成現在這副凶猛模樣？

但，林星辰也不是省油的燈。

鄭楚曜沉著臉，開口：「抱歉，打擾一下。」這兩個字顯然不是對我說，而是說給孟熙叔叔聽的。

後者聳聳肩，眼神透露出玩味，擺出一副隔岸觀火的姿態。

「沒關係，你是要找星辰吧？」孟熙叔叔神色不變，淡淡看了我一眼。

他深邃的眼睛只望了我一眼，我就像被蜜蜂螫了一樣，渾身難受。

「我累了，先走了。」我站起身，想用最高傲的姿態離去。

走一步，不動。

走兩步，還在原地。

走三步，往後退兩步。

「放手！鄭楚曜，你幹麼啊？」我看著手腕處迅速泛出的一圈紅，忍不住皺眉，「你弄痛我了！」

鄭楚曜攥住我的手腕，力道之大，簡直要把我的腕骨給掐斷。

「喂，鄭楚曜，你要帶我去哪裡？」

他一聲不吭，抓著我一直走，不知道要把我拖去哪裡，我身不由己，踉踉蹌蹌跟著鄭楚曜的腳步，因為穿著高跟鞋，好幾次差點摔倒，我嚇得嗷嗷叫，他卻充耳不聞，一點憐香惜玉的心都沒有。

一直走到游泳池畔偏僻的角落，見左右沒人，我甩甩手上的名牌包，正準備往他後腦勺砸去時，他突然頓住腳步，厭棄地甩開了我的手。

「我有話要跟妳說。」

「不想聽！」我冷哼。

「那麼，我們聊一下。」他眉毛凶惡地一壓，冷冷道。

「聊什麼？」我雙手環胸。

「婚約，取消吧。」鄭楚曜冷聲說，「我根本不愛妳！」

我斜眼看他，冷笑。

就說，我這人不但犯賤，還有病。

我覺得，凡是男人都應該要愛我。

鄭孟熙不愛我，不是不愛，是不能愛，他大我十六歲，他與我的輩分是叔姪，而且已經結婚了。

鄭楚曜說他不愛我，如果不愛我，也不會年年差人送我昂貴的生日禮物，他只是不高興被父母擺布著結婚，就兩個字——傲嬌。

「那有什麼關係，」我嘴角上揚，「我會讓你愛上我。」

說完，我勾住他的手，主動把身體貼上去，用胸部蹭著他的手臂……我知道這對男人而言，是多麼致命的誘惑。

「要不要，今天晚上……」我無恥地勾引他，朝他耳朵吹氣。

米都下鍋了，乾脆煮一煮吧。

鄭楚曜的身體一僵，胸膛微微起伏，呼吸似乎有些不順暢，他瞪我一眼，用力推開我，別開臉，我卻看見他的耳朵微微泛紅。

哈，果然傲嬌。

「林星辰，妳不覺得妳這樣做，毫無意義，而且非常無聊嗎？」

「怎麼會？」我抿唇嬌笑，雙手輕輕扯著他的衣領，「鄭楚曜，你就快成爲我的未婚夫了，我都不矜持了，你還矜持什麼……」

鄭楚曜經我一挑逗，氣勢消去了大半，我向前一步，他就後退一步，搞得我好像強逼民女的官老爺。

「夠了，林星辰。」他睨了我一眼，眼神突然變得幽深，說：「妳愛的不是我。」

被看出來了嗎？

我一愣，雙耳有些發熱，爲了掩飾不安，我咯咯笑出聲來：「這你管不著。」

「林星辰，妳死心吧。」他撥開我的手，聲音硬邦邦，「我不會跟妳訂婚，那只是長輩們一廂情願的想法。」

「不跟我訂婚？那你跟誰訂？」我問他，咄咄逼人，「你之前不是還說無所謂嗎？豪門聯姻不就是這樣，所以跟誰都沒差啊，還是……你有喜歡的人了？」

鄭楚曜的身體又是一僵。

我猜對了，這男人的身體遠比他的嘴巴誠實。

「你有喜歡的人了，是嗎？所以，不能再無所謂，不能再任憑我擺布了，是嗎？」

似乎被我逼急了，鄭楚曜恨恨地一咬牙，說：「沒錯！我有喜歡的人了！」

「誰？」我不以爲意，問道：「哪家的千金？帶來讓我看看呀！要當我林星辰的情敵，資質可不能太差……唔，你不說？那我猜猜……」

我邊說邊伸出手指，不安分地勾繞著鄭楚曜的細領帶，輕輕把他拉向我，我身上這件Dior小禮服可是低胸設計……

哐啷，一陣杯盤破裂的聲音，讓我們雙雙抬起頭來。

不遠處，有一位侍應生打扮的女孩蹲在地上慌亂地撿拾碎片。

「妜妜？于妜妜？」鄭楚曜臉上露出驚訝的神色，下一秒，有些狼狽地推開我。

瘥瘥？魚瘥瘥？

我皺眉，這是什麼怪名字啊？

「對不起，楚曜，我不知道你在這裡，我什麼都沒看到……」

說謊！明明都看見了。

我嘖了一聲，女孩立刻垂下頭，囁嚅道：「對……對不起。」

鄭楚曜送了我一把冷颼颼的眼刀，走到魚瘥瘥身邊，握住她的手，柔聲說：「別撿了，小心劃破手。」

原來鄭楚曜也懂憐香惜玉啊。

那女孩十七八歲的模樣，長相普通，不染不燙的中長髮紮成馬尾，勉強稱得上清秀，勝在一雙水汪汪的大眼睛，身材嘛……又瘦又扁，跟我差遠了。

大概是本小姐不識貨，左看右看、上看下看，還是看不出來那女孩是塊璞玉，但鄭楚曜卻當寶似的。

我看看鄭楚曜，又看看那個叫「魚癢癢」的女孩，立刻敏感地察覺到他們之間不尋常的氣氛。

嗯，有姦情。

鄭楚曜的手剛碰觸到她的指尖，她就立刻瑟縮一下，低聲說：「我，沒關係……」

嘴上說沒關係，纖纖小手還是搭在鄭楚曜的掌心裡。

我又嘖了一聲，魚癢癢才大夢初醒般試著抽回手，不知道是她沒使力，還是鄭楚曜握得太緊，她試了幾次還是沒能抽出來，惹得我都想朝鄭楚曜喊：放開那女孩！

魚癢癢含羞帶怯地抬頭看向鄭楚曜，輕輕說了聲：「別這樣，放開我。」大眼睛盈滿水光，那副欲語還休的模樣，隱臺詞根本就是：別……放開我！

天啊，如果我是男的，聽到這句話，骨頭八成都酥了吧。

可惜，我是女的，兩個字送她——矯情。

鄭楚曜是男的，所以骨頭很不爭氣地酥了，他呆呆望著魚癢癢，兩人相視無言，眼波間流轉的電流大概有幾百萬伏特，雷得我吱吱作響。

這對野鴛鴦顯然沉浸在兩人世界，無視我這位準未婚妻。

「她……是你女朋友嗎？」魚癢癢瞄了我一眼，言不由衷地說：「她，好漂亮。」

「不是。」

聽到鄭楚曜否認，我登時大怒，快步走到兩人面前，推了一把那個叫「魚癢癢」還是「于姎姎」的女孩。

「我不是楚曜的女友喔。」我笑容可掬，「我是他的未婚妻。」

那女孩呆了呆，「晴天霹靂」這句成語就是用來形容此時她臉上的表情。

我乘勝追擊，上上下下打量她，目光銳利：「妳好像認識我的未婚夫？不知道你們是怎麼認識的呢？」

魚癢癢像隻受驚的小動物，後退一步，結結巴巴地說：「我……我在這家飯店……打……打工……」

這女的可以好好說話嗎？能不能不要用疊字？唔，是因爲我太凶了嗎？

「林星辰！」鄭楚曜狠狠刨了我一眼，把魚癢癢護在身後。

好個鶼鰈情深！

但，怎麼辦呢？行走上流社會多年，本小姐除了「刁蠻千金」，還有一個響噹噹的名號叫「小三獵人」，什麼鶼鰈、鴛鴦、比翼鳥……一遇上本小姐，也只能「奈何情深，向來緣淺」。

「原來是楚曜家的『工讀生』啊。」我加重工讀生三個字，毫不掩飾心裡滿滿的鄙夷，「工讀生小姐，請問現在是妳的上班時間嗎？」

魚癢癢抿著脣，沒有回答，比本小姐還驕傲。

「本小姐問問題，妳就得答呀！」我不耐煩地又重複一次：「工讀生小姐，現在是妳的上班時間嗎？」

「嗯。」她點點頭。

「上班時間不好好工作，偷聽我們談話，還跟我未婚夫拉拉扯扯的，這樣好嗎？」

「我，我……不是故意的。」

還說不是故意的，她的手明明還緊緊扯著鄭楚曜身上的襯衫，抓出他腰側一片皺褶。

「林星辰，妳到底想說什麼？」鄭楚曜用眼神警告我閉嘴。

我林星辰若怕他，我的名字就倒過來寫！

「工讀生小姐，請問妳的Hourly wage多少？」我繼續問。

「啊？」她一愣，眨巴著大眼。

連「Hourly wage」這麼簡單的英文都聽不懂？果然跟本小姐不在同一個水平。

「Hourly wage，時薪。」我瞇起一隻眼，得意洋洋地賣弄英文，「How much are you an hour？」

眼角餘光瞄到鄭楚曜扶額皺眉，小聲地更正我：「How much do you earn per hour？」

意思還不是一樣，我嘖了一聲，面不改色：「反正，就是問妳一個小時多少薪水？」

「一百五十元……」

「新台幣？」

「嗯……」

「呵，那妳知道妳手上抓的這件襯衫多少錢嗎？」

她茫然地搖頭。

「單單楚曜身上這件義大利杜嘉班納襯衫，少說就要兩千美金，台幣六萬起跳。」我拍掉魚癢癢緊緊抓著鄭楚曜腰側的鹹豬手，「別攥那麼緊，攥壞了，妳至少要三個月不吃不喝才賠得起。」

「……」女孩的背脊挺得直直的，但依然看得出來身體在打顫。

「而本小姐身上這件Dior小禮服是入門款，不貴，才十七萬台幣。」我撩了撩裙襬，步步逼近，目光如針，惡毒地穿透躲在鄭楚曜身後的她，「看看我們，再看看妳自己，知道我們跟妳的區別在哪裡嗎？一個小時才賺區區新台幣一百五十塊的工讀生，也不去照照鏡子，憑妳這副窮酸樣，也想勾搭我的未婚夫！」

「妳誤會了，我沒有……」魚癢癢嚇得渾身顫抖，不停往後退，「我沒有喜歡鄭楚曜，他那麼好，我知道我配不上……」

「知道就好。」我滿意地點點頭，露出勝利的微笑。

嘖，這個情敵一下就示弱了，實在太沒挑戰性。

勝利的喜悅蒙蔽了我的警覺心，我一點都沒發覺在我羞辱魚癢癢的當下，鄭楚曜的臉色越來越陰沉。

圍觀的人漸漸變多，交頭接耳看著好戲。

就像每個偶像劇、言情小說的男主角一樣，鄭楚曜不能免俗地挺身而出，大喝一聲：

「夠了！林星辰，到此爲止。」說完，他拉著魚癢癢的手離開，想結束這場鬧劇。

「別走，我話還沒說完，鄭楚——」我追上去，還來不及喊完鄭楚曜的名字，腳就滑了一下，整個人向前撲倒，眼看我美麗嬌俏的小臉蛋就要去親吻大地。

先於可能隨之而來的疼痛，我腦海閃過的第一個念頭是：啊，我剛做好的鼻子！

下意識想抱住離我最近的魚癢癢，但偏偏又踩到禮服的裙角，導致我重力加速度地撲向魚癢癢。

魚癢癢瘦弱的身子哪堪我的強撲，她承受了我身體的重量，發出一聲驚呼，倒向最前方的鄭楚曜，鄭楚曜駭然地轉身，本想接住魚癢癢，卻被逼得步步後退，最後一腳踩空……

彷彿套好的電影動作般一氣呵成，眾目睽睽之下，我們三人就這樣華麗麗地落水了。

嗚嗚嗚，我不會游泳啊！

跌入游泳池的幾秒鐘時間，我眼前彷彿閃過一則新聞跑馬燈：

豪門聯姻夢碎！未婚妻偕小三談判未果，三人同歸於盡！

記者訪問到現場目擊證人：「請問三人有過爭執嗎？」

證人：「有啊有啊，兩女爭一男，甩巴掌、抓頭髮，打得可凶了！」

（我：「？？？」）

記者：「請問落水事件是怎麼發生的？」

證人：「未婚妻推兩人下水的，這是謀殺啊，謀殺案……」

（我：「完全睜眼說瞎話！」）

記者：「現場SNG連線，為您訪問到落水事件的男主角……日曜集團小少東鄭楚曜先生，請問您對本事件的看法是？」

鄭楚曜：「那惡毒的女人，死的好……」

畫面一轉，地板上躺了一具溼淋淋的女屍，臉部被打上馬賽克，身上那件Dior粉裸色禮服怪眼熟……

好吧，我承認我有被害妄想症。

我揮舞著雙手在水裡翻騰幾下，游泳池的池水雖然不深，但禮服浸水之後，緊緊黏著我的身體，像綁緊的膠帶纏住我的雙腿，我不停掙扎卻無法站起身來。

我只能眼睜睜看著白馬王子打橫抱起他心愛的女人，帥氣離開。

那是……我夢寐以求的公主抱啊！嗚嗚嗚，那我呢？

我拚盡全身力氣，伸長手臂抖啊抖：「鄭楚曜，救我……」一開口，池水就這樣咕嘟咕嘟灌進我的口鼻，消毒液的味道噁心死了！

鄭楚曜回過頭看我一眼，好看的唇動了動，像是在說：活該。

嗚嗚嗚，我要溺死了，我彷彿看見一具身著Dior粉裸色禮服的女屍橫躺在游泳池畔。

視線逐漸變得朦朧，奇怪的是，意識卻異常清晰，窣窣水流聲中，我忽然聽見一聲「撲通」，有人跳下水來，游到我身後……

感覺一隻強而有力的手臂從我腋下穿過，被摟住的我嚇得在心中尖叫：色狼！

那手臂，好死不死就橫在我乳波盪漾的胸部位置，從來沒人敢這樣光明正大地吃本小姐豆腐！

求生本能徹底被激發，我又是尖叫又是奮力掙扎，猛踢猛踹，不知道踹到什麼，那男人悶哼一聲，手臂驀然收緊，我的後背便撞上一片堅硬的胸膛。

「對不起。」略帶喘息的嗓音在我耳畔響起，語氣有些慌亂。

居然還道歉！

「你，你……」一開口，游泳池水又灌進口鼻，我難過地嗆咳幾聲，腹誹著：不要以爲道歉我就會算了喔！

「對不起。」但他又重複了一次。

同時，一陣劇痛從後頸傳來……

那男人把我劈暈了，很乾脆地。

我終於知道他爲什麼要說兩次對不起了。

告訴我！有人是這樣英雄救美的嗎？

症狀二　自我中心

想要無可取代，就必須時刻與眾不同，請叫我女神……經病。

「什麼！普通病房？我不要住普通病房，不要，絕對不要，堅決不要！」我按著脖子，忍著疼痛，卻毫不妥協，「本小姐願意付三倍的錢，讓我住VIP病房！」

那男人到底是想救我還是想殺我？下手這麼狠！

「小姐，不是錢的問題。」過分年輕、過分斯文的男醫師爲難地看著我，「而是VIP病房已經沒有床位了。」

「沒床位是我的問題嗎？」後頸傳來的陣陣疼痛，令我忍不住直皺眉，內心狂飆髒話，口裡自然沒好話，「你傻子嗎？沒床位不會叫占床位的人辦出院嗎？」

「可是……」

「什麼可是？你知道本小姐是誰嗎？」

他認眞核對手上的資料，點點頭：「嗯，知道。」

「嗯哼，我可是……」忍著疼痛，我揚起下巴，就算一身狼狽，也要維持高傲，這才是名媛千金的風範。

但，我的名媛千金風範卻被帥哥醫師接下來的話雷得粉碎。

「W大飯店剛剛送來的溺水患者……」他盡責說明我溺水獲救後那段時間發生的事，「已在現場進行緊急處理，呼吸道、肺部、腹部積水已排出……」

想起游泳池畔那男人對我的「急救」，頓時，我想死的心都有了。

那男人毫不憐香惜玉，像撈布袋一樣，一把從後面撈起我的腰，把我按在他大腿上，狠狠按壓我的背，我拚命咳出水，也拚命吐了一地狼藉……

眾人看好戲似地嘲笑：啊，沒想到林星辰也有這麼狼狽的一天！

還有那些赤裸裸的意淫：嘖嘖，瞧瞧這副魔鬼身材，都溼了，快，快拍下來……別看！別拍！

我手足無措地想遮掩外洩的春光，但遮了胸部就顧不及大腿，最後發現，最有效的辦法是乾脆用雙手蓋住自己的臉。

「滾，滾開！」我吼著，依然凶悍，沒人發現用雙手遮掩下的我早已淚流滿面。沒人發現……對吧？

一件銀白色外套緩緩降落在我身上，像羽毛一樣，覆蓋住我的軟弱與狼狽。

「溺水後的急救措施做得很好，妳要謝謝那個救妳的人……」

我愣了一瞬，打斷醫師的話，有些惱羞成怒：「夠了！夠了！你誰啊？看你年紀輕輕，應該是實習醫生吧？我不跟你講，叫你們這邊權力最大的來。」

「顏凱。Chief Resident總醫師。」他兩個句號了結我的困惑，還補充道：「現在我值班，整層樓我說了算。」

好氣魄，我欣賞。

但現在不是發花痴的時候，重點是本小姐到哪兒都是VIP級的待遇，就算住院也要VIP，絕對不能屈就普通病房！

不是我挑剔，這是原則問題，堅持原則並不可恥。

「既然你是總醫師，那你想辦法給我弄一間VIP病房來。」我兩手一攤，雙腿一蹬，癱在推床上耍賴，「不然，我就賴在急診不走……」

「信不信我直接讓妳辦出院？」男人的聲音沉了下來，顯然已經動了氣。

嘖，只是看起來斯文，這總醫師脾氣真壞。

「你敢？我投訴你。」我跟他槓上。

他不再跟我廢話，轉身交代護士小姐：「Miss何，聯絡一下這位小姐的家屬。」

看見護士小姐帶進來的是鄭孟熙，我驚訝地撐起身子：「孟熙叔叔……」

把我送到醫院的是他？

「顏醫師，不好意思，這孩子給您添麻煩了。」

「從剛才就一直吵著要住VIP病房。」帥哥醫師擰著眉，趁機告了我一狀，「醫療資源不是這麼浪費的。」

「我……」才剛開口，孟熙叔叔就壓壓我的頭，示意交給他處理。

「星辰這孩子嬌生慣養，被寵壞了。」孟熙叔叔略帶責備地看我一眼，隨即拉著帥哥醫師走到窗檯邊說話。

兩人聊著天，有說有笑，似乎還交換了名片，完全無視我的存在。

我瞪著他們，瞪久了，發覺……兩個男人在一起的畫面還挺賞心悅目的，一位是身著黑西裝的企業精英，一位是穿著白袍的專業醫師，怎麼看都是「腹黑總裁攻」與「溫潤醫師受」……我默默擦了擦鼻子。

「星辰，跟顏醫師道歉。」孟熙叔叔說，聲音有些嚴厲。

糟，被發現我的腦袋裡正上演著總裁強壓醫生的三級片了嗎？

「我為什麼要道歉？」我作賊心虛，「我……哪裡錯了？」

「哪裡都錯了，快道歉。」

「顏醫師，對……對不……起。」這三個字實在很難說出口，我撇過臉，小聲地說。

「算了，看起來沒什麼大問題，麻煩你帶她去病房吧。」顏醫師拍拍孟熙叔叔的肩，交代幾句就離開了。

「要到VIP病房了？」

「嗯。」

我開心地揚起脣角：「孟熙叔叔最棒了！」

喜悅沒有持續太久。

我鬱悶地環視病房，牆上貼著粉紅無嘴貓的卡通壁紙，病床上鋪著粉紅無嘴貓被單，放著粉紅無嘴貓枕頭，還有這身稍嫌太小的粉紅病號服……我穿越到幼幼台了嗎？

走廊外傳來小孩的嬉鬧聲，夾雜護士小姐壓低音量的吼聲：「不准在醫院走廊上玩！」

一聲比一聲還淒厲的號哭聲不斷穿牆而入。

「嗚嗚嗚，媽媽，我不要打針啦！嗚嗚嗚……」

「嗚嗚嗚，爸爸，我不要吃藥！」

「嗚嗚嗚，我不要住院，我要回家……」

間或傳來幾聲高分貝尖叫，挑戰人體忍耐極限。

「兒童病房？」我抽了抽嘴角。

「嗯。」孟熙叔叔笑得人畜無害，「顏醫師說剩這間了，是HELLO KITTY VIP病房唷。」

我徹底無言。

身處跟麥當勞遊戲區一樣熱鬧的兒童病房區，我不斷告訴自己要淡定、要很淡定、要非常淡定……

很好，本小姐被擺一道了。

「妳的臉色很難看，沒關係吧？」

「呵呵，呵呵，沒關係……」我揉揉發疼的太陽穴，乾笑，「凱蒂貓很可愛，我也很喜歡凱蒂貓……」

「妳的手腕怎麼回事？」

我抬起手，才發現我的手腕接近虎口處有幾道新鮮的血痕，嫣紅的血正緩緩滲出來，一滴一滴，迅速將粉色衣袖浸染成紅色。

我抽搐了一下，輕微地呻吟一聲：「大概……是在水裡掙扎的時候，被什麼東西割到了。」

「不痛嗎？」

傷口其實不深，或許上救護車時就已經止血，只是剛剛又經過一番折騰，傷口才會再次裂開。

「痛啊。」吸了吸鼻子，我老實回答，「眞的很痛。」

以爲微不足道不去管他，其實事後最疼的都是這些細小傷口。

他失笑，手指彎曲輕輕叩了一下我的額頭：「敗給妳了，手都受傷了，還有心思鬧。」

很想，很想繼續貪戀他的溫柔，即便這樣讓自己看起來像個孩子。

「我去叫護士來……」

「不要叫別人來。」我抓住他，將受傷的手伸過去，一直伸到他眼前，任性地要求，「你，鄭孟熙，幫我擦藥。」

哪怕是他先拒絕我，但我知道自己始終是他心頭上那根拔不下來的玫瑰刺。

男人無奈地笑笑，走出病房跟護士小姐借了醫藥箱，坐在病床邊，拿起凱蒂貓頭型抱枕墊在我的手腕下，清理傷口、消毒、上藥、裹紗布……動作輕柔而小心，好像我是一個珍貴的瓷娃娃。

病房內突然變得很安靜，安靜到，連自己的心跳聲都覺得震耳欲聾。

我努力把視線轉向牆壁，牆上掛了一個凱蒂貓掛鐘，時針秒針慢慢走動、重疊、交會，發出沙沙的聲響。

爲什麼凱蒂貓沒有嘴巴？沒有嘴巴，有話說不出的感覺一定很難受。

他靜默良久，輕輕嘆氣：「我先回去了。」

「可以再……多陪我一下下嗎？」我緊緊攥住他的衣角，「鄭孟熙，我一個人，會怕。」

「星辰，我可以陪妳，守護妳。」彷彿有微光從他眼裡閃過，瞬間又熄滅，「但只是像一個兄長那樣，陪著妳，守護著妳。」

只是像一個兄長那樣，沒有其他多餘的了。

我陡然鬆手：「我……眞的一點希望都沒有？」

「我結婚了。」

「你一點都不愛她，你娶她只是因爲——」

男人很快打斷我的話，說得決絕而殘忍：「我不可能會離婚，我對妳也沒有男女之間的感情，所以妳別把心思放在我身上。」

「那你也別放心思在我身上啊。」我苦澀地抿住唇，有些委屈，「這樣，我很容易誤會……」

原來，男人口裡的「我會守護妳」，就像裹著糖衣的毒藥，哄著妳吃上癮了，再告訴妳其中沒有任何男女私情，如果覺得甜，一切都是妳的幻覺。

難怪我會生病，心病，神經病。

他一怔，斂起笑容：「原來是這樣，對不起，叔叔以後會注意，不會再做讓妳誤會的事了。」

眼睛裡漸漸瀰漫霧氣，我別過臉去，儘量讓語氣顯得雲淡風輕：「沒關係。」

手機鈴聲突兀地響起，中斷了我們之間的尷尬，孟熙叔叔走到門外接電話，講了好一會兒，當他再度回到病房後，我已經收拾好情緒。

「鄭楚曜……」我微微皺眉，「還好吧？」

「沒事。」

「嗯。」

「這幾天會幫妳辦好入學手續。」

「入學手續？」我的眉頭皺得更深。

「已經商量好了，暑假過後妳不用回日本，就待在台灣念完高中，跟楚曜訂婚後兩人再一起出國念書……」

「這樁聯姻，兩家可以得到什麼實質利益？」我問，努力讓自己的聲音聽起來很淡然。

「林家可以得到源源不絕的資金，而鄭家可以得到土地跟股權。」

「所以，這就是你的任務？」

「嗯。」這男人最大的優點，就是該坦白的時候毫不含糊。

「感覺好廉價啊。」低眸，望了眼不知何時摟在懷中的抱枕，我像揉麵團一樣搥著凱蒂貓無辜的臉，力氣用盡後，只能嘆口氣說：「我知道了。」

臨走前，他帶著故作輕快的語調說：「妳母親晚一點會來看妳。」

母親？哪個母親？算了，不管是哪個，我現在都不想見。

「跟她說不用，我想休息了。」我抓起皺巴巴的貓頭抱枕翻過身，拿背脊對他。

於是，爲了兩家族美好的聯姻及背後龐大的商業利益，我跟鄭楚曜又被逼著培養感情，進行一對一約會。

某個夜晚，鄭楚曜難得打電話給我，聲音僵硬又生疏，活像電話那頭有人拿刀架在他脖子上，逼著他扔出我的名字：「林星辰？」

此時，某個年輕男人的手正在我雪白細膩的背上遊走，不重不輕的力道由頸椎滑到髖骨，我舒服地把頭埋在羽絨枕上，用鼻孔哼了一聲：「嗯？」

「這個禮拜五有沒有空？」鄭楚曜問。

這時，年輕男人的食指拇指橫向夾著我的脖子，突然一個施壓，往我的肩井穴又揉又按，一道道電流般的酥麻感從背脊傳遍全身，我忍不住發出一聲喟嘆：「哈～」

手機那頭突然沒了聲響，我以為鄭楚曜掛電話了，就把手機往旁邊一擺，繼續哼哼哈哈：「嗯，就是這個點，再大力一點……」

「這樣的力道可以嗎？」年輕男人說，對著剛才那一點使勁，「舒服嗎？」

「啊啊啊啊——舒服……」我舒服到腳指都捲曲起來，忍不住嚶嚀一聲：「啊哈～Baby，你好棒……」

想起幾天前，本小姐住在醫院的兒童病房，望著滿屋子表情木然的無嘴貓，房外時不時傳來驚聲尖叫，沒病也快精神衰弱了。

我嚴重懷疑，每個小孩都是內建金頂電池的揚聲器，不然怎麼有辦法連續不停地號哭半小時？

更恐怖的是，只要一個小孩開始哭，就像傳染病似地，第二個、第三個、第四個……照這種哭法，十座萬里長城都不夠哭倒。

我忍了三小時三十四分又十八秒，忍無可忍無須再忍，火速辦了出院，逃離那個噪音地獄。

本想鬆口氣，誰知到了晚上，躺在義大利FALOMO頂級床墊上卻渾身不對勁，這裡痠、那裡痛，好幾天無法入眠。

朱莉亞大嬸建議我做泰式指壓，給了我一張名片，說這位按摩師經驗老道，而且二十四小時隨傳隨到。

看了是位男師傅，我有些抗拒，想著自己的身體被陌生男人摸來摸去，多害羞啊！本小姐的少女矜持雖然不多，但還是有的。

「男師傅體力好，力道也深，重點是『持久』，妳做一次就會上癮，以後都找男的了。」朱莉亞大嬸伸了一下懶腰，隨著她伸展的動作，波濤壯闊的胸脯差點把胸前的扣子擠爆。

「是嗎？」我半信半疑，瞄了一眼她欲出來和人打招呼的大波霸，暗恨這般優良基因怎麼沒遺傳給我，便惡毒地提醒她：「媽，妳的胸部最近好像有點下垂了。」

朱莉亞大嬸漲紅了臉，尖叫一聲，狠狠搥了我一下。

「唉唷，我的脖子……」我發出一聲哀號。

直到半夜，全身筋骨仍隱隱作痛，實在忍受不了，只好按捺住羞怯，找了朱莉亞大嬸讚不絕口的泰式指壓師來，本來以爲來的是大叔，沒想到居然是個年輕力壯的男子，十指靈活，技巧還眞不錯。

十幾分鐘過後，我一邊咬牙，一邊輕哼：「嗯，你很不錯，以後你就讓本小姐包了……」

「請問需要『特別服務』嗎？」指壓師在「特別」兩個字上加重了語氣。

「唔……」我抓了抓腦袋，心想還有「特別」服務啊，沒想到指壓業也多角化經營，不過接連幾天沒睡好，額頭快冒出痘痘了，還是睡美容覺比較重要。

「行了行了，下次再說吧。」我微微一擺手。

指壓師也不強迫推銷，有禮貌地道了謝，還貼心地替我熄了大燈，靜悄悄收拾完畢就退下，找管家大叔領錢去了。

我仍維持側臉趴在床上的姿勢，全身筋骨完全放鬆，眼皮漸漸被瞌睡蟲攻占，越來越沉重……

「林星辰！」

一道冰寒徹骨的嘶吼聲突然竄進耳中，宛如從地獄發出的鬼魅之聲，我嚇了一跳，瞌睡蟲瞬間跑掉一大半。

「媽呀，有鬼！誰叫我？」

瞥見枕頭旁隱隱發出亮光，原來是從手機傳來的。

人嚇人，嚇死人，我很膽小的。

揉揉眼，看清螢幕上暴躁鬼鄭楚曜的大頭像仍亮著，這傢伙居然還沒掛電話？

我不高興地接起：「喂——你還沒掛掉喔？」

「妳才要『掛掉』！」鄭楚曜口氣不善，「喂，妳忙完了嗎？」

莫名其妙耶，三更半夜打電話來騷擾人，我都沒生氣了，他氣什麼？

林星辰，優雅。

暴躁鬼就是暴躁鬼，動不動就炸毛，根本王子病，別跟他一般見識。

「請問有何貴幹？」我打了一個呵欠。

有話快說有屁快放，老娘要睡了。

「妳這個淫……」他咬牙切齒一番，靜默了一會兒，才憋著氣開口：「這個禮拜五……」

「嗯？」

「孟熙叔叔要找我們吃飯。」

「嗯。」我惜字如金。

「時間和地點我會發簡訊給妳，記得到，再見。」彷彿連多一秒都不願意，他快速講完，掛掉電話。

我一陣迷茫。

不對，這傢伙剛剛好像罵我淫蕩欸？

我做了什麼招他這樣汙衊啊？

想起那天掉下泳池，鄭楚曜抱起于姎姎，就在泳池邊對暈乎乎的女孩上下其手，又親又吻，這不是猥瑣、變態、賤是什麼？

八卦雜誌居然還一面倒地誇讚他見義勇爲、義勇救人。

有沒有搞錯啊？口對口人工呼吸也犯不著這樣啊！

鄭楚曜這暴躁鬼擺明「混水摸魚」……咦，這成語用在這裡好像怪怪的，但又說不清的貼切……算了，我中文不好，大家知道意思就好。

我對著早已傳來嘟嘟聲的電話，咒罵了好一會兒：「鄭楚曜，你才是淫蕩的男人，猥瑣變態賤！哼。」

被他一激，我的腦袋有些清醒了，細細回想那天的事……我也被救了欸。雖然那人的方式暴力了點，但該死的，他居然說了兩次對不起。說什麼對不起啊？害我……忍不住覺得自己眞的被對不起了。

一股燥熱血氣莫名上湧，連帶耳根也熱辣辣地燒灼了起來，我深吸一口氣，溜下床，翻出那件銀白色外套。

在我最狼狽的時候，那人脫下外套披在我身上，他還說——

「沒事了。」

這三個字，讓我感到心安。

這是一件Marc Jacobs連帽薄外套，Marc Jacobs這個牌子的外套並不好駕馭，版型俐落修身，何況是這種金屬色，穿的人身材必須高瘦且寬肩才撐得出氣場。

我把外套穿在身上，手從袖口穿出，露出半截手指，外套長度堪堪遮住我的臀部，看來外套的主人應該有一百八……

不知道長相如何？當時太混亂了，我根本沒看清他的臉。

不曉得救我的人是誰？應該要好好謝謝人家。

我在腦海中不斷搜尋比對，派對那天，身高一百八左右的男性年輕賓客有誰。

穿得起Marc Jacobs這樣的名牌，家世應該也不差，劈暈我之前還懂得先道歉，教養不錯，雖然吃了點我的豆腐，不過看在當時情況危急，本小姐人美心善不跟他計較。

不過……感覺不是很壯碩的人，但他環住我的手臂那麼有力，他的胸膛緊緊貼著我的裸背，肌肉線條隱隱起伏，觸感頗好，想來也是熱愛運動的男人……

啊啊啊啊——我摀住臉，在大床上滾來滾去，最後坐起身，狠狠賞了自己一巴掌。

林星辰，妳就這點出息，居然對著一件Marc Jacobs外套意淫起來？

因爲被未婚夫冷落，就抱著別的男人的外套取暖，難道，眞正猥瑣變態賤的人是我？

接連幾天沒睡好，遮瑕膏遮不住眼窩四周的黑青，我索性畫了煙燻妝，兩瓣嘴唇塗得血紅，身穿MSGM緞布連衣迷你裙，裙上的紅唇印花讓我毫不遲疑地選了一雙紅色的高跟鞋搭配。

煙燻妝、黑色蔻丹、大紅高跟鞋，配件是骷髏頭造型的金色手鍊，今天走龐克搖滾風，手機舉高四十五度角，微微側過一邊臉，熟練地擺出十連拍的姿勢，一張張美照上傳臉書成功，快快來按我讚吧！

貼文底下藍色姆指豎起的圖示旁邊，數字登登登不停往上，我滿意地笑了。

「咳，星辰小姐……」管家大叔尷尬地敲了敲門，「只剩三分鐘了。」

我滑著手機，連頭都沒抬：「『還有』三分鐘啊。」

「可是……鄭家小少爺已經到了。」

「讓他在客廳等一下。」我不耐煩地揮手，手指飛快回著訊息。

順手又清理了幾個交友邀請，等到我心滿意足走出房門，已經是三十分鐘之後的事了。

「鄭楚曜呢？不是說好要來接我？」被放鴿子，我很不高興，「說話不算話，果然混蛋。」

「德叔，送我過去吧。」

「是，小姐。」

管家大叔開車送我到內湖一家頂級法式餐廳，臨下車前，他殷殷叮嚀我結束後別亂跑，務必要叫他來載我回家。

管家大叔，我喚他德叔，他是外省第二代，當了半輩子的兵，退役後在我家工作已經二十餘年了，看著我長大，爸爸去世之後，大媽忙事業，親媽忙血拚，不怎麼理我，照顧我的重擔就落在德叔身上，對我而言，他是比家人還親的存在。

德叔在台灣沒有親人，老婆死得早，沒有留下子嗣，對他而言，林家或許已經是他第二個家了。

我攬住他的脖子，撒嬌地蹭了一下他乾乾粗粗的臉頰：「知道了，知道了，德叔像星辰的老爸一樣囉嗦。」

「德叔的年紀都可以當小姐的爺爺了。」

「哼，我不管，我有爺爺，但是沒有爸爸，星辰要德叔當爸爸。」我眨著眼笑。

德叔靦腆地呵呵笑，眼角擠滿皺紋：「快去吧，別讓鄭家少爺們等太久了。」

看他佝僂著腰關上車門，我莫名有些惆悵。德叔年紀真的大了欸……

甩甩頭，甩掉這些莫名情緒，我昂首走進眼前的頂級法式餐廳。

餐廳入口處即有侍應生等候帶位，金黑色系的裝潢走低調奢華風，天花板垂下一盞流蘇繁絡的晶瑩水晶燈，整個空間泛著璀璨的光，刺得我瞇了瞇眼，好一會兒才適應這奪目的光線。

這家法式餐廳以米其林星級主廚爲號召，各項餐點皆是空運來台的高級食材，儘管要價不菲，預約的食客據說已經排到半年之後，而孟熙叔叔居然在三天前就已經訂到位子，如此手腕，不愧是日曜集團老董事長欽點的接班人。

僻靜的包廂裡，孟熙叔叔跟鄭楚曜早已等候我多時。

本小姐現在心情好，決定不追究鄭楚曜放我鴿子的事，我極其優雅地落坐，雙手交疊膝間，微笑道：「Bonjour（日安），兩位。」

鄭楚曜嘴唇微抿，表情木然地低下頭滑手機，連聲招呼都不打，擺明把我當空氣、當隱形人。

孟熙叔叔微微頷首，開門見山地說：「星辰，聽說池畔派對那天，妳跟楚曜發生了爭執，如果哪裡讓妳不愉快，叔叔代楚曜跟妳賠不是。」說完，他向鄭楚曜使了一個眼色。

鄭楚曜沒有搭理他，仍舊滑著手機，半晌才丟出一句：「小題大作。」

「這算什麼道歉？」我翻了翻白眼。

「誰跟妳道歉了？我只是在陳述事實。」他抬頭，眼底藏不住惱怒地提醒我：「又不是只有林大小姐落水。」

鄭楚曜那副模樣眞欠揍。

我氣得牙癢癢，有氣憋著不發作我會生病，所以我也不客氣地告狀了：「我的確很不高興，那天鄭楚曜被我逮到跟一個飯店打工女孩糾纏不清，兩個人拉拉扯扯，看起來很親暱……」

「哦？有這回事？」孟熙叔叔的眉毛微微揚起來，露出詢問的表情，「楚曜，你跟那女孩是……」

「不認識，沒關係。」他冷冷地扔出一個敷衍的答案。

我抿了抿嘴角，輕哼：「騙誰呢？」

「既然楚曜說不認識，那應該就是不認識……」察覺我們話裡行間硝煙味四起，孟熙叔叔岔開話題，「星辰應該餓了吧？」

身爲名媛千金，身材管理就跟財富管理一樣重要，沒有美貌、沒有財富，那就只是普通的公主病女了。

於是，我瞄了一眼菜單上的精美圖片，嚥嚥口水，口是心非地說：「還好，不是很餓。」

「不餓也吃點，點餐吧。」孟熙叔叔笑了笑，一揚手，隨侍在桌邊的服務人員立刻遞上菜單。

「蔬食套餐。」鄭楚曜把菜單往前一推，連看都沒看。

「鄭楚曜吃素？我怎麼都不知道？」我愕然抬起頭。

「現在開始吃了。」他冷淡地衝了我一句：「爲了努力忍受林星辰，開始學習如何修身養性。」

爲了努力忍受林星辰而開始吃素？

你吃素是吧，本小姐偏偏愛吃肉！

「星辰，妳要吃什麼？」孟熙叔叔連忙打圓場。

我惱羞成怒地一咬牙，一句一頓：「肋眼牛排，三分熟，帶血。」

一頓飯吃得極悶，孟熙叔叔本來話就不多，找我們吃飯只爲完成把我跟鄭楚曜湊成對的任務。

鄭楚曜擺臭臉，而我不高興，彼此憋著不說話。

餐廳放著輕音樂，我聽得有些頭疼，看著血淋淋的牛排，更加食不下嚥。

「聖萊昂中學的制服晚點我讓人送去妳家，是按照妳的身材訂做的，妳試穿看看，如果有哪兒不合身……」孟熙叔叔喚了一聲：「星辰？」

「聖萊昂中學？」恍惚間，聽見孟熙叔叔的聲音，我愣了一下才回神，「獨招的時間不是早就過了嗎？」

聖萊昂中學是一所從國中到高中一貫制的私立貴族中學，師資頂級，校園環境頂級，當然學費也頂級，儘管如此，還是吸引大批家長趨之若鶩，捧著白花花的鈔票想盡辦法把兒女送進去念書，也因此，能進聖萊昂的學生家庭非富即貴。

爲了伺候這些來自上流社會的孩子，聖萊昂門禁森嚴，外人難以一窺校園全貌，所以也有「最神祕的名門中學」之稱。

但，如果你以爲仗著家裡有錢有勢就想擠進這所夢幻中學，那你就錯了，聖萊昂每年都是獨立招生，打著維持教學品質及學生素質的旗幟，入學需經過嚴格的學術科考試及面試。

雖然我智商一八○，但念書考試那種毫無樂趣的事，本小姐自是不屑的，要我花腦筋去應付聖萊昂繁複的入學考試，還不如研究下一季的時尚趨勢。

於是，我鄙夷道：「那種專門出產腦包王子病公主病的學校，我才不屑去念。」意外接收到鄭楚曜朝我刨來一記冷颼颼眼刀。

差點忘了，鄭楚曜也念聖萊昂，難怪王子病嘛！

「原來，星辰不喜歡聖萊昂啊！」孟熙叔叔習慣性地扶一扶眼鏡，漫不經心地看我一眼，「但是……聖萊昂校長已經答應讓妳入學了，以特別錄取的方式，不用經過考試喔！」

不用經過考試啊……

有點心動，撇開校園充滿王子病、公主病的學生，聽說聖萊昂的男老師們長相身材都是一時之選，每個都能走上伸展臺當男模。

我暗暗吞了吞口水，腦袋裡的十八禁小電影演得很精采。

「如何？」孟熙叔叔問。

「我嚴重鄙視這種走後門的行爲。」我傲氣凜然。

「眞的不念？」

「不屑念。」

聽說聖萊昂有一座教職員專用的美麗後花園，下課的時候，高大英俊與嬌俏可人的男老師們最喜歡在後花園裡進行學術研究和各項體育活動……想起耽美論壇上，不少校園師生戀就是以這座神祕後花園爲背景……

我捏捏鼻翼，阻止某種腥熱液體外流，自從整形之後，鼻血管似乎越發脆弱了。

「聖萊昂年年被中學生評爲『最想就讀的夢幻中學』第一名，這還是創校以來第一次被學生拒絕入學。」忽然，孟熙叔叔的嘴角噙上一絲笑，「校長先生知道了會很難過唷。」

校長先生？

論壇上還謠傳整座聖萊昂後花園根本就是校長先生的後宮啊啊啊……

我呆呆望向他，問了一個很蠢的問題：「那位校長先生爲什麼如此熱心，非要我去念不可？」

難道是因爲本小姐魅力無法擋？

「他，就是聖萊昂的校長。」鄭楚曜鄙視地瞥我一眼，順帶解答我的疑惑。

孟熙叔叔是聖萊昂的校長?!

啊——林星辰妳中樂透了！

我看向孟熙叔叔，他舉起桌上紅酒，向我做了一個乾杯的姿勢才仰頭一飲而盡，我莫名緊張地端起紅酒回敬，喝得太急，不小心讓一抹紅酒液染上脣瓣，我呆了兩秒鐘，孟熙叔叔見狀，居然橫過身，伸出食指從我脣畔輕輕擦過。

「別緊張，校長先生不會吃人。」孟熙叔叔眼裡閃著戲謔的微光，將沾了紅酒液的食指放到脣邊，舌尖舔了一舔，滿臉愉悅地笑，「這可是上好的紅酒，浪費了多可惜。」

實在太犯規了！校長先生，你這樣勾引女學生好嗎？

我羞得直想把臉埋進紅酒杯裡，掩飾地輕咳幾聲：「既然孟熙叔叔都開口了，看在你這麼有心的分上，我就勉勉強強答應去念吧。」

吃完飯，孟熙叔叔載我們去公園，呵呵笑著說，吃飽飯散散步有益健康，走了幾圈又說時間還早，拉了我跟鄭楚曜到百貨商場逛街，臨走前塞給他兩張電影票：「星辰向來愛看這類型的電影，待會兒陪她去看，叔叔就不當電燈泡了。」

看來孟熙叔叔決心把這月老當得稱職。

兩人一陣推推拉拉，我在一旁偷空拿出口紅補妝，直把嘴脣塗得快滴出血來。

鄭楚曜接下電影票，孟熙叔叔一句「好好哄哄星辰……」還沒說完，鄭楚曜就趕他走了。

是有這麼迫不及待？

目送孟熙叔叔的車離開，鄭楚曜回過頭，那雙漂亮卻稍嫌凶惡的眼看向我，在我臉上停留幾秒，皺皺眉，把電影票塞進我手裡，轉身就走。

「喂，鄭楚曜！」我喊，「你要去哪裡？」

他身高腿長，一下就走得老遠，我穿著細跟高跟鞋追在他身後，好幾次忍下把高跟鞋脫下來砸他腦門的衝動，終於在一處轉角拽住他衣角。

鄭楚曜猛地轉過身，壓低眉眼，凶惡地問：「林星辰，妳到底想怎樣？」

好凶啊，不過，本小姐向來喜歡挑戰難搞的物件，這樣才有征服的快感！

我直直迎向他的目光，笑著反問：「我想怎樣……你不知道嗎？」

「我不知道！妳想打我一頓，還是去告狀都可以，但是那天的事，我不會再多解釋一句。」

說來說去，還是爲了維護那朵小白花呀，有意思，剛剛不是還說沒關係，不認識嗎？

「我不想打你，也不打算去告狀，更沒有要讓你解釋那天的事……」

「那妳究竟想怎樣？快說，我沒耐心跟妳耗。」

見鄭楚曜這副氣焰囂張的模樣，眞想送他一巴掌。

我深深吸口氣，平復下心情，主動握住他的手，笑得很扭曲：「不是要看電影嗎？說起來，這算是我們第一次單獨約會……」

鄭楚曜吐出一句：「神經病。」甩開我的手，從我身側離開。

眼見他又要走，我也不再矜持，直接從身後抱住他，把臉埋向他的後背。

「我沒說錯啊，既然都要訂婚了，不約會一下說不過去吧？」隔著單薄的夏季襯衫，臉頰貼在男孩微微汗溼的背脊，感覺他愣了一下，沒有立刻推開我。

「我對妳沒有那種感情。」很乾脆的硬釘子。

「我媽說感情是可以培養的。」我很不要臉地嬌笑，「你不是爲了我開始吃素嗎？」

他扶額：「那是爲了『修身養性』！」

我嬌羞：「沒關係，我看到你的努力了。」

鄭楚曜沒接話，氣氛瞬間降到冰點。

奇怪，我怎麼有種我們不在同一個星球上的感覺……應該是錯覺吧？

男主總是傲嬌，我只好無恥地鼓勵他：「繼續加油喔，說不定我就快愛上你了。」

隱隱約約聽到某人牙齒咬得喀喀響，似乎極力忍耐著什麼，最後我聽見一聲嘆息：「林星辰，妳根本不會愛人。」

我不會愛人？我一愣。

鄭楚曜沒有轉過身，仍舊背對著我，我看不見他的表情，只能對著他的背影悶聲說：「我不知道你爲什麼這樣想，但是，鄭楚曜，坦白說我並不討厭你……」

「……」他沉默。

「雖然你明明上高中了卻仍然很中二，爲人任性霸道，脾氣又暴躁，有時還挺白目的，但是長得還算可以，配我勉勉強強過得去，最大的優點就是家裡有錢，既然聯姻對雙方家族都有好處，我就給你個機會，跟我在一起。」這一大串話放在我心底很久了，如今鼓起勇氣說出來，我的臉頰隨之發燙起來。

他深吸一口氣，壓抑地說：「沒有愛情，這場婚約只是一場交易，難道妳一點也不介意？」

沒有愛情，只是金錢堆砌起來的婚姻……我要嗎？

大媽尖銳的聲音驀然鑽進我腦袋——

「誰的婚姻不是一場交易？男人交易金錢跟身分，女人交易青春跟體力。」

「橫豎都是交易，能追高當然最好，再不濟，至少也要換個等價的。」

我再三思索大媽的話，可恥地被說服了。

於是，我搖搖頭，想到鄭楚曜背對著看不到，又補了一句：「我不介意。」

「不介意？只因爲我家裡有錢？」鄭楚曜驀地轉過身，反手扣住我的手臂，用力推，將我按在玻璃櫥窗上，「即使被我這樣對待，也不介意？嗯？」

「鄭楚曜，大街上別動粗……」我嚇了一跳，背被磕疼了，在他挨近的灼熱身體下努力縮起肩膀，「那個，有話好好說……」

「別動。」他說，聲音變得危險。

我孬了，不敢動，只是瞪大眼睛，渾身寒毛全部聽話地立正站好。

眼睜睜看著他俯身，微微側過頭，這樣近，連他脣上細細的紋路都看得如此分明。

我下意識側著臉，身體因為緥緊而輕輕顫抖，拚命壓抑莫名想推開他的衝動。

突然，下巴被一隻手重重捏起，微涼的脣摩擦到了我的脣瓣，凶狠地啃咬一下，直到帶著血腥味的痛意襲來，我才恍然驚覺他在吻我！

啊——老娘苦守十八年的初吻啊！居然輕易被鄭楚曜奪走了！

我腦中某根神經霎時斷掉！力氣隨著怒氣飆升，我掙脫他的鉗制，狠狠地甩了他一巴掌。

啪！

清脆的一聲，鄭楚曜被我打得偏過臉去，短短數秒，臉頰就浮現出淡淡的紅印。

沒料到我居然會打他，他驚呆了，摀著發紅的臉瞪我，神情複雜得難以言說。

我不自覺低下頭，望向自己隱隱作痛的手掌，憤怒中我沒有節制力氣，他一定很痛吧？

道歉吧，林星辰，快跟鄭楚曜道歉。

我抿著被他吻痛的下唇，想著要不要開口說抱歉，但他接下來的話，硬生生將我的道歉逼回喉嚨裡——

「林星辰，妳聽好了，我討厭妳。」

林星辰，我討厭妳。

我不可置信地抬起頭，整個人僵在原地，如遭雷擊。

「你討厭我？」

「很討厭。」

「你討厭我哪裡？我……」暗暗咬牙，我在心裡唾棄自己沒尊嚴，「爲了你，我……可以改！」

「妳的眼睛、鼻子、嘴巴、頭髮、服裝、言行舉止……」他沉默幾秒，面無表情地推開我，「妳的一切一切，我都討厭！」

我瞪著他，大口大口呼吸幾下，才把奔騰的怒火強壓下去。

不遠處，百貨商場入口傳來陣陣孩子們的歡呼，有人戴著玩偶頭套，裝扮成凱蒂貓的模樣在發氣球，人潮圍繞出一方歡樂的小天地，來來去去的群眾全被凱蒂貓人偶吸引，沒人注意到我和鄭楚曜僵持在陰暗角落，山雨欲來。

這個奪走我初吻的男人，這個即將成爲我未婚夫的男人，他說他討厭我！討厭我的一切！

我做錯了什麼？捲入這場豪門聯姻，我也是身不由己，爲什麼我要變得如此卑微？

每次跟你見面，我總是悉心打扮，努力讓自己優雅美麗，站在你身邊，成爲眾人羨慕的一對……你憑什麼討厭這樣的我？

不能輸，絕對不能認輸！

鄭楚曜你這渾蛋！我，林星辰，絕對要讓你愛我愛得死去活來，讓你後悔你現在說過的話！

我揚起最完美的笑容，擺出最高傲的姿態：「鄭楚曜，你也聽好了！越抗拒越逃不掉的，這就叫做『命運』。」

「而你的命運——」我勾唇一笑，「就是我，林星辰！」

事後想來，我跟鄭楚曜說的那番話實在太過一廂情願了，以致於當他被命運屈打成招，決定臣服之際，我卻極力想擺脫我自己的命運。

不過那是後話了。

我正等著他反脣相譏，沒想到，他非但沒有生氣，眼底竟有種冷靜到近乎悲哀的情緒在流動。

他定定凝視我片刻，隨即甩頭離去，留給我一個冷漠的背影。

很好，動不動就把女人丟包在街上，果然很有霸氣男主角的氣勢。

鄭楚曜離開後，我氣燄高漲的堅強就像被戳破的氣球，「嗖」一聲消得扁扁，委屈、憤怒、傷心……各種憋屈難過湧進心裡，我努力平復情緒，硬把眼淚吞回喉嚨裡，化為一聲輕嗤。

我朝他漸漸淡去的背影，無聲地喃喃道：「那是我的初吻，鄭楚曜，你知道嗎？」

一個少女的初吻……卻被你如此輕賤地對待。

以為我會像那些嬌弱女生躲在街角哭泣嗎？不，那才不是本小姐的風格！

哭得一把眼淚一把鼻涕，那是三歲小朋友幹的事，現在的林星辰，殺小朋友去！

我抬頭挺胸，挽著YSL流蘇小鏈包，踩著紅色高跟鞋，發出一路清脆的「叩叩叩」踏步聲，三步一扭地朝百貨商場走去，決定好好血拚一番。

幾個死小孩在旋轉門入口處笑鬧奔跑，發出愉悅的高分貝尖叫，讓我不自覺揉揉額頭，一邊暗罵這些小鬼沒教養，一邊小心翼翼地側身避開，突然，「噗滋」一聲，大腿猛然貼上一塊冰涼……Oh！Shit！

我倒抽一口氣，往下一看，一圈巧克力醬糊在我的裙上，黏糊糊的汁液從裙子邊緣滴下，流到腿上，視線再往下，地上躺著一支霜淇淋的殘骸。

想也沒想，我狠狠一腳將它踏爛！

「啊，我的霜淇淋……」

霜淇淋的小主人愣了一會兒，伸出短短胖胖的小髒手就要摸上我的大腿，我尖叫一聲：「死小孩別碰我！」用力拍開他的小髒手，小鬼白嫩嫩的手臂上迅速出現五爪印。

「嗚哇哇哇，媽媽！」小鬼哭天搶地喊媽媽。

我囧了。

周遭哄鬧起來，我瞬間被母愛氾濫的婆婆媽媽包圍，你一言我一語，紛紛指責我的不是。

「嘖，打小孩……」

我沒有打他，只是「大力」拍了他一下。

「打小孩就是不對啦……」

不然呢？闖禍的是這隻小鬼，我還得跟他說「謝謝沒關係」嗎？

「快跟孩子說對不起，不然他長大以後會有心理陰影……」

他有陰影難道我就沒有嗎？我好好一件名牌洋裝就這麼毀了欸！

警察呢？警察不是人民保姆嗎？快點把這小鬼帶走，不然我怕我會忍不住揍他！

我四處尋找，看看什麼東西能塞住這小鬼號哭的嘴，一個小娃手裡捏著棒棒糖，站在一旁看熱鬧。

「小朋友，姊姊用一百塊跟你買棒棒糖。」小娃愣愣地張大眼睛，等他回過神，手裡已經多了一張紅色鈔票，而棒棒糖被我塞進那號哭小鬼的嘴裡。

「別哭了。」我柔聲哄，「你再哭，姊姊就把棒棒糖塞進你屁眼哦！」

小鬼立馬不哭了，嘴裡含著棒棒糖，一臉驚恐地跑走。

「我不要錢，我要棒棒糖！」噴，輪到被我「買走」棒棒糖的小娃哭了，「嗚哇哇哇，媽咪，我的棒棒糖……」

喂，一百塊能買多少支棒棒糖啊，得了便宜還賣乖。

小鬼娃的媽媽拎著大包小包從另一頭趕來，騰出手牽起小鬼娃：「別哭了，媽咪再買一支給你。」

小鬼娃抽抽噎噎地哭：「那個阿姨好凶好可怕……」

什麼阿姨？我是姊姊！大、姊、姊！

我的臉孔抽搐不已。

忍，告訴自己一定得忍，跟沒教養的窮酸小鬼計較，只會降低自己的格調！

我可是林星辰！高貴優雅的千金大小姐！

得先清理腿上那塊噁心的霜淇淋液體，手往包包裡掏了半天，手機、各種卡、現鈔……不少，居然找不到半張面紙。

用鈔票擦是土豪的行爲，但那一剎那，我的確動過這樣的念頭。

面前落下一座小山似的陰影，一隻不現實的卡通大手隨即映入我眼簾，我連頭都沒抬：「去，去，我不需要氣球……」

凱蒂貓逕自攤開手掌，我才發現他手裡捏著一包面紙，我還來不及說不要，他把面紙塞進我手裡便離開，低頭仔細一看，面紙上印著「凱蒂貓主題館新開幕，全系列商品一律特價」的宣傳標語。

我愣了一下，原來是廣告面紙……

被小鬼們這樣一鬧，我再也沒那心思血拚，攔了計程車回家。

剛走進玄關，就聞到一陣香味，既熟悉又溫暖。

我慢慢循著香味，走進廚房。

「星辰小姐，怎麼沒讓德叔去載妳呢？」德叔轉過頭來，嘴裡好像嚼著東西。

「不用啦，整個城市都有我的司機啊！」我嬉皮笑臉地湊上去往他嘴邊嗅嗅，「德叔，吃什麼吃得這麼香？」

「包了餃子呢，小姐還沒吃晚餐吧？德叔給您下一大盤……」老人滿是皺紋的眉眼瞬間笑開。

熱騰騰的餃子氤氳著白霧，淋上紅豔豔的辣椒油，灑上綠油油蔥花，便是德叔思念的家鄉味。

「水餃熱量高……」我噥噥口水，「我吃『一小盤』就好。」

「不高不高，小姐放心吃，德叔包的豬肉餡啊，全都去了油……」德叔開了爐火又滾起水，直到一大盤白胖胖水餃上桌仍止不住叨念，「小姐太瘦了，女孩子要福態點才好看，學電視上的那些女明星減什麼肥呢！把小姐養成這副風一吹就會跑的模樣，讓德叔死後怎麼跟妳爸爸交代……」

「Stop！我把餃子全吃了就是了！」我吹涼了一顆餃子，塞進那張喋喋不休的嘴裡。

德叔邊咬餃子邊呵呵笑。

吃飽飯，躺在大床上，我深刻檢討了鄭楚曜說的話。

他說他討厭我的眼睛、鼻子、嘴巴、頭髮、服裝、言行舉止……討厭我的一切。

除了家世背景我無法改變外，其他的還不容易，像鄭楚曜那種貴公子不就喜歡像于姎姎那樣樸實無華的小白花嗎？

看著鏡子裡映出一張濃妝豔抹的臉龐，妖嬈得像狐狸精一樣的女人……

仔細回想，鄭楚曜除了參加宴會穿著較正式外，其他時間大多是簡單的素色T恤或是襯衫，配上亮色系手錶，隨興穿出陽光男孩風格。

而我這副成熟豔麗的模樣，往他身邊一站，看起來硬是比他還大上許多，難怪那些死小鬼會喊我阿姨！

想來男生對年紀總是比較介意。嗳，我理解的。

對於自己迅速找出癥結點，我很快恢復了好心情。

既然找出問題，接下來就是實施解決方案了。

隔天，我火速進了美容沙龍，請上過「女孩我最大」電視節目的知名造型顧問——阿凱老師重新幫我打造新造型。

「我想改變造型。」我想了想，「要清純但要帶點性感，要樸素但要帶點奢華感，要低調但吸睛度要百分百！」

接收到我的指令，阿凱老師、化妝師、美髮師三人面面相覷了一會兒，似乎有些爲難。

「能不能說得具體一點？」

這樣還不夠具體？

我把LV皮夾拍在桌上，十分土豪：「本小姐滿意的話，費用加倍。」

阿凱老師眼睛一亮，幾人低聲討論一會兒就開始忙碌起來。

「星辰小姐皮膚好，五官也精緻立體，適合走小清新美女風格。」阿凱老師掐著纖纖玉指在我臉上比畫，「大地色眼妝和橘色脣妝現在正流行，搭配上柔柔亮亮的黑直髮……」

「小清新嗎？」想起魚癢癢那雙欲語還「羞」的水汪汪大眼，我點點頭，「嗯，快弄吧。」

化妝師拍了卸妝乳在我臉上，用指腹反覆按摩：「現在先卸妝……」

沒想到決心走向良家女孩的道路，比妖豔狐狸精的歪途還要崎嶇難行。

原本披在肩上的嫵媚捲髮又是拉直又是染黑，折騰好幾個小時，我受不住打瞌睡，頻頻點頭的時候，總會因爲被拉扯著頭皮而痛醒。

此時，助理小妹怯怯地靠近我：「林小姐？」

我狠瞪了她一眼，從齒縫裡擠出一個音節：「嗯？」

她瑟縮了一下：「您手上這些指甲片，阿凱老師說要處理掉……」

瞅了瞅裝飾華麗的十爪，那些施華洛世奇小水鑽可是美甲師一顆一顆黏上去的，那是藝術啊藝術，妳知道嗎……

「小清新是吧？」我的脣抿得死緊，最後眼一閉，身體一癱，「拔掉吧。」

拔掉那些閃亮亮的小傢伙，就像剝掉一隻驕傲孔雀的羽毛那樣痛，妳懂嗎……

我像隻被拔光羽毛的孔雀一樣垂頭喪氣，任人宰割，想到自己受盡折磨，就爲了鄭楚曜那句——「妳的一切一切，我都討厭」的屁話，我就氣得渾身熱血沸騰。

鄭楚曜，你等著，本小姐就要使出渾身解數勾引你！

等到你對我死心塌地，本小姐一定要好好蹂躪你一番，把這些日子受的怨氣、鳥氣全數奉還給你！

幾個鐘頭之後，我望著鏡子裡的女人，有一剎那的失神，問阿凱老師：「這眞的是我嗎？我怎麼覺得跟原來的長相差很多啊？」

「唉唷！您只是看不習慣，這樣打扮多清新自然呀，看起來多像青春少女！」

本小姐今年十八，本來就是青春少女！我眉一擰……

阿凱老師連忙拿起定妝噴霧，輕輕噴著我的臉，讓妝更貼膚：「笑，笑……笑一下，小清新美女要笑！」

笑？

我抽了抽僵硬的嘴角，換來他誇張地唉唷了幾聲：「正翻了！美翻了！比我們海報上的模特兒還漂亮幾百倍……」

刷卡簽帳單時，阿凱老師隨口一問：「星辰小姐這次爲什麼會想改變造型？」

「爲了勾引男人。」我沒好氣地回道。

阿凱老師於是石化了。

打鐵趁熱，我連午餐都沒吃，直奔百貨商場的少淑女專櫃。

「這些蕾絲短裙的小波點設計，看起來清新甜美，很百搭。還有這些雪紡連衣裙，蕾絲花邊袖口搭配拼接設計，都是最新流行的哦……」專櫃小姐口沫橫飛地不斷介紹。

走出試衣間，我盯著鏡中的自己，白色雪紡襯衫搭配水藍色百褶短裙，圓領領口還繫了一朵可愛的蝴蝶結，我的嘴角拚命抽搐：「妳確定這是『正常』男生會喜歡的型？」

「當然啦，男生通常都不喜歡女孩子打扮得太成熟豔麗。」專櫃小姐再三保證，「這種略帶學生氣息的百褶短裙，是他們的最愛……」

學生氣息的藍色短裙？加條吊帶根本就是小學生制服啊，難不成鄭先生有戀童癖？這個念頭猛然鑽進腦裡，想起于姎姎那副尚未發育似的平板身材……胃配合地翻滾兩下，有點噁心，有些反胃。

「妹妹穿這樣去跟小男友約會，一定很適合。」

咦，妹妹？我愣了愣，是在說我嗎？

「您還是學生吧？」專櫃小姐沒話找話聊，「看您這麼有氣質，一定是念名門大學……」

大學？我才高中。

我斜瞪了她一眼，指關節捏得嘎嘎響，察覺我瞬間拉黑的臉色，專櫃小姐抓起十幾件小洋裝往我手裡塞：「這些也很適合您唷！妹妹趕快去試穿看看。」

不管如何，「妹妹」這個稱呼還是讓本小姐鳳心大悅。

「這件、還有這件——」試穿完畢，我豪氣地掏出信用卡，「都不要，其他的通通給我包起來！」

「接下來，我想看看鞋子。」

女人的衣櫃不只永遠少一件衣服，就連鞋櫃裡的鞋子也永遠少一雙。

大媽雖然惡毒了點，老想把我推入火坑，但在金錢方面十分縱容我。

儘管法律規定滿二十歲才能擁有信用卡正卡，但她還是給了我一張附卡，正卡據說是不限刷卡額度的鑽石黑卡，我手上這張雖然是附卡卻也威力非凡，不一會兒，在專櫃小姐們奔走相告下，我走到哪兒都有眉開眼笑的服務人員迎上來，就差沒鋪上紅地毯歡迎我。

我再次感受到「金錢不是萬能，沒錢萬萬不能」的深刻道理。

天堂在哪裡？天堂就是當你擁有一張不限額度的信用卡時，走到哪兒都是天堂！

當我面帶得意和炫耀，被人群簇擁著，耳裡聽著那些人吱吱喳喳地說話，卻不知怎麼……越來越厭煩。

眼角瞥見一隻熟悉的凱蒂貓人偶，正站在商場一隅向逛街人群發氣球，小孩子興奮地圍繞他央求拍照，他來者不拒，左牽一個、右抱一個，那張沒有嘴巴看似面無表情的臉，我卻覺得他在微笑，那是發自內心的眞誠笑意。

我一定是瘋了！才會無端看出一個戴著無嘴貓頭套的傢伙在笑。

突然，那隻凱蒂貓微微昂起頭，視線穿越重重人群與我遙遙相望，幾乎是同一瞬間，我迎上他漆黑的眼睛。

我靜靜站在光鮮明亮的名牌店前，周遭的一切彷彿都靜止下來，我像被蠱惑般慢慢揚起笑容……Hello，Kitty！

謝謝你……的面紙。

沒什麼。彷彿聽到他這樣說。

天啊！我一定是神智不清了！居然跟一隻不知道是公是母的凱蒂貓眉目傳情！

喧囂的人聲再度鑽進我耳膜，甩甩頭，我繼續買買買、簽帳、打包……我買紅了眼……

那天後來，我還跟凱蒂貓一起共進晚餐，順道喝了一點酒，貌似發生了一點意外。

這是一隻會妖術的邪惡貓！一定是！絕對是！所以我才會看他一眼就著了他的道。

總之，等我真正清醒過來，已是隔天清晨，然後，發現一件讓人極度崩潰的事——

我林星辰，堂堂千金大小姐，跟這隻妖孽凱蒂貓相擁著度過一夜！

這是什麼神展開？

從言情小說跳到奇幻小說了嗎？

還是我從現實世界穿越到卡通世界了？

症狀三　自我感覺良好

好奇心是最壞的缺點。

時間回到案發當時。

一陣血拚後，肚子咕嚕咕嚕叫，我才覺得有點餓了，看了看腕上的錶，已經快晚上七點了，我居然從一大早逛到現在滴水未進，只爲爭一口氣，眞是活受罪。

「林小姐，要不要陪您吃飯？」專櫃小姐的笑容跟底妝僵在臉上，大概用手輕輕一戳就會嘩啦啦崩壞。

「不用，我一見妳就反胃。」我抽出一張千元鈔當作小費打發她離開。

提起大包小包的購物袋，開始四處搜尋塡飽肚子的地方。

美食街或小吃攤那種骯髒吵雜的地方不襯本小姐的身分地位，我寧可餓死也不會考慮，想起附近有一家朱莉亞大嬸推薦的日式料亭，便招了計程車前去。

小小的日式料亭門口擠了一群人。

我皺皺眉，擠開人群往櫃檯前一站，等候服務人員來帶位。

「いらっしゃいませ（歡迎光臨）。」穿著和服的中年女將九十度鞠躬，「對不起，請問有預約嗎？」

「沒有。」我老實答。

女將客客氣氣道：「對不起，本店不接待未經預訂而突然造訪的顧客，麻煩您下次請先預約。」

「妳知道我是誰嗎？」我怒道，「我可是堂堂『Dolly集團』的千金！」

「對不起，本店爲提供精緻日式料理及服務，才會採取事先預約的方式。」女將道歉，又是一個九十度下彎腰，「請您諒解。」

「本小姐吃妳這低級料亭是看得起妳！居然敢叫我先預約？」我衝著她翻了翻白眼，氣勢不能輸：「叫負責人來！」

「就算是『微微風廣場』的老闆娘——云云小姐來也一樣，憑什麼妳有特權？」一位穿著低胸紅色背心裙的美豔女子雙手扠腰，褐色捲髮讓她看起來像隻紅貴賓，「高級料亭本來就是預約制的，妳是聽不懂嗎？」

我冷冷地掃視圍觀眾人一圈。

是我的錯覺嗎？怎麼大家都用一種看神經病似的眼神看我？

「我只聽得懂人話。」我欣然微笑，「其他當狗吠。」

「妳——妳有病啊！」美豔女子狠狠跺腳，一副恨不得撲上來咬我的模樣。

「林星辰小姐？還記得我嗎？我是《第壹週刊》的總編輯，在W飯店我們見過……」某位穿著西裝，斯文敗類型的男人似乎認出了我，上前來擋在紅貴賓女面前，手很自然地爬上我的肩膀，「既然碰巧遇見，如果不嫌棄，就跟我們一起吃吧。」

「算了算了，不吃了。」我拍開那隻髒手，覺得噁心，「這種充滿蟑螂食客的低級料亭，本小姐不屑吃！」

還有哪裡可以去呢？回家？

別傻了。

今天是週末，朱莉亞大嬸跟她那群貴婦團損友不知道又跑哪兒玩樂去了，大媽早把那幢華麗的大屋子當旅館，十天半個月才回來一趟。

唯一會關心我死活的人只有德叔，但他一早鬧胃疼，原本拖著不肯就醫，我出門時好不容易哄他去看病，如果我現在回家，他知道我沒吃晚餐，一定忙東忙西，替我張羅這兒、張羅那兒，沒辦法好好休息……

我懶懶地坐在星巴克裡，喝著星冰樂，手機忽然振動起來。

「小姐啊……」是德叔一貫溫厚和藹的嗓音。

「德叔，你好一點了沒？胃還痛嗎？」

「呵呵，德叔沒事啦！老毛病了。」他頓了頓，道：「對了，小姐吃過晚餐了嗎？想吃什麼？回家德叔幫妳弄……」

「正在吃了啦。」

「眞的？不可以騙德叔唷，女孩子要吃胖點，看起來才有福氣。」

「知道了。」

「吃完飯，要不要我讓老吳去載您？」

「不用。」我拿開手機，對著空氣說了幾句話，才對電話那頭瞎操心的老人說：「你聽到了，鄭楚曜說他會送我，讓你別擔心。」

「這樣啊，記得要早點回家，一個女孩子別跟男孩子待太晚，就算對方是即將成爲丈夫的人也不行，要知道，青春期的男孩子都是禽獸。別說德叔保守，您可是金枝玉葉的大小姐，受不得半點委屈呀，不然德叔會心疼……」

青春期的男孩都是禽獸……我抿著隱隱作痛的下唇，那隻禽獸還咬了我一口。

「啊，德叔又開始碎碎念啦，我要掛電話了。」

「等等，小姐……」老人想到什麼似的，不放心地叮嚀：「要吃熱熱的食物唷，不能光喝冰咖啡就算吃了晚餐。」

我看著手中早已融化成甜膩巧克力奶昔的飲料，失笑：「好好，我會乖乖吃飯。」

跟德叔交代了聲今晚會去住朱莉亞大嬸那兒，我的「準未婚夫」會安全地把我送過去，讓他別等門才掛斷電話。

林星辰，妳說謊的功力繼續發展下去，可以考慮去當演員了。

攔了計程車，司機問我要去哪兒，本小姐難得隨和：「找個乾淨能吃東西的地方就行……」想了想，好像也不能太隨便，於是補充道：「食材要高級，用餐環境要高檔，重點是不能太吵。」

司機大叔從後照鏡瞄我一眼，用一種「天吶，我遇到一個女神……經病」的目光，把我送回百貨商場附近一家裝潢雅緻的火鍋店。

「不用找了。」丟了錢，我拎著大包小包下車。

往火鍋店門口一站，立刻有一位接待小姐迎上來：「歡迎光臨，請問幾位用餐？」

我瞪她一眼，眼神特別陰森森，接待小姐摸摸鼻子改了口：「請問兩位嗎？」

我回頭往身後看了看，陣陣冷風吹過，十分蕭瑟……

沒有理她，我逕自找了一個靠窗的空位，攤開菜單開始研究起來，越看臉色越陰沉。

整個菜單掃下來全是鴛鴦鍋，欺負我孤家寡人嗎？

「小姐，請問是兩位用餐嗎？」

「妳看我現在是一位還兩位？」

又一個不怕死的，我不耐煩地抬起頭，綁馬尾的女服務生站在面前，清秀臉龐有點眼熟，不就是那個……

「啊？」她睜大眼，後退一步，看來對我餘悸猶存。

「我們認識？」我挑了挑眉。

「沒，沒有，不認識，只是覺得小姐有點眼熟……」她垂下頭，目光躲躲閃閃，從瀏海縫隙偷偷打量我。

只是有點眼熟？

我哼了哼，沒表示意見，隨意翻著菜單問：「有沒有推薦的？說來聽聽。」

「本店的招牌是蒙古養生鴛鴦火鍋，一次可吃到麻辣及中藥熬煮而成的兩種湯頭，還有海陸鴛鴦鍋，湯底是酸菜白肉及海鮮昆布……」她語氣平板，像在念課文。

「怎麼都是鴛鴦鍋？」被我一凶，魚癢癢握著點單的手有點顫抖，「很抱歉，本店賣的是鴛鴦鍋。」

我發誓我不想無理取鬧的，但因爲對象是這朵鄭楚曜呵護至極的嬌弱小白花，不發點性子實在太失我這惡毒未婚妻的面子。

「我就只想吃一種鍋不行嗎？」

「很抱歉。」她的聲音聽起來很沒誠意。

「我明明就一個人，妳叫我點什麼鴛鴦鍋？另一半的錢，妳幫我出？」

「抱歉，您還是得付鴛鴦鍋的錢……」

「妳說，我一個人爲什麼要付兩個人的錢？」我咄咄逼人。

「很抱歉……」魚癢癢邊道歉，無辜大眼邊四處亂瞟，似乎在尋找什麼人。

店內角落，一群工讀生忙著猜拳，剪刀石頭布、數支輪了幾遍，總算推出一人來當黑騎士。

灰姑娘的黑騎士…… 嘖，這個留著西瓜頭，矮矮肥肥的男生，長的就像桃太郎身邊的西瓜太郎，大概只能算騎士旁邊的召喚獸。

「對不起，本店只賣鴛鴦鍋，就算一人用餐也要付兩人的錢，這位小姐若是不想付，麻煩您換別家吧。」西瓜太郎挺了挺寬廣厚實的胸膛，很盡責地把女孩拉到身後，可惜身高不高，魚癢癢縮在他後面硬是比他高一個頭，畫面看起來頗滑稽。

「鴛鴦鍋的錢，我並非付不起，本小姐高興的話，包下整間餐廳也沒問題！」我冷冷道，「但是，你們強硬地要求客人一人用餐要付兩個人的錢，這種規定根本就不合理，不合理的事，本小姐偏偏看不順眼，我要去投訴你們！」

「我們只是小小的工讀生，請妳高抬貴手，不要爲難我們啊。」西瓜太郎氣燄全消，噔噔噔後退幾步。

我從鼻孔哼出一聲：「到底是誰在爲難誰？」

一位中年男子怒氣沖沖地從廚房走出來，伸手想把我從座位上拽起來：「不想被爲難，妳就不要吃啊！走，快走，本餐廳不歡迎妳這種客人！」

「這年頭，餐廳還能這樣對待客人？」我側身避開，冷笑，「別碰我，要是碰到了，我告你性騷擾！」

「大哥別衝動，這個女人我們惹不起……」魚鬚鬚拉住大叔，朝他搖頭使眼色，附在他耳邊八成說了些我的壞話，大叔無限愛憐地拍拍她的肩，恨恨瞪我一眼又回到廚房。

看來灰姑娘的黑騎士還挺多的。

大叔一走，她就轉頭對我說：「林星辰，妳別欺人太甚！服務業也是有尊嚴的！」

「終於想起我是誰了？不錯嘛！」我瞄了瞄她胸前的名牌，陰陰笑道：「妳叫于姎，是吧？沒想到妳也在這裡打工，怎麼？W飯店賺的錢不夠？我讓楚曜給妳加薪啊！」

「是的，我家裡窮，我需要打工，我需要兼好幾份差來維持家計，沒空陪你們這些富家少爺小姐玩！」白皙臉龐瞬間泛起怒紅，她捏緊了小拳頭，昂然直視我，「林大小姐，妳聽清楚了，是鄭楚曜自己來招惹我的！不是我主動招惹他的！妳與其跟我發脾氣，何不管好妳自己的未婚夫？」

鄭楚曜自己主動招惹于姎姎？

我愣了愣，沒想到鄭楚曜這小子的嗜好還眞獨特，但是，這樣一來，我不就誤會于姎姎了？

「哼，妳以爲我會相信妳的鬼話？日曜集團繼承人怎麼可能對妳這窮酸女有興趣？」我雙手扠腰，冷哼一聲，並不相信，「妳拿出『證明』來啊！」

「這種事要怎麼證明……」

「那是妳的事！反正沒有證明，我是不會相信的！」

「林星辰，妳……」

夾在我們中間，不知如何是好的西瓜太郎舉起手，怯怯地開口：「那個，不好意思……」

「幹什麼？」我惡狠狠瞪向他。

「我，我……就叫『鄭明』……」他邊說邊拉出卡在胸前三層肥肉中的名牌。

我不耐煩地低吼一句：「給我滾！」就像在等我這句話，西瓜太郎瞬間露出解脫的表情，迅速無比地逃開。

「妳到底想怎樣？」失去西瓜太郎的庇護，于姎姎有些慌亂，在我凶悍的瞪視下，她咬咬下唇，聲音有些哽咽：「我都離開W飯店了，要怎麼做妳才會放過我？」

「我要妳發誓，從此之後跟我的未婚夫毫無瓜葛！」

「啊？」于姎姎的嘴巴開開闔闔，「我，我……」

「不敢發誓？你們兩人果然有鬼！」我鄙夷道：「妳心裡是不是還想著要如何勾引我未婚夫？」

「我沒有……」她拚命搖頭，一顆眼淚從眼角甩落，「妳講話可不可以不要那麼難聽？我眞的沒有那意思……」

更難聽的話我都還沒說呢！

女孩委委屈屈的小媳婦兒模樣看得我心煩，於是我又衝動地吼了一句：「如果妳沒那意思，那就從我們的世界裡消失！」

「林星辰，妳太過分了……嗚……」于姎姎長睫撲扇幾下，眼淚如同斷線般的珍珠滑落。

居然……哭了？說哭就哭，她的眼睛是水龍頭嗎？

哭得那般委屈……唔，我是不是眞的太過分了？

我的歉疚只維持幾秒鐘，瞬間就被冰茶潑醒，我錯愕地抬起頭來，看向握住茶杯的那隻手，修長手指扣住杯身，因爲太過用力，指節微微泛白。

原來，鄭楚曜竟這樣討厭我！

「我們走！」似乎連多看我一眼都覺得厭煩，鄭楚曜拉了于姎姎就走。

這齣富家女未婚妻跟灰姑娘「相見不歡」的狗血劇，就在男主現身潑了富家女一身溼的狀況下，意外落幕了。

如果我是于姎姎，見到這幕經典潑水戲碼，一定開心地飛上天。

可是，我不是灰姑娘于姎姎，我是富家女林星辰，被男主討厭、被觀眾唾罵的……惡毒女林星辰。

透過火鍋店的大落地窗，看見鄭楚曜家的豪華轎車等候在街邊，司機替兩人拉開車門，坐進車內的鄭楚曜，手還緊緊握著于姎姎，車開動時，于姎姎嘴角隱隱牽起微笑，她似是不經意朝我投來一眼，眼波流轉間飽含滿滿的得意和炫耀。

炫耀灰姑娘的勝利！

戲散場了，我石化般呆坐在原地一動也不動，不知道過了多久，直到空調吹乾了溼髮，吹得眼睛瘆澀不已，兩顆水珠才從眼眶滾落，我拿出ANNA SUI的手帕，按了按眼角，不著痕跡地抹去。

眼妝應該沒花吧？我趕緊掏出Coach隨身鏡，檢視自己的妝容是否依然無瑕。

西瓜太郎不忘堅守崗位，他小心翼翼挨近我，囁嚅地問：「小姐，這火鍋……您還要吃嗎？」

對哦，我是來吃火鍋的。

「忙了半天，居然什麼都沒吃到。」將手帕跟隨身鏡丟進包包，我揉揉被冷氣吹得發冷的雙臂，實在沒有力氣再去別家覓食了，將就在這兒吃吧。

「請問幾位用餐？」鬼打牆的詢問，我懷疑所有餐廳員工都被內建這句話。

男女主角早已離去，我也不用再扮演邪惡女配了，我擠出僵硬的微笑，無奈道：「我找我朋友一起來吃，這樣總可以吧？」

眼神再度投向窗外，一隻巨型凱蒂貓人偶，背著黑色背包走入我的視線，這不是緣分是什麼？

「等等，我朋友來了。」丟下這句話，我跑出店外向那隻凱蒂貓追去。

十分鐘後，火鍋店內，一人一貓相對而坐，相看無言。

「Hello~Kitty~」我單手撐下巴靠在桌上，對他拋了個媚眼。

活生生的凱蒂貓欸，全球知名度最高的卡通明星欸，現在坐在我對面跟我一起吃火鍋。

「這我朋友，你應該認識吧，我就不介紹了。」招來服務生重新替我斟上一壺溫茶，我輕啜了一口……低劣茶葉泡出的低等茶。

我皺皺眉頭，將茶杯放回桌上，拿起菜單看。

希望這家火鍋店的餐點不要跟服務態度一樣差，不然我回去一定投訴！

「點餐吧，就來個海陸麻辣鴛鴦鍋好了，雪花牛來一份……日本空運來台帝王蟹……唔，看來不錯，這也要，快點上菜，我餓了。」

西瓜太郎朝我投來一瞥，眼神裡充滿對我精神狀態的疑慮，收了菜單，飛也似地逃走了。

我笑靨如花，對我的新朋友說：「Kitty，我可以跟你拍張照嗎？」

凱蒂貓搖了一下腦袋：「拍了照，就可以放我走嗎？」聲音從笨重的貓頭裡傳出來，有些悶悶的。

「當然，當然……」不可以。

我警覺地一手抱緊他的背包，一手舉起手機：「你靠過來一點，不然拍不到。」

凱蒂貓不情願地起身，大大的白色貓頭貼著我的臉頰，我嘟了嘟嘴：「一、二、三，say cheese。」

「背包可以還我了吧？」拍完照，他急道。

「急什麼？」我拉開他的背包，裡面有皮夾、手機跟一套男生的T恤牛仔褲，想來這是他變身回人類的重要工具。

突然興起惡作劇的念頭，我一屁股坐在他的背包上，撥了撥直長髮，眨巴眨巴眼睛，以一種嬌嗲到連我自己都想抽自己的嗓音說：「我點了鴛鴦鍋，一個人吃很浪費，Kitty你陪我吃嘛~」

無嘴貓立刻撇過臉去，用行動表達了……他覺得羞澀。

「我注意到你站在百貨商場前發了一整天的氣球、面紙，應該沒吃什麼東西吧？反正都被我『請』進來了……」說到「請」，我有點心虛，其實是搶了他的背包就跑，「別客氣，這頓我請，算是謝謝你之前送我一包面紙。」

一包面紙換一頓大餐，本小姐多大方啊！

火鍋很快上桌了，一個鐵鑄鍋用鐵片隔開白湯跟紅湯，煲在小火上，冒出咕嘟咕嘟的熱氣，香味撲鼻而來，我明顯地看到他喉頭一動。

「要加豆腐還是鴨血？要不要來碗白飯？還是油麵線？」我笑瞇瞇問他。

「都不要。」他撇過頭盯著窗外，口是心非，好可愛啊！

我回過身對身後的西瓜太郎招招手：「麻煩，這裡加一份麻辣豆腐、麻辣鴨血，再來碗白飯。」

「Kitty，你要一直戴著頭套嗎？」我朝他努努嘴，「這樣怎麼吃東西啊？」

凱蒂貓拔開貓掌手套，脫下那顆笨重的頭套，放在椅子上，面無表情地看了我一眼：「別叫我Kitty。」

「Kitty，」我不以為意，抓起筷子，吃了一塊鴨血，「滷得好入味呀，你也嘗嘗……」我不由分說便將一片鴨血塞進他嘴裡。

入口辛辣刺激的味道嗆得他輕咳幾聲，臉蛋變得紅紅的，他低頭猛扒了幾口白飯。

沒想到隱藏在那顆可愛卡通貓頭下，竟然是一個天然萌物啊！

林星辰，妳撿到寶了！

眼前的少年，十七八歲的模樣，雙眉秀長，左頰邊有招搖的小酒窩，挺直的鼻梁下，是飽滿如櫻桃的嘴唇，唇形很好看，上唇略薄於下唇，嘴角微微翹起，像含著若有似無的微笑，根本就是一張勾人犯罪的禍水臉。

我的腦袋刷過三個字——極、品、受！

似乎察覺到我不懷好意的視線，凱蒂貓少年抬頭狠瞪我一眼，似乎在說：看什麼？

被他黑白分明的雙眸一瞪，我的小小心臟撲通撲通跳個沒完，為了掩飾臉紅心跳，我惡人先告狀：「看什麼看？快吃啊！」

他眉一挑：「不是妳先盯著我看的？」

被發現了！

「你別只顧著吃白鍋……」我乾咳幾聲，從紅鍋裡撈起肉片、魚片、火鍋料，通通往他的碗裡丟，「既然是吃麻辣鴛鴦鍋，當然要吃紅鍋才夠爽。」

凱蒂貓少年微抿著唇，不停地嘶嘶吸氣：「好辣……」他的唇瓣被辣得紅灩灩，看起來特別秀色可餐。

「是不是辣得很爽？吶，這隻帝王蟹也給你……」我再接再厲，撈起泛著油光的帝王蟹放到他面前的盤子上，「浪費食物是可恥的行為，一定要全部吃完哦。」

一直埋頭苦戰的凱蒂貓少年終於受不了我的熱情：「妳自己怎麼不吃？」

「我這不是在吃嗎？」我從白鍋中夾了一塊鯛魚片，吹涼丟進嘴中胡亂嚼了幾下，「嗯，一點也不辣。」

「日本清酒特價買一送一，請問兩位要不要？」女服務生推著推車在座位間推銷。

眼前的天然萌物太可口，我怕我會酒後亂性吞了他……正要拒絕，凱蒂貓少年已經搶先一步開口：「敢不敢喝清酒？」眼底寫滿了挑釁。

少年，你挑釁錯人了，你一定不知道本小姐在日本時，乃是縱橫上流社會社交圈的酒國狂花啊。

「有什麼不敢？」我抿唇笑，想把我灌醉趁機落跑，門都沒有！

火鍋熱氣一撲，全身肌膚都在熱烘烘地冒汗，冰鎮後的清酒一入喉，緩解了胃裡的燥熱感，喝了兩瓶，又再追加兩瓶……兩人不知不覺喝了好多清酒。

「抱歉，離席一下。」我用溼紙巾擦了擦嘴角，優雅只維持到進洗手間之前，捧著馬桶吐了幾回，再度回到座位時，那隻小寵物已經不見蹤影，想當然耳，他的黑色背包也不見了。

「就這樣走了啊，也不打聲招呼，眞沒禮貌……」我咕噥一聲，提起大包小包的戰利品，準備要結帳時，卻怎麼也找不到帳單。

就在我差點把桌子給掀了之際，西瓜太郎急忙跑過來：「那隻凱蒂貓，呃，妳朋友……已經付過了。」

「這樣啊，不是說好我請嗎？眞不夠意思。」我晃晃腦袋，視線一斜，瞥見馬路對面一顆熟悉的貓頭。

我見情況緊急，想也沒想就衝了出去。

連名字都不知道，放他走就等於放條魚游回大海，從此生死茫茫，總不能報案說我找一隻凱蒂貓吧？會被當成神經病！

「喂，Kitty！別跑！等等我！」隔著車來車往的大馬路，我朝他大吼大叫。

他肥大的白色身影一滯，呆呆望著我看了幾秒，又繼續向前走，我著急地看著行人號誌燈上的小紅人還有十秒才會變成小綠人，牙一咬，不要命地穿過車陣，終於在一個公車站牌前追上他！

「停，停下！」我氣喘吁吁，雙手撐在膝蓋上。

「妳不要命了嗎？」少年的口氣凶巴巴。

「不這樣追得上你嗎？」我的口氣比他還凶。

「妳有事嗎？」他的口氣比較像在問：妳有病嗎？

「還你錢。」我態度誠懇，「本小姐從不欠人家錢！」

「大爺我從不讓女孩子付錢！」他童叟無欺。

兩人僵持不下，此時一輛公車停在我們身邊，等車的群眾一擁而上，我們被隔開了些距離，他扭了扭龐大的身體，趁機擠上公車，我一箭步跟在他屁股後面，後頭傳來陣陣抱怨：「欸，小姐，不要插隊。」

又不是只有我插隊，沒看見前面還有一隻雄壯威武的凱蒂貓嗎？

我陰沉沉往後掃去一眼，碎語聲瞬間平息，人性果然是「欺善怕惡」的。

頂著眾人的注目禮，公主下巴一抬，高傲地上了車，手上大包小包的紙袋讓我卡在車門與司機駕駛座旁的狹小通道中，寸步難行，我扶著椅背，眼巴巴望著凱蒂貓少年挪著身子鑽進車廂最後一排座位，正準備跟著擠過去時，司機先生就嚷了起來：「小姐，妳沒刷卡？」

刷卡？

我呆了呆，順著司機先生的眼神望過去，是一台架在車門旁的機器裝置。

我「喔」了一聲，掏出卡片照著圖示貼在上面感應，機器發出令人尷尬的嘟聲，告訴我：刷卡失敗！

接連換了好幾張卡都是同樣的情形，我的耐心被磨光，吼著：「司機，機器壞了！」

「妳刷的是什麼卡？信用卡？」司機先生斜過身來看，橫眉豎目，大聲地說：「阿妳是沒坐過公車膩？悠遊卡拿出來啊！」

經司機一問，我認眞思索了一下，從小到大，從有記憶以來，我就沒坐過公車，後來去了日本，日本雖然有電車、有地鐵也有公車，但像我這樣養尊處優的千金大小姐，出入都由司機開著豪華轎車接送，當然不可能有機會搭乘這種大眾交通工具。

「誰沒坐過公車啊？呵呵，我當然有坐過啦。」我伸手撥了撥頭髮，乾乾笑了兩聲，「不過，什麼是『悠遊卡』？竟然比我的鑽石金卡還厲害？」

司機大叔的臉瞬間變得比三宅一生的禮服還皺褶：「唉，算了算了，投零錢也可以。」他嘴角努了努座位旁的一個玻璃箱，上面貼著「請先投幣」的字樣，箱底躺著幾枚硬幣。

公車內燈光昏暗，我瞇著眼往小鍊包裡翻找了半天，抽出一張千元鈔。

「一千塊夠嗎？」

司機白了我一眼，又努努嘴，我順著他的目光看到玻璃箱上另外一排小字：恕不找零。

「沒關係，錢夠就好，不用找零給我。」不過就是喝杯下午茶的小零錢，本小姐不計較。

捏著紙鈔準備投下時，手腕被人用力一握，我吃痛地驚呼一聲，千元鈔瞬間被抽走，接著哐噹聲音清脆響起，幾枚硬幣滾落玻璃箱。

「妳錢多嗎？」凱蒂貓不知何時擠到我身邊，貓頭裡的聲音特別陰森。

我驚訝：「你怎麼知道？」原來本小姐就算打扮平民，還是遮掩不住天生貴氣四溢啊。

凱蒂貓少年不再說話，隔著貓頭套，我看不見他的表情，只聽見隱隱一聲嘆息。

身體隨著公車的震動前後擺盪，我仍不放棄要還凱蒂貓錢，本小姐土豪慣了，被人請客感覺就像欠人家錢，這種感覺不好。

「剛才吃那一頓對我而言只是小錢，對於你一個扮玩偶發傳單的學生而言，你得賺多久？」想起魚癢癢曾說過她在W飯店打工一小時也才一百多塊台幣，勞心勞力之餘，還要被像我這樣的刁蠻女羞辱，我也頂過意不去。

「……」

「Kitty，年輕人有尊嚴是好事，但尊嚴不能當飯吃。」本小姐今天眞是菩薩心腸聖母上身，「既然我說要請你，就是要請！你別再推辭了！」

「不用了。」他冷道，「還有，別叫我『Kitty』！」

我直接無視他後面那句話，想來男人都是好面子的，自覺體貼地說：「如果你覺得讓女生請很沒面子，不然，你就當作陪本小姐吃一頓飯，我付你錢……」

不對，這句話頗有把他當成某種職業的嫌疑，我思索了一下，一時之間又找不到適當的話來彌補，心暗道：這男的怎麼這麼彆扭啊？請客也不要，給錢也不要，是有這麼難搞？

越想越生氣，最後，我惱羞成怒地伸出魔爪往他身上亂摸一陣，他嚇得不住亂扭：「妳幹麼啊？」

「給你錢啊。」我睨了他一眼，「你不收，就直接塞你口袋嘍！」

「就說不用了！」

「不行！我偏要給！」林星辰除了愛名牌，更愛硬著幹，決定要幹的事，就非得進行到底！

費了好大的勁，終於在凱蒂貓的藍色吊帶褲下摸到類似口袋的縫隙，我不假思索便把鈔票塞進去……

少年的背脊瞬間僵直。

啾～軟軟的熱熱的……又變得……硬硬的，還……一跳一跳的……

我摸到……什麼了？

「噌」一聲，我的臉瞬間爆紅，雖然隔著一層薄薄的布料，手中的海綿體是如此貨眞價實，提醒我凱蒂貓也是有性別的！

「其實，我一直挺好奇的，穿著玩偶裝要怎麼上廁所？」我表情淡定，用一種恍然大悟的口吻，「嗯，原來是從這裡。」

「拿開，妳的，髒手。」他兩字一頓，從齒縫中擠出聲音，低吼：「現在，立刻，馬上！」

「知道了，知道了。」

被他一吼，我也緊張起來，四處張望了一下，雖然他這身凱蒂貓裝扮很惹眼，但我們身後一群女高中生們的格子迷你裙顯然更惹眼，男乘客們的目光通通黏在那些女孩兒短裙以下的美好風光，其他滑手機的、打盹的、聊天的……沒人注意到我正在公車上公然猥褻一隻凱蒂貓美少年。

公然猥褻欸……怎麼突然有種變態變態的刺激感？

啊，鎮定鎮定，林星辰，快點把這些齷齪骯髒的念頭趕出腦袋，一位優雅的千金大小姐怎麼可以有這種不純潔念頭！

「姊姊，妳的手為什麼伸進凱蒂貓的褲子裡？」

我們兩人同時一僵。

好吧，還是被沒事可幹的小鬼發現我們的姦情。

消失吧！消失吧！誰來幫我把這隻凱蒂貓一腳踹進宇宙黑洞，讓他永遠不在地球上出現，我願意把林星辰所有的名牌包都送給他……

幾隻烏鴉號叫著飛過，凱蒂貓沒有消失，我的纖纖素手還卡在他的褲襠，小鬼仍眨巴著純潔小眼等待我的回答。

「小朋友，你知道哆啦A夢的四次元口袋嗎？」我急中生智，「可以從裡面拿出好多好多道具，解決大雄的危機……」

「知道。」小鬼點點頭。

「凱蒂貓的褲子裡也有個四次元口袋喔，可以從從裡面拿出好多好多道具……」

小鬼興奮極了：「眞的嗎？那能拿出什麼道具？」

拿出什麼道具？我差點沒被自己的口水給嗆死，從凱蒂貓的褲襠裡還能拿出什麼道具？

「拿出，嗯，一把……槍……」我慢吞吞地解釋，腰側突然被人狠狠撞了一下，趕緊說完：「用來打擊壞人，維護世界和平！」

「嘩！」小鬼雙眼亮晶晶，一臉崇拜看著我們。

「這是姊姊跟你之間的祕密哦。」我用自由的左手豎起食指放在脣邊，「噓，祕密哦，不可以告訴別人。」

小鬼呼哧呼哧地笑了，跟著豎起食指噓了一聲，縮回腦袋，乖乖坐回媽媽身邊。

打發掉小鬼，我鬆了一口氣，回頭對早已嚇得渾身僵硬的男孩說：「你忍著點，我要動了。」

「妳……快點。」他虛弱地喘了一口氣。

凱蒂貓玩偶裝裡的少年縮著身體，屏住呼吸一動也不敢動，我的小手在他的褲襠裡緩緩移動，小心翼翼避開那尷尬部位，抽出來的同時，發現有拉力輕輕扯住我的手腕，我用力扯了扯——

「快點！」少年的胸膛重重起伏著，似乎瀕臨忍耐的極限。

「我也想快啊！」我試著抽出來，卻依舊卡在縫隙的邊緣，手腕轉了好幾下，那個莫名拉力卻越絞越緊，我欲哭無淚地發現，「……我的寶格麗好像被裡面的線頭纏住了。」

寶格麗是我最喜歡的手鍊，18K玫瑰金，鑲飾著白色雲母貝，一條要價將近十萬元，對我而言是比生命還重要的存在。

不是因爲它是昂貴的精品，而是因爲那是爸送我的生日禮物，也是他唯一送過的禮物。

「怎麼辦？」少女尷尬地問。

「扯斷！」少年言簡意賅地表達意見。

「不行！」我倔強地抬眸瞪他，「我不能讓我的寶格麗受到任何損傷！」

「Shit！」他口裡飆出一句髒話，耐心終於潰堤，「那我就砍斷妳的髒手！」

「砍啊砍啊！誰怕誰！」有這種魄力，剛才在小鬼面前爲何一聲都不敢吭？我不甘示弱，嘴巴硬著：「公車上，大庭廣眾之下，你才不敢對我怎樣……」

於是乎，凱蒂貓少年立馬按了下車鈴，拽著我下車。

凱蒂貓的藍色吊帶褲襠裡卡著一隻嬌羞少女的纖纖玉手，一人一大貓就像連體嬰一樣，用某種詭異的姿勢連接，緩慢地在大街上移動，我左手拎著大大小小的購物袋，不時拿起來遮掩，好閃躲路人的奇異眼光。

我忍著臉紅心跳，心裡萬頭草泥馬呼嘯而過，幾乎快奔出我的喉嚨，化爲聲聲問候。

「我們要去哪裡？」

「廁所。」

「男廁還是女廁？」我的疑問換來他一陣沉默。

「都可以。」他目光落向不遠處大M型黃色招牌：「麥當勞？」

「不行不行。」我猛搖頭，他有凱蒂貓頭套，打死不脫不會有人認出他來，但我誰啊？我堂堂的上流美（上流社會美麗名女人，簡稱「上流美」），未來還可能是日曜集團的孫媳婦兒，若被人拍到「手淫凱蒂貓」的畫面，傳出去我能做人嗎？我還能打敗「微微風廣場」的老闆娘云云小姐，坐上頂級名媛的寶座嗎？

「不行，不行，要找個沒人的地方。」我頭搖得跟波浪鼓一樣，四次元口袋的藉口只能拿來騙騙小鬼，遇上狗仔，本小姐一世清譽就算毀了。

嘶——

隱藏在厚重頭套下，我也能感覺到他噴射而出的兩道殺人目光：老虎不發威，妳把我當凱蒂貓？

「那裡怎麼樣？」我左手往某條暗巷一指。

「……」

兩人僵持一會兒，可愛凱蒂貓又罵出一聲髒話，估計小孩聽到心都碎了，最後他只能無奈地妥協，任由我拽著他往暗巷走去。

實在是不妥協也不行，誰叫他的「把柄」落在本小姐手上……

暗巷沒有路牌，彎彎曲曲，又深又窄又長，看起來是由幾棟老舊大樓相鄰交錯夾出的狹小縫隙，拐了幾個轉角，大街上的人車聲彷彿變得很遠，走到底，才發現這是一條死巷，盡頭是一道鏽跡斑斑的鐵門，不知道是哪戶人家的後門。

我心中警鈴大響，暗叫不妙，根據本人多年鑽研《柯南》的經驗，暗巷，尤其是死巷，是各種犯罪孳生之地……

他輕聲道：「這裡應該不會有人來了吧？」

我嗯了一聲，地點是我指定的，也不好再說什麼。

少年脫下貓頭套跟卡通手套擺在一旁的變電箱上，就著微弱的光線查看那處應該被打上馬賽克的部位。

我別過臉去，很是嬌羞。

門簷懸著一盞油漬斑斑的白熾燈泡，燈光一明一閃，在少年俊美的臉龐投下或深或淺的陰影，映得他的眸光更加深沉。

他緊鎖著眉，慢慢垂下頭，身體微微向前俯，為了遷就他的姿勢，我的身體不禁慢慢向後倒去，直到背脊抵在水泥牆上，再也無路可退。

他溫熱的氣息全數噴灑在我敏感的鎖骨上，胸口一股熱辣辣的血氣混著酒氣一直上衝到腦門，我緊咬著牙，忍著沒把少年按倒在牆上對他「這樣」跟「那樣」……

喂，喂，《柯南》裡面可沒有把人推倒撲倒壓倒的十八禁畫面，這種姿勢實在太犯規了啦！

「你看了半天，倒是快點……」我牙齒咬得咯吱咯吱響，「拿出實際行動來啊！」

少年眸光一暗，退開些許，亮出一把美工刀。

「你想幹麼？」我顫顫抖了幾下，「殺人滅口？」

只因我抓著了你的「把柄」？

「閉嘴。」他秀長的眉梢挑起來，嘴角往上抿了抿，笑得我渾身發毛，「不然，我讓妳永遠開不了口。」

我乖乖閉上嘴。

他拿著美工刀安靜地搗弄半天，我打了個呵欠，乾脆把頭靠在他的肩膀上，漸漸地，睡意上身，迷迷濛濛之際，忽然聽到鐵門後傳來窸窸窣窣的談話聲。

沙啞的聲音急切地說：「這次進來的貨有哪些？」

操著特殊口音的聲音說：「Louis Vuitton，YSL，Sylvia……」

聽到各種名牌，我什麼睏意都消了，帶著滿腔好奇探出腦袋往門縫裡看，門內影影綽綽約莫有四人在談話。

「數量呢？」

「各一百克。」

克？這個奇怪的計量單位讓我覺得詭異，少年似乎也被挑起好奇心，停下手邊工作側耳傾聽。

沙啞的聲音接著問：「下邊評價怎樣？」

另一個陰沉的聲音說：「Sylvia不好穿。」

「下次少帶點。」某個聲音聽起來頗具威嚴，應該是首腦或是頭頭那類的人物，「不然，讓他們拿YSL來抵。」

「是。」

Sylvia Toledano是藝術家Sylvia推出的同名品牌，每一款包包皆由施華洛世奇水晶點綴出不同的主題與圖案，純手工限量打造，是精品中的精品，西方上流社會的千金名媛排隊搶破頭都要買上一只包，但聽裡面的人的口氣，居然還能東挑西揀……難不成有人在賣A貨？

但是，賣仿貨的人顯然不太用功，Sylvia是包包品牌，什麼時候賣起服飾了？還不好穿？

被線頭纏住的手一鬆，右手終於獲得自由，我吁出一口長氣，少年靜靜從我身上退開，揮手示意我悄悄往回走，我還想繼續聽下去，便對他搖搖頭。

少年臉色變得鐵青，他伸手拽了我一下，我「啊」的輕呼一聲，他想摀我的嘴卻已來不及。

糟了……

門內驀地爆出一聲怒吼：「誰？」

少年拾起地上一根竹棍，反應很快地橫在門閂上，接著傳來砰砰的砸門聲，竹棍彎成弓形，門被開了一條縫，一隻肌肉糾結的手從門後竄出，瞬間揪住我的頭髮！

啊——這次的尖叫驚天動地！

少年抄起變電箱上的凱蒂貓大頭往那隻魔爪一陣亂砸，逼那大漢鬆手，轉頭對我吼：「快走！」

我穿著高跟鞋一腳歪、一腳拐，向前跑了幾步，想想這樣頗失江湖道義，又折回去，脫下高跟鞋用鞋跟狠狠往那隻粗壯手臂上砸出幾個血窟窿，鐵門上的撞擊聲更大了，眼看一張張猙獰臉孔就要擠出鐵門。

「走！」少年緊緊抓住我的手，撒腿狂奔。

奔跑間，我忍不住回頭，燈泡昏昏暗暗，映出那幾個彪形大漢的身影，其中一人手裡還握著一把槍！

那是，貨眞價實的槍！

我一個踉蹌，差點跌倒，冷汗瞬間從身上的每個毛孔裡滲出。

「槍……」我全身發抖，連聲音都是破碎的，「那……那些人有槍……我們會……會被殺掉……」

「別回頭！」少年握著我的手緊了緊，嘴角勾起一個淡淡的笑容：「怕的話就看著我！」

我們在曲折迂迴的小巷弄裡拚命奔跑，風聲呼呼地從耳旁穿越過去，喘息之間，胸肺火燒似的疼痛，遠處黑漆漆，像是永遠沒有盡頭，我們不知道要跑多遠、跑多久才能逃出身後黑衣人窮追不捨的追殺。

像一場醒不過來的噩夢。

相連。

奇怪的是，我並不怎麼害怕，因爲有隻手一直緊緊抓住我，死死不放，彷彿血脈與我

「怕的話就看著我！」

是的！我只看著他，因爲看見他的笑容，所以什麼都不怕！

突然，一道紅藍色閃光劃開眼前混沌的視線，我瞇了瞇眼，還來不及適應光線，就聽到少年嘶啞地喊：「警察！」

他鬆開我的手，雙手揮舞，大聲呼救，警車終於在我們身邊停下來。

我腿一軟，渾身的力氣早已經消散殆盡，癱在地上揉著腳跟，揉著揉著，眼眶中有什麼熱熱的液體就跟著掉了下來，滴在腳踝上，一滴、兩滴，止也止不住……

有人連拖帶抱把我拉了起來，將我安置在他的懷裡，我哭得一臉狼藉，他笨拙地擦拭著我的淚，可是，他身體傳來的微微顫抖，彷彿告訴我，他也在忍耐極大的恐懼。

他的手輕拍我的背，在我耳邊說著：「沒事了，沒事……」低沉且略帶些氣聲的嗓音，像清涼溫潤的泉水流進我耳裡，奇異地安撫了我的驚慌。

這聲音……似曾相識，好像在哪兒聽過，我覺得安心，緊繃的神經慢慢鬆弛下來，就這樣緩緩闔上眼皮，不由自主地沉沉睡去……

之後的事，我完全沒印象了。

逃跑的緊張感彷彿在夢境中延續，好幾次，我尖叫著醒來，還來不及睜開眼睛，就有人輕輕撫著我的肩頭低喃。

沒事了，別怕，我在……

幾點了……

我拍了拍因宿醉而頭痛欲裂的腦袋，回復一些神智後，不可置信地揉揉眼睛。

「啊——」

一顆髒兮兮的巨型無嘴貓頭近在眼前，粉紅色啾啾歪歪斜斜地掛在貓耳上，更可怕的是貓頭的眼珠掉了一顆，另一顆巍巍顫顫垂在窟窿外，我嚇得發出淒厲尖叫。

「啊——」

「沒事了。」屬於雄性生物的聲音在我頭頂響起，帶著尚未完全甦醒的慵懶。

會、會說人話？

「啊啊——」我繼續尖叫。

「別叫了，我在……」一隻明顯不像人類的白色大貓掌爬上我的嘴，連我的鼻子也一起摀住，呼吸不到新鮮空氣，我朝他圓滾滾的肚子又踢又踹，他不滿地低唔一聲，爲了箝制我，居然更加用力抱住我。

我奮力掙扎，雙手摸上那顆無嘴貓頭，用力扯了扯，再一巴掌揮開，貓頭迅速脫離他的脖子，咕嚕咕嚕滾到地上……

啊啊啊——我殺了一隻妖怪貓！

「你們醒了？」

終於有人類被我的尖叫聲引來，一個警察打扮，喔不，就是一位警察先生走近我們。

「那個……我，他……」我抖了抖身子，食指顫顫指向那隻沒頭的貓身體，「他……」

「喔，他呀……」警察先生推推妖貓的肩膀，「少年欸，醒醒。」

他沒有反應，只有胸膛起伏了幾下。

警察先生無奈地加大音量，搖著他的肩膀再喚幾次：「少年欸，別睡了，我們等著做筆錄！」

妖貓抖動了幾下，像在伸懶腰，然後變魔術似地，一顆男孩的頭顱從貓脖子的斷口處鑽出，大刺刺地打了個呵欠，舉起貓掌往臉上抹了抹，才慢慢睜開眼，眼底的睡意明顯還未消退。

他失神地環顧四周，最後眼睛對焦，視線定在我身上，似乎在問：我們怎麼在這裡？

對啊，我們怎麼會在這裡？

我托著腮幫子，開始努力回想昨天那團混亂。

水泥房間的門再度被打開，一位頭頂微禿的警察大叔端了兩杯牛奶過來：「餓了吧？

喝點東西。」

燦爛的陽光透過敞開的門，奢侈地全落在男孩一人身上，他接過牛奶，有禮貌地道了謝謝，低頭啜飲起來，隱隱約約露出左頰邊的小酒窩，像隻乖巧的小貓咪。

當然，我很快就發現，這一切不過是他睡眼惺忪時的假象，就像灰姑娘的魔法一樣，時間一到就自動消失。

「昨天眞是千鈞一髮，幸好遇到巡警經過，不然你們兩個小命都不保。」警察大叔緊皺眉頭，神色嚴肅。

小命不保？

我差點將牛奶噴出來，發昏的腦袋登時刷過一張又一張驚險畫面：幽深曲折的暗巷、不明黑衣男子的交易、劃破夜空的咻咻聲、沒命狂奔……我恍恍惚惚地明白過來，霎時生出一身冷汗。

眞的，差點小命不保！

「你們這些孩子仗著年輕，太不知天高地厚了，深夜還在外面遊蕩，很危險！」警察大叔訓斥我們一番，越說越嚴肅，最後拿出本子跟錄音筆放在長桌上，「看你們也清醒了，我們來做一下筆錄，筆錄做完就可以回去了。」

看你們也清醒了……我瞄了一眼頭歪在長椅上的男孩，他又暈呼呼睡去。

呃，清醒的……好像只有我。

「警察先生，那個昨天……我、我們好像遇到了……」我顫了半天，吞了吞口水，才壓低聲音，說祕密似地把話說出口：「遇到《柯南》裡面的黑衣人了。」

昨天晚上在暗巷發生的事，實在太超現實，簡直就像穿越到《柯南》裡，經歷一場犯罪事件。

我把黑衣人進行交易時的對話，完完整整告訴警察大叔，當然自動省略我跟凱蒂貓那段羞人事。

警察大叔沉吟了半晌，說：「你們一定是遇到犯毒集團了，那些精品品牌應該就是他們的暗語，『不好穿』指的應該是品質不好。」

販毒集團？真是瞎貓碰上死耗子，有沒有這麼刺激啊！難怪那些人想殺我們滅口！

「說不定……他們的巢穴就藏在那扇鐵門之後。」想起自己差點被拖進鐵門裡，我再次嚇出一身冷汗。

「妳還記得那些人的臉嗎？還有他們交易地點的確切位置？」

我有些失神地搖頭，那一區我根本不熟，要不是跟著凱蒂貓少年坐公車亂晃，我根本不會去那一帶。

凱蒂貓少年不知何時醒了，低聲說道：「我還記得……」他的眼睛布滿血絲，瞳仁卻又黑又亮。

隨著筆錄的進行，我知道了凱蒂貓少年不叫Kitty，他有個詩情畫意很不像男孩子的名字——他叫江念雨，十九歲。

筆錄做完後，警察大叔握了握江念雨跟我的手，說：「那一群犯罪分子已經沉寂很久了，沒想到竟然藏身在民宅裡，謝謝你們提供的資訊，對破案很有幫助。」

「哪裡哪裡，我們也只是碰巧遇上。」我抿脣拉出一個溫婉的微笑，說著客套話，「能幫上警方的忙，我們也覺得很榮幸，希望你們能早日將這些歹徒繩之以法。」

「這是當然。」話鋒一轉，辦案無數的警察大叔果然嗅出不尋常的地方，「只是，你們兩個當時怎麼會同時出現在那條暗巷裡？」

我的笑容瞬間僵在嘴角。

江念雨的視線斜斜看向我，半晌，才聽見他輕飄飄吐出一句：「因爲突然有事要談，比較私密一點的事……」

「你們倆是什麼關係？」警察大叔又問。

「不認識……」我說。

「女朋友。」他說。

我們很有默契地異口同聲回答，但答案卻一點默契也沒有。

我扯了扯江念雨的手臂，他回敬我一臉無辜。

「原來是小情侶吵架了……」警察大叔噗哧噗哧笑得曖昧，「看你們以後還敢不敢打野戰！」

難不成情侶躲在暗巷裡都在打野戰？

我跟江念雨互看一眼，頓時無語。

「你們在這裡待一會兒，我去打一下報告，等等讓你們簽完名，就可以通知家人來接了。」警察大叔說完公事，臉上的表情轉為輕鬆，大手往江念雨肩上拍了拍，又朝我擠眉弄眼：「這年頭的年輕小姐有什麼好害臊的，昨天人家護了妳一晚上，妳摟人家也摟得死緊，不是男朋友是什麼呢！」

我尷尬地笑了笑，江念雨瞟了我一眼，脣邊含著一絲若有若無的笑意。

等警察大叔離開，他隨即向我伸手：「我的背包？」

我挪了挪身體，才發現他的黑色背包一直被我壓在屁股下，趕緊撈出來給他。

「為什麼要說我是你女朋友？」我撥撥頭髮，裝模作樣地說：「我知道自己魅力無敵，但我們才認識不到一天，難不成你就這樣愛上我了？」

「不然跟警察說妳猥褻我，把我拖到暗巷？」他很快打斷我的自我陶醉。

好吧，當我沒問。

江念雨從包包裡拿出乾淨的衣褲，放到一邊的長椅上，抬起一隻手臂往背脊上摸了摸，摸了半天不知道在摸什麼，抬眸見我正直勾勾盯著他發怔，便開口：「過來幫我拉拉鍊。」

「蛤？」

我這才意識到，他居然要在這兒換衣服！

神馬矜持君啊，神馬節操君啊……滾一邊去，我吞了吞口水走向前，這種送上門的福利，本小姐是沒在客氣的！

隨著凱蒂貓肥大的玩偶服落地，江念雨的身體瘦削卻肌理分明，腹部肌肉勻稱結實，從肩膀延伸至窄窄細腰的這一帶，身形很漂亮，下半身……爲了脆弱的鼻血管著想，我尷尬地移開眼。

他大概也意識到不妥，動作頓了下，背過身去迅速穿上衣褲。

「欸，江念雨……」我看著他身上深深淺淺的瘀痕，想起昨天逃跑時，好幾次我摔倒就拉他當肉墊，心裡十分過意不去，還來不及細想，三個字就已經衝口而出：「謝謝你。」

我摀著唇，驚訝自己居然會道謝，如果是以前的林星辰，大概寧願甩給他一疊鈔票也不願心甘情願地說「謝謝」……

「沒什麼。」他回過頭，給我一個淺淺的微笑。

步出警局時，整個城市的天空已經被朝陽點亮，剛剛好像下過一陣雨，空氣中還帶著溼潤的水氣，一隻麻雀呆頭呆腦地停在電線上，漆黑的眼珠圓溜溜轉個不停。

德叔開車來接我，照例對我喳喳呼呼一番，我沒怎麼在聽，一律嗯嗯啊啊知道了地應付，透過車窗，看見佇立在警局紅灰色磚牆前，那道分外醒目的修長白色身影，清新的像場雨。

江念雨似乎在等人，誰會來接他呢？

「小雨！」

一道清脆甜美的女聲響起，男孩臉上的淺笑頓時盪漾開來，把頰上的小酒窩推得更深。

我順著聲音的來源，望見那個馬尾女孩的側臉時，心臟像被人擰了一下。

「德叔，快開車吧。」我把視線收回來，突然覺得意興闌珊。

回到家後，我沒有理會德叔的叫喚，逕自回房睡覺。

累極了，我一直昏昏沉沉，做了許多夢，夢境與現實彷彿相連，我有些恍惚……就像回到小時候，六歲以前，我不是Krystal princess，我還是個私生女林星辰。

而朱莉亞大嬸也不是現在這個珠光寶氣的富家小老婆，她只是一個被有錢少爺騙了感情，懷孕生下私生女又被甩的倒楣女人。

沒有體面的學歷，還附帶一個小拖油瓶，媽媽當然找不到什麼好工作，小巷裡賣鹽酥雞的大叔大嬸看我們可憐，雇媽媽幫忙處理食材，讓她賺點微薄的薪水。

有時候，大叔大嬸會讓媽媽去菜市場批食材，她走在前面，小小的我跟不上，常常一腳踩進水窟窿裡。

媽媽回過頭看著我，臉上滿是心疼，嘴裡卻說：「走快點，晚了就搶不到特價了。」

於是，還沒成爲眞正的公主之前，我便學會不管腳下如何泥濘，也要有看著前方昂然前進的優雅姿態。

菜市場有個肉販，他念國中的胖兒子老愛伸出油膩膩的肥手，趁媽媽跟肉販討價還價時，對我摸上幾把。

媽媽看到了卻沒有制止，因爲結完帳的時候，那肉販總會又偷偷塞點錢給媽媽，說她帶著女兒討生活不容易……

那時，我跟媽媽一直住在鹽酥雞攤樓上的小倉庫裡，有什麼擺設我不記得了，只記得一下雨就會滲水，霉味混著雞排攤的陳年油煙味，到現在，那味道彷彿還在我鼻腔裡揮之不去……

直到某天深夜，有人咚咚咚敲著房門，又急又快，催命似地，我摟著媽媽窣窣發抖，分不清是肚子餓還是害怕。

媽媽開了門，我躲在棉被裡，不敢探出頭去，只隱隱嗅到不屬於我們這個貧窮世界的好聞香味。

後來，媽媽回到被窩，我趕緊撲上去牽住她的手，卻發現那雙手冰涼汗溼。

「星辰，媽帶妳去找爸爸好不好？」

「爸爸？星辰也有爸爸？」我一臉懵懂。

「有的，星辰有爸爸。」媽喃喃地說，彷彿在訴說著一個遙不可及的童話，「星辰的爸爸很有錢，住在有一座美麗花園的大房子裡，爸爸家有好多好吃的東西，還會給星辰買好多漂亮的衣服……」

「爸爸是國王嗎？不然怎麼會很有錢？」

「嗯。」

「那星辰是小公主嗎？」

「嗯，星辰是小公主，是爸爸的小公主。」媽低聲說，「也是『Dolly集團』繼承人唯一的女兒。」

「好啊，星辰要去找爸爸。」我聽了前一句，開心地笑了。

「可是，到了爸爸家，星辰就不能跟媽媽住在一起，也不能喊我媽媽了……」媽媽的臉上幾乎沒有任何悲傷的表情，或許有，只是當時我年紀太小看不出來。

「為什麼不能喊妳媽媽？」

「因為，星辰會有一個漂亮的新媽媽……」

「新媽媽？星辰會和漂亮的新媽媽一起住？」我歪歪腦袋，思考了一下，「那妳也可以跟我們一起住呀！老師說每個小朋友都要和爸爸媽媽一起住。」

媽媽搖搖頭：「不行，媽媽沒有跟爸爸結婚。」

「為什麼妳沒有跟爸爸結婚？妳跟爸爸吵架了嗎？還是妳不喜歡爸爸？」我微微皺眉，更不解：「可是，雞排攤大叔大嬸也每天吵架，大嬸常常罵大叔是肥豬、死豬、討人厭的豬，他們還是住在一起欸！」

「我們沒有吵架，我也沒有不喜歡妳爸爸……」媽媽沉默了好一會兒，伸出長滿粗繭的手揉開我眉間的小小皺褶，「是妳爸爸先拋棄我們，娶了別的女人……」

我呆呆望著房間裡偏低而令人感到有些壓迫的天花板，上面有幾塊霉斑，像黑色玫瑰花開在頭頂，我看著、看著，看久了覺得挺美的，於是告訴媽媽……

星辰不想要有新媽媽，也不要當公主了好不好？

不行。

媽媽說不行，還說星辰啊，媽媽也想過好日子，這是爸爸欠我們的，現在他想彌補了……

隔天，媽媽將我梳洗一番，帶我進了林家大宅，告訴我這是我的爸爸，這是爸爸的夫人，這是我的爺爺、我的奶奶，那是小姑跟小姑丈、那是小叔跟小嬸嬸……

這些那些穿著不同精緻衣服，面容卻一樣嚴肅的某某……這些人，那些人，都是跟我有血緣關係的親戚。

我終於見到自己的親生父親，也見到了我稱之爲「大媽」的女人。

連英文二十六個字母都還不會說的我，在那兒學到一個很艱澀的英文單字：illegitimate child。

「illegitimate child……」大媽牽起我的手，用食指一遍一遍刻劃著，用力寫在我幼嫩的小手心上，那塗著紅色蔻丹的指甲刮得我生疼，像恨不得蝕進我血骨，我卻不敢縮回手，問她是什麼意思，大媽笑得高貴美麗：「妳記著就好，以後自己去查字典。」

illegitimate child，非合法婚生子女，簡稱：私生女。

一夜之間，我從菜市場私生女，變成人人稱羨的富家千金。

他們舉辦了一場盛大的宴會歡迎我，我穿上粉紅色紗裙，被打扮的像個小公主，吃喝著自出生以來從沒吃過的食物點心。

宴會快結束的時候，我被帶到一座美麗的玫瑰花園裡，密密匝匝的花枝漫天交錯，幾乎透不進一點日光，那些我叫不出名字的堂兄弟姊妹、表兄弟姊妹圍繞著我，他們伸長了手，推我、拿食指戳我、嘲笑我……

原來，那些不堪的「曾經」近在咫尺，不管我如何想淡忘，仍舊刻骨銘心。

暗巷裡，想把我拖進鐵門後的手、菜市場肉販油膩膩的手，還有那些不懷好意的手……所有的手糾纏在一起，我分不清哪個更邪惡。

或許這些手通通來自地獄，通通都想把我拽進深不可測的淵藪！

童話裡，善良公主總會等到白馬王子的拯救，然而，現實生活裡，會有王子來救我嗎？

救我這樣的「假公主」？

症狀四 三觀不正

發光的未必都是金子。

昏天暗地不知道睡了多久，直到朱莉亞大嬸闖進我房間，伴隨她一聲聲的尖叫，猛烈地把我搖醒。

「幹麼？妳打牌又打輸了？還是BURBERRY限量包被人買走了？」我掀了掀眼皮，沒好氣地問。

「妳這傢伙真有出息！看看這些報導都是什麼？」她把一本八卦週刊摔到我身上。

我拿起來瞄了一眼，主標題寫著：十八歲富家千金失心瘋拜家實錄。

內容大概就是本小姐血拚那天的行程記錄，搭配幾張模模糊糊、看不清鼻子嘴巴的照片來看圖說故事。

更詳細一點說，就是某位英文名K字開頭的富家女花錢沒在怕，一大早在頂級沙龍花了多少錢弄造型，然後去百貨公司高調血拚，橫掃各大精品專櫃，VIP專員全程作陪，一下午花掉多少錢，而這筆錢可以抵多少低收入戶家庭兒童半年到一年的營養午餐費，底下還列了一張本小姐的血拚清單，趁機將那些名牌置入性行銷。晚上又在高級日式料亭如何顯擺拿翹、仗勢欺人，文末還不忘引用詩句「朱門酒肉臭，路有凍死骨」批評本小姐的炫富行徑，讓大家一起來仇富……

下文。

「就這樣？沒有後續？」

我瞇起眼睛來來回回看了幾遍，報導只寫到火鍋店內我飆罵小白花于姎姎那段就沒了

之後那大半夜的精采，包括：我被鄭楚曜潑水、找凱蒂貓一起吃火鍋、公車猥褻事件、暗巷追逐……都隻字不提。

凱蒂貓那段及其後續沒被跟拍到，我倒是鬆一口氣，可是按時間點仔細回想，我還是覺得有些納悶，狗仔都跟到火鍋店了，怎麼沒寫到鄭楚曜潑我水？

只有兩種可能，一種是原本拍到了，卻被某種邪惡勢力強壓下來；另一種可能就是狗仔尿急去上廁所，恰好沒拍到這麼經典的一幕，後來覺得題材夠了便下班了。

我嗤笑了一聲，沒見過這麼不敬業的狗仔。

撓了撓頭髮，將雜誌丟上床頭櫃，我拿起電視遙控器亂轉，突然一則新聞快報抓住我的視線——

「以LV、YSL等精品品牌當作毒品暗語，警方攻堅成功逮販毒集團！」

螢幕上三個彪形大漢戴著安全帽，低垂著頭在警察押送下，坐上警車離開。

三個人？怎麼只有三個人？

我莫名打了個冷顫。

我很肯定當時聽到的是四個人的聲音，警察只抓到三個人，也就是說有一個人逃掉

了！

朱莉亞大嬸在我的衣帽間裡弄出乒乒乓乓的聲響，好一會兒才探出頭，連珠炮似地問：「妳前天買的Coach、LV、CHANEL、GUCCI、PRADA、agnes.b、Miu Miu呢？」

逃命的時候誰還顧得上那些名牌？

我的眼睛繼續黏在電視螢幕上，敷衍地答：「丟掉了。」

「丟掉了？」朱莉亞大嬸衝到我面前，不可置信地瞪大眼睛，「什麼叫丟掉了？妳給我說清楚！」

「覺得不爽就沿路丟、沿街丟，看誰要就揀去。」我擺擺手，示意不想延續這個話題，按了床頭呼叫鈴。

家政大媽走進來，手放在圍裙邊擦了擦，恭恭敬敬地問：「請問小姐有何吩咐？」

「幫我弄點吃的。」

「小姐想吃什麼，請儘管吩咐。」

「我要爐烤小牛排、香煎鮭魚，飲料要現打蔬果汁不准加糖。」

「要不要甜點呢？德叔今天早上烤了蘋果派。」

「唔，好吧，來一小塊。」我瞄了瞄一旁徹底石化的朱莉亞大嬸，「順便給這位阿姨帶上一塊，讓她吃了消消氣。」

「林星辰，妳這個敗家女！」朱莉亞大嬸心疼死那些高檔精品，嗷嗷叫，「那些值多少錢啊！」

「敗家女？」我心中不由得冷笑，「敗光林家的錢，這不是妳希望的？」

「星辰啊，媽媽也想過好日子。」

「記著，這是妳爸欠我們的，他想彌補，我們花他的錢，他才不會覺得愧疚。」

朱莉亞大嬸瞬間沉默，我知道她一定也想起她說過的話。

最終，爸爸對媽媽所謂的彌補，就只是赤裸裸的金錢而已。

國小畢業那年，父親去世了，冗長繁雜的公祭儀式，哀泣聲響徹大廳，那些我始終弄不清誰是誰的親戚來來去去，我跪在最前方，深深低下頭，彷彿這樣，就沒有人會注意到我流不出淚的眼睛。

當那些親戚蹲下抱抱我，嘆息著說：「苦命的孩子。」我卻看到他們同樣乾涸的雙眼。

虛僞。

微微一抬頭，越過一張張假裝哀戚的面容，看見媽媽徘徊在公祭大廳門口，我正想起身去接她，肩頭卻被人狠狠壓了下去，只能眼睜睜見她臉色發白、嘴唇顫抖，哀求眾人讓她進來送父親最後一程。

「別丟人現眼了，妳憑什麼身分、什麼地位？」大媽冷峻地拒絕，揮手召來警衛將媽媽趕走，就像趕一隻流浪狗。

我想堂堂正正地活著，也想讓生下我的媽媽不用遮遮掩掩地活著……

「媽，妳放心。」我終究心軟下來，嘆口氣，「我絕不會讓妳再像過去那樣受人欺負。」

「星辰……」媽媽欲言又止，看著我的眼神隱隱有些愧疚。

吃完餐點，我舒舒服服洗了個澡，穿著浴袍走出浴室時，瞥見矮桌上的手機已經有幾十通未接來電，時間點從那天回來後到現在，扣掉不認識的，其中朱莉亞大嬸就貢獻了十幾通，孟熙叔叔打來三通，鄭楚曜一通，最近一通是大媽打來的。

剛將護髮精華液抹上溼髮，手機就像催魂般再度響了起來。

是大媽。

按下擴音鍵，我邊擦著頭髮邊說：「我剛洗完澡……」

「洗澡？林星辰，妳日夜顛倒了吧？大清早洗什麼澡？」

我喔一聲，回她一句：「妳不知道外國人都在早上洗澡？」

「廢話少說。」女強人淡漠而篤定的聲音傳來，「Dolly集團這次推出的新品牌，我打算安排妳跟鄭楚曜拍攝形象廣告。」

「我？拍形象廣告？」憑我刁蠻千金、敗家女的形象？這女人錢太多沒地方花嗎？

「我和行銷部討論過了，新品牌『Salir』的鞋款鎖定年輕族群，主要訴求在青春校園、休閒娛樂、活力運動三大方面……」大媽一副公事公辦的語氣，「理事會也評估過了，你們的外型、年齡、氣質都符合，再加上一般青少年對上流社會公子名媛的生活多半懷有憧憬，媒體操作也不失爲一個話題。」

「停，停！爲什麼不找線上的偶像明星？」我極力推薦，「像那個最近演《大時代》的年輕男演員，形象健康陽光又能歌善舞……」比起動不動就潑我水的暴躁鬼鄭楚曜，誰來都比他好上一百倍！

「外人哪有自家孩子好控制？」大媽打斷我的話，「明星檯面上好模好樣，檯面下做什麼我們可管不著，萬一鬧了新聞，賠上的可是整個新品牌的形象跟Dolly集團的聲譽！」

「管不著是妳的事，別把如意算盤打到我頭上，反正我是不會同意的！」

「我有徵詢妳的同意嗎？」她冷笑，「我只是在告訴妳有這件事。」

我咬咬牙：「鄭楚曜也不會答應的！」

「他會答應的。」大媽淡淡說道，「鄭家那邊我自會處理。」

我沉默了一會兒，細細咀嚼這段對話，心裡有種不好的感覺。

大媽說的那麼篤定，彷彿鄭楚曜有什麼把柄落在她手上……

「還有，別以爲我不知道妳在警局過夜的事，我好不容易才把風聲壓下來，妳這陣子給我安分點，別出亂子。」

算了，我自己都自身難保了，還擔心鄭楚曜幹麼？

爲挽救本小姐奢靡頹廢、日夜顛倒、不學無術、不知長進的形象，重新打造爲健康活力、天天向上、陽光清純美少女的模樣……說難聽點就是爲了監控我，大媽幫我安排了一大堆集訓課程。

可惜，本小姐一心一意想將敗家千金的土豪路線走到底，上課時總是懶懶散散，不是找周公爺爺下棋，就是雙眼放空一臉痴呆，再不然就裝頭痛、頭髮痛、眼睛痛、耳朵痛、嘴巴痛、牙齒痛……想盡辦法逃掉。

唯一認眞跟進的只有「品牌觀摩日」，由於累積的心得（戰利品）太多，我又新開了一個部落格跟粉絲團，專門放這些穿搭文、精品文，洗腦那些身家不太雄厚的小資女、灰姑娘、便利貼女孩，名牌精品要怎麼買才划算、哪些地雷款要避開、哪些入門款非敗不可……心情好的時候，還會分享吃過的高檔美食、參加了哪些派對，兼或po上幾張爆乳性感照，讓網友們流流口水，看得到吃不到……

坦白說，大部分是炫富炫美心態，說穿了實在不可取。

或許大媽說對了，平民百姓對上流社會的生活或多或少抱有想像，我這些流水帳似的圖文居然吸引不少人瀏覽，眨眼之間，粉絲數三級跳，後來還收到不少女性雜誌的試用邀稿和美妝節目的專訪。

接踵而來的雜事瑣事占去我所有時間，等到想起來，才發現我居然整整兩個月沒聽見鄭楚曜任何消息。

那天，鄭楚曜帥氣地拉走于姎姎，不知道兩人後續如何？

又，于姎姎去接江念雨，那聲「小雨」嬌甜黏膩，讓我很是在意，不知道兩人是什麼關係？

除了名字、除了他扮的那隻凱蒂貓，我對他一無所知。

江念雨，小雨……我和他會再見面嗎？

我心不在焉地拉開首飾櫃，打算選出項鍊搭配一件ZARA黑色連衣裙，翻找時「咦」了一聲。

聯姻宴那天，我戴的施華洛世奇皇冠型頭飾不見了！

落水的時候掉了？掉在游泳池裡還是宴會會場？被人撿走了嗎？

找了一會兒，我不想找了，莫名覺得總有一天那個頭飾會再回到我身邊，不知道這篤定是打哪兒來，但，就是有種莫名的直覺。

乖乖牌富家千金的日子過久了，無聊又無趣。

我安分守己了好一陣子，這天週末夜晚，大媽去出席一個重要活動，帶走大部分保鏕，管家德叔跟家政阿姨也休息了……好機會！

全副武裝後，我十分滿意自己的打扮，螢光粉紅短假髮，配上MOSCHINO螢光粉紅超短褲，今天走濃妝豔抹電音少女風！

一腳踏出房門時，突然想到不能留下刷卡紀錄，讓大媽付帳單時逮著，於是抓了鈔票塞滿YSL流蘇小鍊包，趁大門警衛交班的短暫時間，我偷偷溜出別墅，狂奔了一陣，攔下一輛計程車，脫逃成功！

目標：東區知名夜店「Genesis」。

喀喀喀踩著高跟短靴，賣弄風騷地往夜店裡走去，門口一位壯漢伸出肌肉糾結的手臂攔住我。

「小姐，證件。」

「沒帶。」我推推架在鼻梁上，幾乎遮住一半臉蛋的白色GUCCI墨鏡，「本小姐只帶錢。」

「證件？」

「我帶了很多錢。」我暗示他。

「證件？」壯漢不為所動。

「我帶了很多很多很多錢要來包場！」我財大氣粗，「叫你們這邊最紅的出來迎接本小姐！」

「證件！」壯漢毫不退讓。

「本小姐花錢包場還要看證件？」我咆哮。

「法令規定進出夜店要查驗證件。」壯漢一副沒得商量的語氣。

亮出證件？乾脆昭告天下名媛林星辰在這裡算了！

我考慮要稱讚夜店工作人員盡忠職守然後瀟灑轉身離去，還是要塞給他一疊鈔票考驗他是否會爲五斗米折腰，猶豫再三時，瞥見一抹熟悉的身影晃過眼前。

江念雨穿了一件白色連帽外套，從我身邊擦身而過，下意識望了我一眼，隨即面無表情地走進門內，似乎沒認出我來。

「爲什麼他不用看證件？」我指指他的背影，控訴：「差別待遇！」

「他是我們這邊的工作人員。」壯漢頓了頓，語帶得意地強調：「是Genesis最受歡迎的……調酒師。」

「啊，太好了，他是我男朋友，我正要來找他。」拋下這句話，趁壯漢怔愣的短暫幾秒，我溜進夜店內。

迎面而來的重低音音樂震得我的耳膜轟轟響，眨巴眨巴眼睛，還來不及適應眼前的昏暗光線，手臂就被人猛力一揪。

「妳來這裡幹麼？」

「來玩啊！」我拿下墨鏡，嘻嘻笑道：「沒想到一下就被你認出來了，看來我的僞裝有點失敗。」

江念雨的視線下移到我曝露的衣著上，立刻鬆開手，臉上透出微紅：「這裡不是妳該來的地方。」

「我不能來，你就能來？」我雙手扠腰，理直氣壯。

「我在這兒打工。」

「嘿嘿，我知道。」見他轉身要走，我毫不矜持地拉住他的胳臂，一臉痞樣：「喂，聽說你是這裡最受歡迎的，怎樣？要不要讓本小姐包一晚？」

他抽抽嘴角：「不能！」

「爲什麼不能？」我扮演無良員外調戲美少年，兩人拉拉扯扯演得正歡，卻聽見周遭傳來一聲小小驚叫。

「咦？那好像是Dolly集團的千金，林星辰？」

又是《第壹週刊》的總編輯！這男人怎麼陰魂不散啊？

「糟了，是狗仔。」我臉色一青，瞬間縮回魔爪，從女流氓被打回乖乖牌。

江念雨淡淡地往我身後看去。

「完蛋了！我不能被拍到在夜店裡鬼混，大媽知道了會扒掉我一層皮。」我慌亂地想逃走，卻被他拉住。

「不要動。」他低聲命令。

我僵住身體，大氣不敢喘一聲。

他湊近我耳畔，呼出的暖氣燒紅我的臉頰。

「不要回頭，他們正朝我們走來，妳一回頭，就被他們逮個正著了。」

「那該怎麼辦？」我將臉埋在他肩頭，低聲問。

江念雨一手輕輕按住我的頭，讓我伏在他懷裡：「在這裡待一會兒。」

在這裡待一會兒？

這裡是他的懷抱裡，可以清晰地聽見他胸腔撲騰的心跳，一下接一下，沉穩有力，只是……節奏似乎有點快。

「請問是林星辰小姐嗎？可以跟我們打個招呼嗎？」

「你們認錯了，她是我女朋友，」江念雨把我摟得更緊，嗓音一沉，「不是什麼集團千金。」

我不自覺把臉埋得更深，不禁慶幸自己戴了粉紅色短假髮。

「如果不是，爲什麼要躲躲藏藏？」那男人也不是省油的燈。

「Genesis不是讓你們這些八卦記者取材的地方，麻煩自重，否則我讓保鑣請你們出去。」江念雨沉著回應。

「走了嗎？」

「嗯。」

我微微掙扎一下，江念雨鬆開了雙臂。

重新戴上掩人耳目的大墨鏡，看不清江念雨臉上的表情，尷尬也減少幾分。

「嘿嘿，你又幫了我一次。」

我訕訕地笑，換來他一記白眼，還好我已經免疫了。

江念雨推著我走出夜店後門：「快走吧！以後別來了。」

頂著一頭溼髮，挪著沉重的腳步邁出浴室門，把自己拋進大床上，一閉眼，那沉穩有力卻又略帶急促的心跳仍在耳裡縈繞不去。

「別回頭！怕的話就看著我！」

「沒事了，別怕，我在……」

「在這裡待一會兒。」

「你們認錯了，她是我女朋友，不是什麼集團千金。」

林星辰，妳這沒用的傢伙，居然因爲一個陌生人的擁抱而失眠！

我煩躁地起身，摟住凱蒂貓抱枕，用力狂搥了大半夜，告誡自己絕對不能對江念雨產生「好想再見一面」的念頭。

他跟于姎姎一樣，不應該闖入我們的世界！

我也不應該闖入他的世界！

暑假很快過去，這天是開學日。

「小姐，請起床嘍，德叔要開門了。」德叔在門外輕叩幾下後，推門而入，看到眼前的光景嚇了一跳。

我難得沒有賴床，早已畫好精緻妝容坐在梳妝臺前，用胳膊撐著腦袋……繼續打盹。

「小姐……」

他喚了幾聲，見我沒反應，又推推我肩膀，我「咚」一聲，額頭直奔桌面而去。

好痛啊！

「小姐，您沒事吧？」

我跳起來，慌亂地抹了抹嘴角的口水：「幾點了？我遲到了嗎？鄭孟熙走了嗎？」

「沒有，時間還很早。」德叔拿下老花眼鏡擦了擦，似乎仍不敢相信。

「孟熙叔叔說，今天要送我去學校。」我嬌羞地解釋。

極品校長、天菜男老師、傳說中的美麗後花園、最神祕的名門中學……嗷嗷，我絕對不會說我興奮到一夜沒睡！

換上制服，在全身鏡前轉了幾圈，這套聖萊昂制服是孟熙叔叔差人送來的，他彷彿熟知我的身材尺寸，制服相當合身。

聖萊昂的制服走的是英倫貴族風，特別聘請國際知名服裝設計師操刀設計，再交由裁縫師傅手工製作，每位學生的制服都是量身訂做，女生是白襯衫搭配淺灰色千鳥紋百褶短裙，男生是白襯衫、千鳥紋長褲，搭上一件立領黑色軍裝短外套，外套釘上雙排純銀鈕扣。

在此不得不佩服設計師的巧思，多數名門學校都是制服搭配西裝外套，唯獨聖萊昂採用軍裝外套，雖然不若西裝外套正式，卻也更顯霸氣，以表位於貴族頂端之意，同時，軍裝外套也隱隱強調聖萊昂的學風嚴謹。

曾聽孟熙叔叔提起，聖萊昂制服還象徵著聖萊昂中學的階級。

在聖萊昂中學念書，絕非一般打腫臉充胖子的家庭所能負擔的，除了學費昂貴，各項雜費更是驚人，一套完整的聖萊昂制服，價格逼近一線品牌訂製服，因此，進得了聖萊昂大門的學生非富即貴。

但，如何在一群天之驕子、天之驕女之間分出等級高低呢？

重點在於配飾，男生繫灰黑格紋領帶，女生繫灰黑格紋綁帶蝴蝶結，若配飾上斜繡金線則象徵榮譽，少數擁有者不但是品學兼優的模範生，更是聖萊昂中學裡的統治階層，通常擔任學生會會長、主要幹部及全學期前三名的人才有資格在配飾上繡金線，透過這些配飾的變化，突顯出競爭中的優勝者地位。

然而，少數中的少數，不繫領帶，不繫綁帶蝴蝶結，直接在左胸處佩戴校徽金扣，是「特殊管道入學」的學生，他們甚至有權參與學校政務。

特殊管道指那些呢？就是家世背景特殊，例如鄭楚曜、例如林星辰。

從容吃完早餐，離約定時間還有三分鐘，德叔就來通報的說鄭家的車子已經到了，我夾起書包，揚起最燦爛的笑容，三步併兩步衝到門口……見到那輛黑頭轎車，所有好心情頓時灰飛煙滅！

我瞪向坐在車內閉目養神的少年，問：「怎麼是你？」

鄭楚曜給我一個「不然妳以爲是誰？」的眼神，他看看手錶，輕嗤了一聲，道了聲：「走吧。」

他一連串的動作，不說我也知道，這傢伙分明還在記恨上次我遲到的事！

他牽著于姎姎的手坐車離去的畫面頓時浮上腦海，身爲未婚妻的我應該得到他更體貼的待遇。

我靜默了幾秒，高傲地昂起下巴：「不替我開車門？」

話音一落，我有十成把握換來他一聲冷哼，惹惱鄭楚曜向來是本小姐的強項！

鄭楚曜眉峰的稜角霎時聚攏，這是他即將發怒的前兆。

我雙手環胸，脣角微微上揚：「既然要當紳士，應該要做全套吧？」

話說到這兒，再搭配他這副表情，我肯定鄭大少爺會直接催司機走人了，沒想到發生了奇蹟！他長腿一跨，居然眞的下車來幫我開門。

雖然不情不願，但也算是好的開始……好的開始是成功的一半，是不是我再努力一半就能拿下這暴躁鬼了？

轎車疾馳，窗外的樹木快速後退，我偷偷望向他，晨光透過綠葉間隙，在少年的側臉描摹出粉金的光澤，他雙眉輕蹙，薄脣微微抿著，坐姿異常端正，有些賭氣、煩躁的模樣，不知道是在煩我還是氣自己……這樣的神情，我突然覺得挺可愛。

是不是再努力一點，我就能愛上他？

鄭楚曜突然回過臉，目光猝不及防與我的視線相撞，我半心虛、半挑釁地對他綻放一抹微笑，他怔忡了幾秒，隨即彆扭地別開臉，又把視線調轉到窗外。

「有話跟我說？」我其實也很傲嬌，「我不喜歡欲言又止的。」

「聖萊昂的制服……」他的聲音聽起來幾乎沒有任何感情，「還滿適合妳，穿起來很好看。」

突如其來的讚美令我登時氣焰全消，我咕噥一聲：「是嗎？」手不自覺地扭了扭膝上的百褶裙，掌心有些微微汗溼。

車內只有我跟鄭楚曜略微急促的呼吸聲。

安靜。

沒有劍拔弩張的氣氛，我們不知所措地各自看向窗外。

如果不是一身高中制服，我都快忘了我跟鄭楚曜也才十八歲。

普通十七八歲的男孩女孩，還在談著純純的校園戀愛吧，偶爾煩惱一下考試、互相抱怨書念不完、省下不多的零用錢，替對方買生日禮物、未來是塡志願卡以後的事……單純相愛著的兩個人，眼裡只要有彼此跟彼此的愛就夠了。

而我跟鄭楚曜，我們的結合牽扯著兩大集團龐大的經商策略，背後有多少人冷眼旁觀？有多少人願意給予眞心祝福？恐怕沒有，他們只等著利益分贓。

這不是我們這個年紀的愛情能承受的！

我們得到家族庇蔭過著優渥的生活，擁有很多，卻也意味著失去更多。

想到這兒，我好像懂了鄭楚曜爲什麼會如此抗拒跟我在一起，那是一種消極的叛逆。

轎車停在紅燈前，我看見一對男女學生走在街邊，他們穿著樸實的公立中學制服，兩人邊走邊笑鬧，男孩突然惡作劇地扯了扯女孩的馬尾，女孩也不甘示弱地推了他一下，男孩一腳踏進路上的水坑，女孩見狀哈哈大笑，沒有伸手扶他，反而舉起手機拍照，嚷著要把他的蠢樣傳到臉書上……

突然很羨慕他們，我跟鄭楚曜很難有這樣的時光吧。

車內的溫度彷彿慢慢升高，鄭楚曜脫下軍裝外套，隨手擱在腿上，我瞧見他左胸處的金扣，垂下頭，看見自己也有一個，突然意識到，我即將用「日曜集團繼承人未婚妻」的身分進入這個陌生的學校，那是我不曾見過的鄭楚曜的校園生活。

說不緊張是騙人的，我很緊張，還有點……茫然。

頂著這個身分，不知道我會得到什麼樣的待遇？會有人眞誠地想和我當朋友嗎？

這樣不安的情緒，我卻不能表露出來，我必須保護我自己，即便只是虛張聲勢。

車子再次啓動時，我出聲喚：「鄭楚曜。」

「嗯？」

「你眞的喜歡她嗎？」我沒把名字說出來，但他一定知道我指的是于姎姎。

鄭楚曜沉默了一會兒，我彷彿被他凝重的表情掐住脖子，連呼吸都不順暢。

「算了，你如果不想說也沒關係……」

「我不知道。」他嘆口氣。

嘖，眞是傲嬌的傢伙。

「好吧，那你覺得她是怎樣的人？」我也跟著嘆口氣，不是特意打聽，只是有點好奇，能讓不可一世的日曜集團繼承人放在心上的……會是怎樣的女孩？

「她跟我們是不同類的人，家裡很窮，卻很努力地工作著，不會想依靠別人……」

我沒有打斷他，只在心裡嘀咕：這樣的女孩很多啊！大街上隨便撈都是一大把奮力向上的勤奮女青年，難道你每個都喜歡？

鄭楚曜脣角彎起一抹極淺的笑：「她，很單純，很自然，想哭就哭，想笑就笑，在她面前，我不用顧慮太多，可以盡情做我自己。」

唉，聽不下去了，眞矯情。

我「哦」了一聲，淡淡哼了聲：「這樣啊。」

但他的笑容卻莫名刺痛了我。

是，林星辰不單純、超級做作、個性甚至有點惡毒、還很用力地敗家，但是，在我面前，你也不用顧慮什麼，你也可以只是鄭楚曜啊！

這句話還來不及說出口，卻被他下一句話給截斷——

「林星辰。」
「嗯？」
「『Salir』的形象拍攝，我同意了。」
「咦？」我訝異地抬起頭來。
「妳母親向孟熙叔叔提議的，Dolly集團這次推出的新品牌需要一系列的形象宣傳照，我同意去拍攝了。」他雲淡風輕地說。
鄭楚曜居然會同意？實在太奇怪了……
「不過……」他擰眉，橫了我一眼，「請妳放過于姎姎吧。」
我頓感無語！鄭楚曜先生，你是在演哪一齣？我怎麼一點都看不懂！
「你是在求我嗎？」我難以置信地望著他，驕傲如他，怎麼可能輕易求人？
「我是在跟妳『交易』，我答應拍形象廣告，而妳放過于姎姎。」
「交易？」我覺得好笑，「什麼叫做『請我放過于姎姎』？我從來就沒有招惹過她啊！你要跟我交易什麼？」
「別裝傻了，那件事不是妳做的？」
「哪件事？」我一頭霧水，見他露出不耐煩的神色，我瞬間就瞭解，不管林星辰如何無辜，在他看來一切都是裝的。
有了這層認知，我冷笑：「我做的事情可多了，不知道鄭先生你指的是哪一件？」
「我潑妳水，我承認是我的不對，但是跟于姎姎一點關係都沒有，妳不該拿那些照片來鬧，逼她辭職離開W飯店，逼她退學……」

我逼于姎姎離開W飯店？還逼她退學？我吃飽撐著沒事幹嗎？

「鄭家那邊我自會處理。」

正要開口，大媽的話驀然鑽進耳朵……一定是大媽陳明儷女士幹的好事！

她不知怎麼從八卦記者那兒聽聞那天的事，把鄭楚曜潑我水，以及強帶于姎姎走的事件壓下來，以這當把柄拿去威脅鄭家。

鄭楚曜的父母都是極度愛面子的人，知道兒子跟旗下飯店一個打工女拉拉扯扯，必定勃然大怒，想必對兩人施加不少壓力……

從他的指控中，我聽出了七七八八，沒想到本小姐暑假這兩個月過得快快活活，鄭楚曜跟于姎姎這對野鴛鴦卻被「我」鬧得人仰馬翻。

既然我在鄭楚曜心中，已經是一個歹毒的女人，我也不打算辯駁。

而陳明儷女士也眞是「愛女心切」，少不了加油添醋的結果，就是鄭楚曜把所有的帳都算在我頭上！既然這樣，我又何必浪費大媽的「好意」呢？

我雙手環胸，美腿交叉一疊，像個抓姦的大老婆，勾唇一笑。

狗血愛情偶像劇裡，壞心未婚妻怎能少了這句經典臺詞？

「要我放過她……可以！看你的表現嘍！未、婚、夫。」

刻有聖萊昂中學（St. Leon School）字樣的雕花鐵門出現在眼前，金黃色獅子校徽閃耀在陽光裡，一座國際標準足球場大的綠地鋪展開來，盡頭聳立一棟仿歐洲古堡式的磚紅色建築。

鄭家的豪華轎車長驅直入，停在古堡建築前的圓形噴水池旁，鄭楚曜替我開了車門，我趾高氣揚地下了車，像隻驕傲的孔雀。

帥哥、美女、名車，吸引許多學生駐足欣賞。

「啊啊啊，快看，是曜王子欸，他來學校了！」

「咦，他旁邊那個女的是誰？一臉跩樣，沒繫領結，居然還讓我的曜王子替她開車門？」

「你沒聽說嗎？鄭楚曜準備跟Dolly集團的千金訂婚，那女的想必就是了……」

「什麼？我的曜王子居然要訂婚了？騙人騙人……嗚嗚嗚……」

「欸——那于姎姎不就出局了嗎？曜王子玩膩她了，我早說他們撐不了多久。」

「那不就表示，我們又可以欺負于姎姎了？嘿嘿！」

于姎姎？

爲什麼會在這富家子女聚集的名門中學裡聽到于姎姎的名字？我皺皺眉，頓時生出不好的預感。

我拉住逕自往前走的鄭楚曜，順勢把書包掛在他肩上。

不管了，先宣示主權再說！

「不帶我逛一下校園？我今天第一天上學，好歹跟我介紹一下環境吧？」我嬌聲嬌氣道，提醒鄭楚曜注意他的「表現」。

「快早自習了。」他冷淡地拒絕我，長腿往旁邊一跨，不著痕跡躲開我的魔爪，書包同時回到我的肩上。

「借過，借過。」花園那頭，一位清秀女孩從遠處急奔而來，手裡捧著一杯咖啡，招牌馬尾甩得元氣……眞的是她！

不是吧！眞有這麼爛梗？

「名門中學裡的貧窮女」我一秒下了注解，肯定這齣演的是《流星花園》！

順著于姎姎跑去的方向望，視線驀然定住，一位少年斜倚在大理石柱旁，身材高䠷，穿著一身斜條紋的白色T恤，頭戴一頂棒球帽，壓低的帽簷底下，一副黑框眼鏡掩飾不住那雙深邃黑眸，嘴角雖然含著清淺的微笑，渾身卻散發著拒人於千里之外的冷漠。

重點是，那小酒渦很眼熟……

江念雨，別以爲你戴上眼鏡，裝成那副熊貓的模樣我就認不出你！

「喏，小雨學長，你的冰咖啡。」于姎姎把吸管插上，才將冰咖啡遞給江念雨，服務挺周到。

「謝謝。」他低聲說，頰邊的小酒窩變深，稱讚道：「好喝。」

聞言，于姎姎笑開了臉。

江念雨怎麼會來聖萊昂？沒穿制服，看起來不像來上課的學生……

打招呼？不打招呼？

算了，多一事不如少一事。

我正想悄悄離開，卻發現鄭楚曜的臉色陡然變得嚴肅，雙手不斷捏拳又倏地放開，一副仇人相見分外眼紅的模樣。

眾花痴女驚呼的對象又轉向那少年：「天啊啊啊——是小雨學長！」

「嗚嗚……小雨學長好帥，這輩子居然能再見到小雨學長，我死而無憾了！」

「聖萊昂的傳奇，江念雨！去年他參加世界馬術錦標賽後突然休學，今天出現在這裡，是打算復學了嗎？」

于姎姎見到鄭楚曜後，臉上笑容一僵，她身邊的江念雨察覺她的異常，也朝我們這邊看來。

我們四人面面相覷。

再度見到江念雨，我的笑容也變得有點不自然。

我、鄭楚曜、于姎姎、江念雨，四人的目光在空中交會，迸散出星星火花。

命運齒輪輕輕轉動，一齣狗血偶像劇彷彿正在我眼前真實上演。

我翻了翻白眼，似乎聽見編劇大人從雲端喋喋怪笑——

狗血有沒有？爛梗有沒有？沒辦法，觀眾愛看，你們就認命吧！

鄭楚曜大步朝那兩人走去，看得出來正盡力控制內心的急躁。

他望了眼于姎姎，才把目光落在江念雨身上：「學長，好久不見，有一年了吧？」江念雨輕輕嗯了一聲，臉上的笑容別具深意：「是嗎，快一年了嗎？那真的好久不見了。」

說完，他若有似無地瞥了我一眼，感覺那句「好久不見」是在對我說。

我下意識扯著鄭楚曜的衣角，思索著該回他「好巧，又見面了，每次都在尷尬的情況下相遇」，還是乾脆閉嘴算了。

「學長，這陣子過的好嗎？」鄭楚曜問。

我聽得出來，兩位男生表面互相寒暄，貌似平靜，實則暗流湧動。

「你覺得呢？」江念雨沒答反問。

「感覺學長挺忙的，這一年無消無息，消失得很徹底。」鄭楚曜的目光變得銳利，像是極力在壓抑著什麼，他避開我的視線，望向江念雨。

「那真是我的不對了。」江念雨坦然迎上他那道灼人的視線，忽而淺淺一笑，「不管怎麼樣，能再次見到你，我很開心。」

說完，他伸出手，一副想把鄭楚曜攬進懷裡的模樣，傲嬌小楚曜口裡嚷著幾聲：討厭啦討厭，學長，我才不會原諒你……白衣少年說了一聲：寶貝我很想你。聞言，傲嬌小楚曜臉龐滑下一滴清淚，飛撲進白衣少年的懷抱……

咳……以上這些都沒有發生，純粹是本小姐腦袋裡不負責任的小劇場。

「可是，」眞實世界裡的鄭楚曜對江念雨伸出的友愛之手視若無睹，「怎麼辦？我一點也不歡迎學長回到聖萊昂！」

我倒抽一口氣，更加肯定了，唉呀，這三人有姦情！

鄭楚曜的話換來大家一陣沉默，江念雨的手尷尬地僵在半空中。

于姎姎急急拉下江念雨的手，試圖緩解他跟鄭楚曜之間的緊張氣氛，誰知那無意間的親密舉動，打翻了鄭楚曜的醋罈子，只見他悄悄捏緊了拳頭。

這般架式，偶像劇裡的經典劇情「男主男配揮拳相向，共爭美人」的戲碼即將上演了嗎？

我的眼睛瞬間閃爍晶亮光芒！

「學長，你不是要辦復學手續嗎？我陪你去。」于姎姎撇撇嘴，「不要理他，這個人就是幼稚沒禮貌，我們走吧。」

終於，在她說了一句挑釁鄭楚曜的話後，鄭楚曜的怒火被徹底點燃了。

他沉下臉：「于姎姎，妳說什麼？」

「說你幼稚沒禮貌！」于姎姎冷哼一聲，偷偷看我一眼，拉著江念雨就要離開。

鄭楚曜一手抓了過去，將于姎姎狠狠拽過來，女孩毫無心理準備，猛然倒向他的懷抱，鄭楚曜一隻手搭在她的細腰上，兩人親暱地相擁在一起。

一秒、兩秒、三秒！

畫面唯美地定格，此時，我心底響起萬馬奔騰的背景音樂……

我看看江念雨，後者微微瞇起眼，目光帶著戲謔笑意，正望向我，我咳了一聲，把視線移轉到正熱烈上演的校園偶像劇現場，只見女的臉紅，男的呼吸急促。

好嘍，該放手了，超過十秒就算強制猥褻了！

「鄭楚曜，你放手！」于姎姎總算反應過來，扭了扭身子想掙脫他的懷抱。

她緊張地瞥向我，生怕我有一丁點誤會，急急澄清：「林星辰，妳不要誤會。」

我還來不及說什麼，鄭楚曜卻搶先一步接話：「學長，不好意思，于同學對我好像有點誤會，我想跟她好好談談。」

江念雨一愣，又露出那招牌小酒渦微笑：「你們慢慢聊，我先去辦復學手續。」話一說完，便飄然遠去。

于姎姎小臉上浮出失望神色，她望向江念雨的背影，張了張嘴想叫住他，轉頭又見鄭楚曜一副得意洋洋的模樣，便用力甩開他的手，急急追著江念雨而去。

眼看心愛的女人要跑了，鄭楚曜對我連一句抱歉都沒扔下，邁開步伐，追隨于姎姎離去。

等等！豈能讓他們說走就走？本小姐的臺詞還沒說呢！

「站住！」我立馬伸開雙手擋在他面前，「鄭楚曜，你敢追過去試試看！」我的語氣強硬，擺出一副正宮太太的姿態。

想也知道，鄭楚曜怎麼可能搭理我的話？若他如此聽話，那他就太掉價了。

於是，我又被丟包了。

三人先後離開，周圍看好戲的人群也散了，從開始到現在，我連半句話都插不上，根本就像來打醬油的！

此時此刻，早自習的鐘聲很應景地響起，我站在空蕩蕩的長廊上，迎風聽著悠遠鐘聲，內心有說不出的蕭瑟孤寂。

這裡有太多的事，不管是已過去的，還是發生中我卻無法參與的，甚至即將發生的，我完全摸不著頭緒，這種感覺讓我很挫敗。

拿出手機，準備打電話找校長先生哭訴，手機彷彿和我心電感應似地響起……是大媽。

「喜歡我送妳的開學禮物嗎？」大媽帶些揶揄的語氣酸我，「未婚夫親自接妳上學，滋味如何？他很聽話吧？」

「妳到底對鄭楚曜還有于姎姎做了什麼？」

「什麼做了什麼？林星辰，注意一下妳說話的口氣，妳這是在質問我嗎？」

「好，高貴美麗的陳明儷女士，請問您對小女的未婚夫做了什麼『管教』呢？」沒有生氣，連生氣都覺得疲累，我只是無奈。

「說管教可不敢！不過小小『指教』了一下……」大媽譏嘲地說：「算他幸運，那個八卦記者跟我有私交，那些相片才被我攔截下來，不然見了報，嘖嘖……我看這新聞標題是要下『富少爲小三甩未婚妻』？還是下『貧窮打工女勾搭豪門公子哥』？」

「妳爲什麼要這樣做？」

「當然是商請我未來的女婿幫『Salir』新品牌拍宣傳照嘍。」大媽的聲音上揚幾度，掩飾不住把我們玩弄在掌心的得意，「請人幫忙，總該付點報酬，但楚曜這豪門大少爺最不缺的就是錢，我左思右想，估計他會對那些照片有興趣……」

大媽虐待我跟幫助我總是同步進行，讓人摸不清她的眞心。

我咬咬下唇：「那妳也不能拿于姎姎去威脅他啊！」

「爲什麼不行？我也是替我女兒抱不平呀，都還沒過門，男人就已經有小三了，這怎麼行？妳可是林家的掌上明珠呀！」大媽完全是幸災樂禍的口吻，「再說了，我已經手下留情了，沒把事情鬧更大。」

「不用妳多管閒事。」我的頭抽痛起來，「他跟那女孩的事，我自己會處理。」

「有需要媽幫忙的地方，儘管開口，妳也知道，我那去世的老公只有妳這麼一個女兒……」

眞煩。

「掛了，拜。」我直接掛掉電話，不一會兒，手機又響起，我沒好氣地接起：「喂？還有什麼遺言要交代的？有屁快放，老娘忙……」

對方沉默了幾秒：「星辰？」聲音聽起來很遲疑。

我心裡喀噔一聲，瞄了眼手機螢幕，來電顯示閃爍著五個字：孟熙快離婚。

有屁快放，老娘忙……啊啊啊！

「孟熙……叔叔，嗯……」我汗如雨下，「校長好！」

「星辰，」他聲音很低，彷彿有些抱歉，「叔叔早上臨時要開會，所以讓楚曜去接妳，妳不怪叔叔說話不算話吧？」

「沒關係。」我能有關係嗎？「叔叔別介意。」

「聖萊昂校地很廣，有些課後活動的地方比較偏僻，妳不要亂跑，我讓楚曜先帶妳去教室……」

讓楚曜帶我去教室？早就跑得不見人影了，靠他不如靠自己。

「嗯，好，叔叔別擔心……」我低頭看看自己孤伶伶的影子，咬牙道：「楚曜很『照顧』我。」

我看著校園簡介，一面尋找自己的班級教室。

聖萊昂中學分成國中部跟高中部，由於採精英教學制，偌大的校園中，學生人數並不算多，全校學生加上所有教職員不超過千人，校園位在山區……不，說位在山區還太客氣了，應該說整片山頭都是聖萊昂的腹地。

聖萊昂校地極廣，擁有一座天然湖、兩座人造湖、三座希臘噴泉、直升機停機坪，千坪花園、萬頃綠地……一座媲美國家劇院等級的環型劇場，師生們常常在這裡舉辦各種表演或音樂會。

對整天閒閒沒事，練練人魚線、擠擠六塊肌的富家子弟而言，這裡根本就是天堂了吧！

看看這各式運動場地，基本配備如：籃球場、網球場、羽毛球場……一般學校該有的絕對不會少，進階版的如：足球場、奧運賽道等級的游泳池、槌球場、攀岩場、馬術場、健身房……高階版的如：高爾夫球場、賽車道（高中生能賽車？）、居然還有滑翔翼飛行場?!

幸好這裡不下雪，不然估計連滑雪場都有了！

此外，爲了照顧這些來自上流社會千金少爺們的生活起居，甚至還有專屬的牧場、農場，專門供應學生餐廳最新鮮、最天然的食材。有了頂級食材，還特別從五星級飯店延攬知名主廚，精心烹調各式餐點，照顧師生們的胃，再加上營養師管理熱量，專屬教練替你量身打造健身課程，難怪學費是天價！

據說，後山有一座高級溫泉會館，專供教師們遊憩、度假、進行各種「學術交流」用（也就是耽美論壇上戲稱的「後花園」）。

這是學校嗎？根本就是一個遺世獨立的小王國。

主教學區是三棟青瓦紅牆的建築，外觀仿歐洲城堡，由紅磚引道交錯銜接，引道旁種了滿滿的桂樹，雪白花瓣從樹梢垂掛下來，馥郁濃密的香氣沁人心扉，環境十分優美……十分鬼打牆！這對本小姐而言，根本就像一座巨大的迷宮啊！

走了好一陣子，仍然找不到自己的教室，我煩躁地抱怨：「這麼大的校園，也不弄個輸送梯還是接駁專車……」

突然，有個男孩從方型窗戶探出身體朝我招手。

「Hey!」他露出燦爛無比的笑容，一頭柔軟奶茶色頭髮披在肩上，皮膚白皙，五官比一般人來得深邃，脣色淡淡粉粉的，瞳色是碧藍色，宛如貓眼。

聖萊昂的國際學生不少，想來我遇到「歪果仁」了。

「Heaven must be missing an angel!（上天一定遺忘了一個天使！）」他說。

不得不承認，這樣的讚美很受用，尤其是從一個漂亮的外國男孩子口中說出來。

「Thank you.」我欣然接受他的讚美，「Nice to meet you. Bye bye!」撂完萬用英文三句就準備走人。

他急急地攔住我：「Wait! but you owe me a coffee.（等一下，妳欠我一杯咖啡。）」

「What?（什麼？）」

「Because when I looked at you from the window, I dropped mine.（因爲當我從窗戶看見妳的時候，我打翻了我的咖啡。）」他深情款款地說。

我眞不明白，爲什麼一位翩翩美少年可以在下一秒變得這麼猥瑣？

我翻翻白眼，直接無視地往前走。

「別急著走嘛，我是楊濰，不知美女芳名？」他看了一下手中的小抄，怪腔怪調地說，「相逢即是有緣，可以交個朋友嗎？」

陽痿？陽痿還敢搭訕本小姐？

「你是在搭訕我嗎？」我冷淡地瞄了他一眼。

「呵呵……」被我直白地問，他呵呵傻笑幾聲，「原來這叫『搭訕』啊！」

我臉上拉下黑線。

「陽痿」壓低音量，朝我擠眉弄眼：「美女，是這樣的，其實呢，我跟同學賭一千塊歐元要妳的姓名電話……」

不賭台幣也不賭美金，這些富家子專賭歐元就是了！

往他身後一看，果然有幾個男孩正交頭接耳，低低竊笑。

貓眼男孩半個身子幾乎掛在窗框上，俯身把脣附在我耳畔：「怎麼樣？我們打個商量……」

我捏捏拳頭，想拽著他的衣領把他拋出窗戶外，幾下深呼吸後才忍住衝動。

「商量什麼？」

「妳隨便給我一個假的，回頭我們一起平分那一千塊歐元……」

本來想說：那我砸你一千塊歐元，讓你從本小姐面前消失！

一低頭，不經意瞥見他左胸前的金扣……哦？也是「特殊管道」入學的啊！秉持著多一個敵人不如多一個盟友的心態，腦袋邪惡地轉了幾下，我傾身往他靠去，笑得風情萬種：「那你贏了，我叫林星辰，你手機給我……」

貓眼少年發出一聲歡呼，興奮地翻出手機。

我用他的手機打給自己，再還給他：「好了，現在我們互相都有彼此的電話了。」

「林星辰小姐，妳好，現在容我重新再自我介紹一次。」他騷包地撥弄一下奶茶色頭髮，「我的中文名字是楊濉，木易楊，濉是中國詩人王維的維加三點水……」邊說還邊拉起我的手，在我的掌心上寫了「濉」字，「算命師說，我命裡缺水才加上去的，不過妳也可以叫我William，我母親是英國人，父親是瑞典人。對了，我中文說得不錯吧？那是因爲我祖母是華人唷，所以我有四分之一華人血統，我們全家都熱愛中華文化，所以妳叫我『楊瀩』我會很開心……」

楊瀩，拎祖罵沒告訴你，男人被叫「陽痿」是一件開心不起來的事嗎？

幾分鐘過後，楊瀩仍然滔滔不絕：「……我家從事北歐家具家飾代理，妳猜對了，就是那個『怡家家居』，但是我本身呢，對服裝設計比較有興趣，目前還兼職當時裝男模，我的興趣很多，喜歡烹飪、閱讀、唱歌……」

「陽痿，中午時間我們一起吃個飯。」我打斷他的話，「但是你可不可以先帶我找到教室？」

「妳是轉學生？」楊瀩這時才發現我左胸前的金扣，恍然大悟地拍了一下額頭，「Oh, my god!」他瞠大雙瞳盯著我的臉，「妳是曜的未婚妻！」

我點點頭，楊瀩一手撐住窗檯，俐落翻出教室外，嘴裡喊著：「原來是嫂子啊！」

我被喊得全身起雞皮疙瘩，趕緊阻止他：「別叫我嫂子，你叫我星辰，我就叫你楊瀩。」

「那我可以叫妳『小星星』嗎？」

「不准！」我給他一記白眼，「除非你想被我打成『陽痿』！」

當楊瀩帶我進入教室時，原本鬧成一團的學生瞬間安靜下來，目光三三兩兩地朝我們看來。

偶爾有人把好奇的視線停留在我身上，猜測我胸前金扣代表的意義。

「第五個金扣學生出現了……」

第五個金扣學生？

所以除了我、鄭楚曜、楊濰，還有另外兩個金扣學生？

我明白在這間學校裝低調是不可行的，更何況本小姐也沒有想要低調，我落落大方地微笑揮手：「各位同學早，我是轉學生林星辰，請大家多多指教。」

楊濰指著教室裡面一個靠窗的空座位，說：「那是曜的位子，我坐在他旁邊。」

「那鄭楚曜呢？」想到他追著于姎姎離去的背影，我暗暗咬牙，表面還是裝作不經意地問：「他不是說要早自習？」

聖萊昂規定學生早上八點就要到校，但是上課時間比照英國中學是從上午九點到下午三點半，因此上課前，學生可以進行晨間運動或參加早自習；放學後，學生也可以自行安排各種社團活動。

「不會吧！」楊濰的貓眼睜得渾圓，一臉不可置信，「那傢伙從來不參加早自習的。」

八成……都是去找那于姎姎了吧？我心暗道。

算了，來日方長，今天才開學第一天，等我先摸清楚形勢再來處理這對野鴛鴦。

聖萊昂採小班教學，一個班級最多不會超過十六人，環顧四周，同學似乎都到的差不多了。

我故作輕快地問：「那，我要坐哪裡？」

「Krystal，坐這邊！坐這邊！」有個女孩熱絡地對我揮手，我認出她是早上喊鄭楚曜「我的曜王子」的女孩。

我要坐哪兒關妳什麼事？

我冷冷睨了她一眼，直接無視她的邀請，眼珠轉了幾圈，最後視線落在鄭楚曜前面的座位……

鄭楚曜，你老是拋下我，讓我看著你的背影，弄得我快變成望夫崖，本小姐偏偏就要坐在你前面，讓你每天上課時只能盯著我的後腦勺發呆！讓你嘗嘗看著我背影的滋味！

一位古銅色肌膚的平頭男生占據鄭楚曜前面的座位，低頭啃麵包、滑iPad，渾然不覺他的位子已經被我覬覦。

我走近他身邊，拍了拍他的肩膀，冷聲道：「起來，我要你這個位子！」

楊灕暗暗擦去冷汗，扯扯我的衣角：「星辰，沒人這樣搶位子的……」

平頭男連頭都沒抬，三口兩口吃完麵包，又滑了iPad幾下，才慢悠悠地說：「曜說高中畢業之前，我一定得待在這個位子，不准離開他的視線。」

這話由鄭楚曜說來想必霸氣四溢，但我聽來卻嘴角微微抽搐。

看來，本小姐的情敵……不分男女。

「少囉嗦，我偏要坐這兒。」我毫不退讓。

「嗯？」平頭男倏地起身，猛然聳立的魁梧身材嚇得我如驚弓之鳥般彈起。

好……好高啊……惹錯人了……嗚。

平頭男居高臨下地睥睨著我，他的身高目測將近一百九，站在我面前像座小山，聖萊昂制服被他穿得豪放極了，襯衫隨興扣了幾顆，衣袖捲到手肘上，衣襟敞開露出結實的巧克力胸肌，英氣勃發……沒想到鄭楚曜好這口味啊，會不會太重口味了點？

「別以為你長得壯，我就會怕你喔。」我挺挺胸膛，表示自己也滿有料的，「我可是他家族承認的未婚妻，他家那麼保守，你死心吧！你們是不可能在一起的！」

沒說出口的是，如果你們真的相愛，鄭楚曜來求我的話，我或許願意睜一隻眼、閉一隻眼，讓你們私底下暗通款曲……

平頭男將我左三圈右三圈從頭打量到腳，突然濃眉一攏，手高高舉起。

我以為他要揍我，嚇得腿部肌肉像癱了一樣，軟趴趴跑不動，只能仰起脖子惡狠狠瞪他：「別碰我！我的鼻子剛整完，鼻骨還很脆弱，你碰壞了我跟你沒完沒了！」

平頭男一愣，隨即哈哈大笑，大掌不輕不重地落在我的髮梢，撚去一片花瓣，說：「妳真有趣，比那個于姎姎有趣多了。」

「……」我心有餘悸地瞪他。

「柏啓梵，Van。」

怔了幾秒，我才反應過來，平頭男說了他的中英文名字。

只是……鄭楚曜這些同學的名字怎麼都怪怪的啊？一個叫「陽痿」？一個叫「勃起煩」？

這……這……這些富家子弟的爸媽中文都不好！

我果斷地決定只叫他英文名字：「Van，你好，很高興認識你。」

「妳要坐就讓給妳吧。」說完，他將iPad掃進書包裡，瀟灑地一甩將書包甩在肩上，大踏步走出教室。

「梵，你這樣走了，曜怎麼辦？」貓眼美少年哭喪著臉，在他身後嬌喚，「那我怎麼辦？」

「你們自己弄出來啊。」

你們自己、弄、出、來、啊……啊啊啊！

「梵，你要去哪裡？」楊濰不依不撓地問。

他頭也沒回，伸手揮了揮，拋下兩個字：「蹺課。」

他一走，我立刻癱在椅子上，撫著亂跳的心口：「陽痿，快跟我說！你、還有那個『勃起煩』跟我未婚夫是什麼關係？」

我需要冷靜，我需要有人告訴我眞相，不然我的腦補小劇場演得劈劈啪啪，很邪惡、很激烈、很十八禁啊！

「我們是命運共同體。」楊濰望著柏啓梵離去的背影，深情款款地說，「那是『君子之交』，『焦不離孟，孟不離焦』……」

「行了行了，楊濰同學你別轉文了，我知道你中文造詣不錯，但麻煩你說得白話點，讓我聽得懂，OK？」

「暑假前，校長先生給我們三人出了一份特別作業，讓我們開學後交。」楊濰抽了抽鼻子，「梵說他寫完了，我還等著參考他的。」

「不過是暑假作業，有什麼好煩惱？」我嗤之以鼻，「請家庭教師做就好了嘛。」姊念了這麼多年書，可沒親自寫過什麼作業。

「可是，那份報告，我們聯合三人所有的家庭教師都做不出來啊……」

「怎麼可能？報告題目是什麼？」

「亞洲國家經濟增長非線形建模。」

亞洲國家經濟增長非線形建模……啥啊？這是高中生的報告題目嗎？

見我滿臉困惑，楊濰又用英文說了一次，還補充道：「校長說要舉實例，於是我寫中國、曜寫日本、梵寫韓國，我們暑假期間各自去請教了經濟學家……打算今天聚在一起討論，總結一下……」

教室突然又安靜下來，所有人的目光齊刷刷朝門口聚集，我愣了一會兒，才慢半拍轉過頭去。

「看什麼看！」鄭楚曜隨手將書包拋在桌子上，「砰」一聲巨響，附近的男女同學驚得跳起來。

「要上課了！你們去哪兒？」凶惡的眉眼一壓，原本站起來的同學又乖乖縮回自己位子上。

我囧了一下，原來這小子在班上也是這樣橫行霸道的啊。

鄭楚曜似乎不意外我出現在這裡，瞄了我一眼沒說什麼，逕自抱著書包當成枕頭，神情有些落寞地把臉埋在桌子上，假裝是在補眠，但我知道八成是先前的追逐戰他敗下陣來了。

「欸，曜。」楊滿不怕死地伸出蓮花指，戳戳他肩膀，「校長先生出的那份報告，你寫的怎樣？」

「寫完了。」他悶悶地說。

「眞的？」楊滿欣喜，「快點借我看。」

鄭楚曜手往書包裡抓了幾下，抓出一份裝訂成冊的報告丟到他桌上，又趴下去繼續裝睡。

楊滿誇張地喊了一聲：「謝主隆恩，吾皇萬歲萬萬歲！」

報告厚厚一疊看起來挺有分量，精裝封面加上燙金字體有模有樣，楊滿小心翼翼捧起來，恭恭敬敬翻開書頁，我好奇地湊過去看，上面龍飛鳳舞寫著——

大、爺、寫、完、了！

大爺寫完了，就這樣，沒了。

比康熙皇批在奏章裡「朕知道了！」還霸氣。

楊滿徹底石化了。

我撫額，我到底……掉到什麼樣的奇葩坑裡？

還記得《灰姑娘》這個童話故事吧？我覺得我像那壞心的姊姊。

壞姊姊爲了能穿上玻璃鞋當王妃，削去自己的腳跟，犧牲那麼大，王子還是一心一意想把玻璃鞋送給髒兮兮的灰姑娘。

而童話搬到現實生活裡，更不美好了，除了灰姑娘的虎視眈眈，其他女性的敵意也不可輕視。

「曜王子那個未婚妻是不是整形啊？眼睛鼻子看起來好假，好不自然。」

很不自然嗎？我連忙掏出Coach隨身鏡查看。

「是啊，所以沒見過她笑，大概是怕一笑臉就垮了？哈哈哈，還有，妳們有沒有發現她的胸部忽大忽小，八成也是整的……」

我垂頭看看自己的胸部，果然感覺比昨天少了一個CUP，今天早上賴床太久，沒時間墊……

「真的，妳們看，這女人負面新聞超多，『W飯店泳池試圖自殺』、『火鍋店辱罵女服務生』、『不明男子數次深夜出入私宅』……」

我坐在光可鑑人的馬桶蓋上，低頭看了看手錶，已經十幾分鐘了，門外嘰嘰喳喳的女同學似乎沒有離開廁所的打算，繼續奮力不懈地造口業。

「哼，頤指氣使的以為自己是公主，我看是公主病女，要不是她家有錢，我才懶得理她……」

「欸，我聽過一些關於她身世的傳聞，不知道是真的還是假的，林星辰好像是她爸爸的『私生女』，根本不是Dolly集團的真公主……」

「太勁爆了！如果這個傳聞是真的，那曜王子不就被騙了？」

等到她們八卦得差不多時，我才轉開門把慢慢踱出來，眾女像同時被武林高手點中了啞穴，霎時沉寂下來。

我走到洗手臺前對著鏡子開始補妝，漫不經心道：「妳們好像聊到我？怎麼不繼續？」

一張張濃妝豔抹的臉蛋低垂下來。

富家女中也有見過大風大浪不怕死的，例如這位繫著金線蝴蝶領結，長相蘿莉，身材前凸後翹的女孩，她挺身而出：「我們對星辰學姊很好奇，那些傳聞……」

不打算解釋太多，我不著痕跡地翻了個白眼，全部承認：「嗯，通通是真的，別太崇拜我。」

要知道名門千金向來愛惜自己的形象，能把自己弄得這樣聲名狼藉，實屬不容易。

我的坦然換來眾女們的目瞪口呆。

「學姊好幽默。」蘿莉學妹咯咯嬌笑幾聲，「被媒體八卦的確很困擾，學姊這樣一笑置之的態度，是學妹們該學習的。」

「嗯，人太出名總會被各種流言纏上。」我優雅地撥了撥頭髮，「像妳們這種無名小卒，大概一輩子都沒辦法體會。」

「呵呵……」蘿莉學妹掩嘴笑了兩聲，那六個刪除號的尾音，省略說不出的無奈。

「對了，學妹——」離去之前，我色瞇瞇地伸手抓了抓蘿莉學妹的大波霸，「觸感柔軟，是自體脂肪還是矽膠？」

她驚嚇過度，愣愣回答：「是……是自體脂肪……」

「嗯，很好，非常好。」我滿意地收回爪子，「我會考慮做的，留下診所電話給我。」

症狀五　依賴成病態

學習當自己人生的主角。

一天的課程即將結束，最後一堂課是國文課，國文老師從《古文觀止》裡抽出了幾篇讓大家寫閱讀測驗，就跟隔壁班的英文老師手拉手離開了。

大家滿心期盼放學鈴聲響起，除了少數幾位同學埋頭苦幹，多數人不是小聲聊天就是在傳字條。

「欸，陽痿。」

楊濰，他不知道他的名字老被我故意口齒不清喊成「陽痿」，我也算在聖萊昂交到第一個閨中密友。

他沒搭理我，端端正正坐著，邊搖頭晃腦邊皺眉。

看來只有四分之一中國血統的外國人，要念懂《古文觀止》非常不容易啊。

「回家再做啦！」我蓋上他的習題本，「陪我到處逛逛。」

他無奈地翻翻白眼：「我現在不寫完，怎麼借妳回家抄答案？」

「好吧，那你快寫，加油喔。」我無恥地鼓勵他一下，就拿出iPad逛起美妝網站。

「林星辰，英文就算了，但這是中文作業，身爲炎黃子孫，妳居然抄一個外國人的答案？」

不知道是不是錯覺，我好像被柏啓梵鄙視了。

「我只是不想把腦汁浪費在弄懂這些古人的屁話上。」我哼了哼，「不過幾道題目，本宮兩三下就解決了！」

翻開習題本，唰唰唰不到三分鐘，全部寫完了，我豪爽地往楊滙桌子上一拍：「書生，拿去抄吧！」

「這些答案……真的可靠嗎？」楊滙擰眉，翻翻他自己與柏啓梵的習題本，再對照我的，「怎麼沒有一題答案是一樣的啊？」

柏啓梵好奇地湊過來看，嗤笑一聲：「『邪穢在身，怨之所構』，意思是指『很久沒洗澡，所以臭得讓大家抱怨？』」（正解是：行爲骯髒不正，怨恨自然聚集。）

「怎麼不可靠？」我搶回習題本，不服氣，「這可是古代科舉考試流傳已久的解題祕訣欸！」

「有請公主殿下開示。」楊滙單手往上一翻，做了一個「請」的手勢，四周同學也興致勃勃地拉長耳朵。

「大家聽好了——」我清清嗓子，擺出最專業的教授姿勢，拿起鋼筆往習題本上戳：「選擇題的答案，三長一短就選短，三短一長就選長，兩長兩短就選B，參差不齊C無敵！」

「我看是妳臉皮厚得無敵吧。」後座的鄭楚曜涼涼地飄來一句，「幾百年前的科舉考試哪來的選擇題？」

嘖，臭小子老拆我的臺，成績也好不了我多少，半斤八兩啦！

我對著他做了個鬼臉：「別說我厚臉皮老巴著你，今天你自己回家，不用等我！」

為了讓我跟鄭楚曜日久生情，大人們巴不得把我跟他時時刻刻拴在一起，這些日子以來，總是派車壓著我們一起上下學。

「求之不得。」鄭楚曜口裡吐出這四字，很快就收拾好書包走了。

「那林星辰的答案到底對不對啊？」楊濰苦惱地扒了扒奶茶色頭髮。

「回家自己寫比較保險。」柏啓梵笑笑，大手摸摸楊濰的頭，「還有明天見。」

楊濰默默收拾書包，我趕緊拉住他：「來到聖萊昂，怎麼能不參觀一下傳說中的『後花園』呢？」

「後花園？」他的長睫毛閃撲了幾下，藍眼睛好清澈。

我受不了他那純潔的眼神，支支吾吾地說：「嗯，就是……可以看到『美景』的地方。」

上了幾天課，聖萊昂的男老師果真如外傳般極品，只是站在講臺上一個比一個面癱，一個比一個冷情，好想看看後花園裡冷酷教官的教鞭會不會也抽向俊美校醫的細皮嫩肉、邪魅物理老師與高傲化學老師如何來場人體實驗、花兒般美麗的語文科老師與勇猛體適能教練間各種調教嬉戲……

「美景？妳是說後山嗎？」

我頭點得跟啄木鳥一樣。

可以不用看著耽美論壇裡的文字敘述，終於有機會看到Live版，一想到將要大飽眼福，我小心臟激動不已。

「但是，自從上次有變態偷偷摸進去，那地方就被列爲管制區，沒有教職員證是進不去的！」楊濰賞我一眼怨毒，彷彿那個「變態」近在眼前。

「給錢能進去嗎？」本小姐什麼沒有，就錢多。

楊濰又賞我一眼哀怨：「給錢就能進去的話，後山早就被踏平了！」

我很惆悵地嘆口氣，不斷在楊濰耳朵旁念叨：「唉，好可惜，想去看想去看想去看……」

念到他終於受不了，才回我：「我知道有一個地方接近後山，那裡有一大片草坡地，風景優美……」

「哪裡？」我渾身狼血沸騰，轉身從書包中拿出準備已久的大砲單眼。

「滑翔翼飛行場附近。」楊濰瞄了瞄我手中的單眼相機，額上青筋抽了抽，心裡八成懷疑我就是那個變態，「妳玩攝影嗎？」

我不好意思地笑笑：「嗯，這是除了敗家之外，本小姐難得比較『平民化』的興趣。」

擇日不如撞日，心動不如行動。

看準剛開學不久，忍了一個暑假，情侶終於見面，放學後一定會纏纏綿綿以解相思之苦，於是我死纏著楊灕帶我去，兩人抄小路，不到半小時就到滑翔翼飛行場。

黃昏時分，天空漸漸彌漫火燒雲似的霞光，一大片修剪平整的草地如綠絲絨般鋪在山坡上，全被籠罩在橙紅色的溫柔光暈裡。

「草叢在哪裡？」我猴急地問。

「器材室後面有一大片，那裡是整個聖萊昂視野最好的地方，可以看落日，聽說幾乎每天都有人在那『射』……」

不等楊灕說完，我急衝衝地吼：「還不快帶我去！」

楊灕驚恐地看我一眼。

我摸摸下巴，呵呵乾笑幾聲：「要抓緊時間，不然等太陽下山，什麼都看不到了。」

他的臉色總算恢復正常，嘀咕一聲：「也對啦，聽說『攝』影時光線很重要……」

兩人一前一後沿著樹枝雜草叢前進，瞥見前方一處比人還高的隱密草叢，傳來不明的規律晃動，我心內的野獸嗷嗷嗷叫個不停。

野戰？喔喔喔！實在太生猛、太香豔了！

我腰一沉，馬步一蹲，側身緊貼著器材室的牆，姿勢超級猥瑣地探出腦袋，進行偷窺大業……

掛在我頸間的相機背帶被人扯了扯，此時我的眼睛正黏在觀景窗前，專心地調整焦距，想也沒想就從他手中拉回背帶，不一會兒，背帶又被扯過去，來來回回幾次，我終於失去耐心，回頭噓了一聲，見到的卻不是楊灕！

一滴冷汗從背脊滑下，要死了，江念雨怎麼會在這裡？

「妳在看什麼？」他問，聲音不大，卻也沒有刻意壓低音量。

我扭過頭，看看晃動得更劇烈的草叢，又回頭看看他，不知道是該叫他小聲點？還是該抓著他離開？

見我雙手緊緊攥著相機，他更好奇了：「妳要拍什麼？」

我當然不能說我要拍什麼！

江念雨一手拉高我的相機背帶，我死活不肯鬆手，他用力往上一提，背帶勒住我的脖子，我不自覺墊高腳尖、仰起臉。

說時遲，那時快，就這樣不偏不倚，我的柔軟，迎上了他堅硬的，咳，牙齒……

我的唇撞開了他的牙齒，順勢吻上了他的唇！

轟一聲，腦袋頓時燒成一團真空，我張大眼傻住，他的唇瓣輕輕擦過我的，彷彿帶著高壓電流一般，我哆嗦了一下，他的唇也跟著顫了一下，卻彷彿不想離開，蜻蜓點水般，停駐在我的嘴角，輕輕點觸。

空氣彷彿在這一刻停止流動，只剩日光一點一點偏移消失，沒入山坡下。

忽然，一陣怪異的動物叫聲傳來，緊跟著又是另一聲，此起彼伏，我頓時回神，嚇得推開江念雨。

「我，我在做生態觀察，哈哈！你知道的，外拍，跟……」我不敢看他，眼睛四處亂飄，搜尋早就拋下我溜之大吉的閨密，「……跟楊灕同學。」

生態觀察？我觀察什麼生態啊？

兩隻野狗竄出草叢，一公一母汪汪汪嗷嗷嗷從我們腳邊追逐嬉戲而過……

就算不是兩隻蝴蝶，兩隻癩蝦蟆也行，爲什麼偏偏是兩隻野狗啊！

我像當場被人甩了一巴掌，傻站在原地。

江念雨望了望那堆草叢、離去的野狗、我手中的大砲單眼，三點一線，最後連結到我臉上，合計我之前的不良紀錄，他眼裡寫了滿滿鄙夷，我彷彿讀到幾個字——林星辰妳眞變態！

我是變態啊！

爲了看兩隻野狗妖精打架，把自己的脣都送上去了，我還能不變態嗎？

暈。

隔日，一早到學校，我立刻拽著楊濰進女廁。

「死陽痿，你太過分了，居然丟下我逃跑！」

「拜託，林大小姐，妳的『平民化』興趣也太驚人了吧？我不溜，被人逮著當共犯嗎？」楊濰撥開我的手，拿出手帕四處擰了擰，「嘖嘖，害我看到髒東西，噁心死了，汙染我純潔美好的心靈。」

天底下，哪間學校的校狗不妖精打架？

「心靈？『心淩』唱歌去了啦！」我狠狠踩他一腳，「下次外拍你再丟下我試試！」

「還有下次啊？」楊濰一副快哭出來的表情，「下次妳自己去啦。」

命運這小東西向來愛捉弄人，我再怎麼躲，還是免不了在走廊上跟江念雨相遇。

一見到江念雨，我就……呼吸急促、心跳加快、血液沸騰。

是因爲我們有過「親密接觸」了嗎？摸摸、牽手、抱抱……還親親了？

煩死了，這種說不出的煩躁感是怎麼一回事？

儘管江念雨戴著黑框眼鏡，裝低調地混跡在人群裡，人神共憤的俊美臉龐還是吸引不少女學生駐足欣賞。

自從他復學後，鄭楚曜的男神地位受到不少動搖。

走在最前面的楊濰像發現新大陸般哇啦哇啦叫：「欸欸欸？小雨學長的嘴脣受傷了……」楊濰回過頭，一雙貓眼賊溜溜地在我臉上轉幾圈，「林星辰，妳也是……」

楊濰啊！你再不閉嘴，我把你打到變「陽痿」！

我羞窘地縮縮身體，努力把自己極小化，眼看江念雨迎面而來，每踩一步就像踏在我隱隱發疼的脣上，我走投無路，只好轉身將自己埋進鄭楚曜的懷裡。

不明白我心有千千結，鄭楚曜萬分不滿我趁機吃他豆腐，拔開我緊緊黏在他胸膛的頭顱，雙手左右開弓，狠狠捏住我的臉，端詳了一會兒，凶神惡煞地質問：「妳嘴巴怎麼破了一個洞？」

啊啊啊——關你屁事！大聲嚷嚷什麼！嫌我主動投懷送抱還不夠丟臉嗎？

江念雨收起微笑，眼睛微微瞇起來，睨了我們一眼。

現場飄散一股八卦味兒，眾人欸欸欸地自動朝兩邊分開，讓出一條通道從江念雨那兒直通我這兒，聚光燈打得特亮，明顯要逼他給我個交代。

如何讓八卦平息？那就是製造一個更引人注目的八卦！順便宣告一下林星辰已經名花有主了。

我踮起腳尖，將自己的鐵頭重重叩上鄭楚曜的額頭，送上紅唇，低聲威脅：「瘋狗咬的！怎麼？你也想跟我一樣嗎？」說完，我往他的薄唇上狠狠啃一口。

鄭楚曜吃痛，眸底的怒火一觸即發，不假思索地用力回咬我一口：「妳是瘋狗嗎？」

我跟鄭楚曜的對峙持續了一分鐘，定格的畫面是男孩雙手捧著女孩的臉蛋，兩人額頭抵著額頭，面紅耳赤地互相撕咬。

但這番激烈的角力，旁人看來卻是深情款款、你儂我儂。

「小雨學長，你的熱咖啡，今天開幕，買一送一……」

好不容易從人群裡擠出，話音剛落，于姎姎就見到如此衝擊性的畫面，猛然受到打擊，整個人呆愣住了。

劇情衝到高潮，此時人群裡必然會有一隻「事後不會有任何人追究」的黑手，我們姑且稱之爲「命運推手」，推了于姎姎一下，力道恰恰好讓她向前一個踉蹌，咖啡脫手而出，綠色美人魚LOGO的咖啡外帶杯掉到地上，好死不死滾到王子腳邊，幾滴褐色咖啡漬，濺上王子的名牌鞋。

除了我的驚呼外，更多是觀眾們一陣又陣的頻頻抽氣聲。

于姎姎要倒大楣了！

根據不負責任報導指出，曾有倒楣男不小心將霜淇淋滴到曜王子的皮鞋上，最後曜王子逼他舔乾淨，這個故事在聖萊昂流傳已久，卻沒人願意出面證實。

此刻鄉民們紛紛目露精光，期待著Live版，期待著曜王子的反應是否如傳言般流氓。

于姎姎不安地扭著手，開開闔闔的雙唇囁嚅著：「對不起……」

鄭楚曜瞄了光亮皮鞋上的咖啡漬一眼，抬頭見到少女梨花帶淚的無助模樣，竟然失神了。

我急死了，直想拍他腦袋喊：清醒！清醒！你可是聖萊昂第一惡霸曜王子，拿出點魄力來啊！

我咳了一聲，曜王子頓時清醒過來，他劍眉一挑，低嗤一聲：「如果道歉有用，那還要警察幹麼？還要法律幹麼？」

如果道歉有用，那還要警察幹麼？

灰姑娘于姎姎的臉刷白了！

惡毒女林星辰熱淚盈眶了！

鄉民們也譁然了，等了那麼久，就是在等這句經典臺詞啊啊啊！

「不然你想怎樣？」于姎姎渾身顫抖。

「我想怎樣？」惡魔王子身上寒氣迸射。

「她不是故意的。」江念雨向前一步，動作極快地護在于姎姎面前，取出一塊白色手絹，按在于姎姎被熱咖啡燙紅的手背上，「去沖一下冷水，不然會燙傷。」

黑騎士救援成功！兩人相偕而去，徒留惡魔王子與他的惡毒未婚妻石化在原地，被風吹得蕭瑟。

「別看了，江念雨帶于姎姎走了……」楊灕跟柏啓梵一人拉一個，拽著兩顆大石回教室。

鄭楚曜又恨又惱，一腳踢開咖啡杯，掏出手機，開始無理取鬧：「爲什麼聖萊昂會有星巴克？今天剛進駐？馬上叫他撤了！」

唉，綠色美人魚何其無辜？

開學沒幾天，我們四人之間的感情戲，就已經狗血到連我自己都看不下去！

看著江念雨從眼前走過，無數疑問浮現心頭。

這個超級神祕的復學生，他的左胸前也別了一顆金扣，但擁有金扣的聖萊昂學生不都是天之驕子嗎？

爲何他會去扮凱蒂貓？還要去夜店打工？

江念雨跟鄭楚曜爲什麼反目成仇？

難道是因爲于姎姎？他和于姎姎又有什麼「不可告人的」關係？

午餐時間，我踢了楊瀚一腳：「欸，江念雨學長爲什麼會休學啊？」

「妳這女人，非得用踢人當開場白嗎？」楊瀚痛得俊臉抽搐，「開學不到一個月就原形畢露了，我還以爲妳是個嬌滴滴的千金大小姐，原來本質是惡棍，難怪曜不敢娶妳……」

「你就不懂了。」我頗得意，「這叫『以暴制暴』。」

「我看是『惡人自有惡人磨』。」柏啓梵搖頭。

「說的中肯。」我用刀叉將龍蝦切成小塊，送進嘴裡細嚼慢嚥，龍蝦肉吞下肚後用餐巾抿抿嘴角，再邪邪一笑，「就讓本小姐好好調教鄭楚曜這根小鐵杵，一定把他磨成繡花針！」

柏啓梵嫌棄地看我一眼：「林星辰，妳能不能不要用這麼優雅的表情說這麼猥瑣的話？」

「嗯。」我收斂起淫笑，「言歸正傳，我要聽八卦！他跟鄭楚曜之間究竟發生什麼事了？」

「唉！大概是因爲女人吧。」楊瀚幽幽嘆了一口長氣，咬文嚼字，「自古紅顏……紅顏那個什麼水……」

「『多禍水』。」我接話。

「對啦，就是這個意思。」

「于姎姎？」我試探地丟出一個名字。

「妳怎麼知道？」楊潍驚訝。

拜託，狗血偶像劇都是這樣演的好嗎？眞沒創意。

看遍各版本「麻雀變鳳凰」的故事，對邪惡未婚妻這類角色的出現，我總是心存疑惑。

身為豪門千金，才貌家世勝過灰姑娘一大截，爲什麼天菜們卻總愛圍著灰姑娘打轉？

「我到底哪一點比不上那個窮酸女？」我想不出所以然。

「脾氣暴躁、頤指氣使、恣意妄爲、吃不了苦、仗勢欺人……」柏啓梵涼涼說道：「簡稱『公主病』，男人敬而遠之。」

我驕傲地昂起頭：「我本來就是公主！」

「星辰別難過，就算妳有公主病，我相信妳一定會打敗于姎姎。」楊潍大力握住我的手，貓眼閃閃發亮，「我賭一千歐元押妳贏！」

「謝謝喔。」我抽回手，賞他一白眼。

「江念雨身上好像也有一顆金扣？他也有特殊的家世背景嗎？」

「據我所知，念雨學長的父親很早就去世了，母親改嫁，他是憑優異成績入學的。」

柏啓梵解答我的疑惑，「國中連續三年全年級第一，獲得全額獎學金保送高中部，高中時仍維持全年級第一。」

「去年，學長就已拿到國外長春藤名校的提早入學資格了……」楊滙插嘴，「但他沒去念，還辦了休學，沒人知道原因。」

突然，誰也不再講話，大家安靜吃飯，好像觸碰到了什麼不該觸碰的。

于姎姎大概會知道原因吧？感覺他們兩人的關係很親密。

「那，聖萊昂有金扣的學生總共有多少人？」我裝作不經意地繞開話題。

「不多，除了曜跟小雨學長，其他……」楊滙點點我跟柏啓梵，「都坐在這裡了。」

「你擁有金扣的條件是什麼？」我問。

楊滙欲言又止，沉默了好一會兒，最後像下定決心似地說：「In fact, my mother is a British princess.（事實上，我母親是英國公主。）」

我跟柏啓梵驚訝地望向他。

「別這樣看我，我就是怕你們這種尊敬的眼神，才不想說出來。」他的下巴抵在支起的手背上，朝我們拋媚眼，「雖然是王室後裔，但我很親民的，一點也不介意跟庶民當朋友。」

尊敬的眼神？是是是，眞是王子病，沒藥醫。

「別再談我了，我會害羞。」他朝柏啓梵努努嘴，「其實，這傢伙也很神祕啊。」

「那你是什麼？」我饒富興趣地望著柏啓梵，「中東王子？黑道接班人？名星私生子？還是——」

柏啓梵黑眸暗了一下，淡淡說了一句：「哥的身家背景最好不要打聽。」

「爲什麼？」

「知道了你們會受傷。」

「切！」我跟楊濰異口同聲。

聖萊昂中學可說是上流社會的縮影，有貴族，當然就有服侍貴族的勞務提供者，少數平民雖然因教育部多元入學政策，可憑特殊專長或優異成績入學，但必須年年擠進全年級前三名，才能賺取高額獎學金以支付龐大的學雜費。

而江念雨、于姎姎就是這樣的勞務提供者，平日上課，課間打工。

在聖萊昂，這樣的勞務提供者並不多，必須兼顧課業而且終年無休地工作，加上其他富家子女有意無意排擠，大部分平民學生撐不過一學期，但只要順利念完高中三年，聖萊昂將會提供足夠的獎學金讓他們出國深造。完成大學學業後，甚至還可以選擇至日曜集團在全世界任何一家相關企業任職。

也就是說，高中三年辛苦一點，就可以換來一輩子衣食無虞，所以咬牙苦撐下來的也有。

這些平民學生的特性就是：成績優異，低調，絕不惹事生非。

經過一些時日的資料收集，我挖到不少情報，關於江念雨、于姎姎、鄭楚曜三人之間的感情糾葛，我已經掌握了七八成，再加上本小姐不辭辛苦地腦補，大概可以拼湊出下面這個故事。

故事的開頭就跟任何一部「豪門公子愛上平凡女」的偶像劇或言情小說一樣。

天之驕子的男主角，平時享盡眾人吹捧讚美，無論走到哪裡都是焦點所在，往往會因爲女主角「刻意地」忽視或「不是故意地」挑釁，進而產生「咦？這女的膽敢挑戰我？哼——我要欺負她！」這種想法，因而盯上了平凡女于姎姎。

隨著事件展開，兩人漸漸兜一起，相愛相殺，虐戀情深，有虐就有戀，彼此產生了若有似無的情意。

不過這也不能怪于姎姎，憑鄭楚曜那張帥到沒朋友的臉蛋跟殺手級的完美身材，別說他是集團繼承人，就算他是殺人犯，也會有花痴女願意陪他亡命天涯。

一個是霸道悶騷富少爺，一個是家徒四壁打工女，他們的愛情注定要磕磕碰碰，充滿各種誘惑及考驗……但，這是我林星辰的故事，不是灰姑娘于姎姎的故事，在此請容我隨便幾行帶過，有興趣者，請自行翻閱各種與《流星花園》題材相似的漫畫小說。

總而言之，過程中，灰姑娘身邊出現了一位溫文爾雅的黑騎士，就是江念雨學長。

身爲「第一男配角」，以客觀條件來說，家世背景雖然差了男主一點，卻是才藝雙全，外貌長相不輸男主，平時冷若冰山，對女主卻溫柔體貼、百般呵護，惹得女主心猿意馬，心慌意亂，不知該選誰才好。

惡魔王子因爲黑騎士的出現，產生「我的女人快被搶走了」的危機意識，從而發現對女主的愛意……且慢！

這故事壞就壞在，正值王子與騎士的競爭白熱化之際，江念雨突然消失了，無預警休學！

原本的劇情走向應該像條拋物線推到高潮，卻霎時變成直線急轉直下。

少了優秀男配在一旁虎視眈眈，這齣狗血偶像劇少了驚心動魄的衝突點，鄭楚曜跟于姎姎只能不斷陷入「你追我跑，你不追我不跑」的無限輪迴裡，拖泥帶水、糾纏不清，戀情進展緩慢，毫無突破。

再加上有錢少爺是標準的戀愛無能，只會用「我欺負妳，越欺負越喜歡妳」的小學生求愛方式，平民女則是「你越欺負我，我越不跟你好」欲迎還拒扮清純，清水劇情讓觀眾們看得直想丟雞蛋！

歹戲拖棚到現在，黑騎士念雨學長復學，鄭楚曜身邊也多了一位未婚妻，就是本人在下我林星辰，命運人物終於齊聚一堂。

對了，我忘了說，爲了讓女主受苦受難的同時，黑騎士能夠第一時間趕到，念雨學長復學後跟于姎姎編在同一班。

壞心未婚妻林星辰跟專情黑騎士江念雨將爲這齣狗血劇情投下催化劑，攪亂一池清水，可想而知，整個聖萊昂因此沸騰起來！

「星」風血「雨」有沒有?!

上天注定讓林星辰跟江念雨來毀滅「楚姎戀」！

想到這兒，我對鏡子露出陰險的笑，一副勢在必得貌，啊哈哈哈——

魔鏡啊魔鏡，聖萊昂最美麗的女人是誰呢？

當然是妳啊，星辰公主。

魔鏡啊魔鏡，曜王子身邊的女人最後會是誰呢？

除掉灰姑娘，王子就會完全屬妳的了！

楊灕在我的更衣室外吠叫：「林星辰，妳快點！馬術教練說比他晚到的要跑馬場三圈！」

在聖萊昂中學，擁有金扣就等於擁有特權，擁有特權，就等於擁有個人專屬更衣室。滑翔翼練習場的草坡地算什麼？林星辰的專屬更衣室才是視野絕佳的瞭望點。

「教練走了嗎？」

「還沒。」楊灕順便補充了一句：「但全部同學都走了，只剩我們兩個！」

好機會！

顧不得衣服換到一半，身上只著三點式內衣褲，我又默默拿出大砲單眼。

目標：後方馬術教練們的專屬更衣室。

任務：傳說中的 BL神獸——三腳獸。

我將單眼相機卡在換氣窗上，伸出大砲鏡頭，調整焦距，透過觀景窗，兩堵肉牆漸漸由模糊變為清晰。

嗷嗷嗷，出現了，一隻、兩隻……兩隻兩腳獸，是否會合體成爲三腳神獸呢？讓我們繼續看下去。

一位是運動型，古銅色肌膚，完美的六塊巧克力肌，滿分！我不由得吞了吞口水，啪啪按了幾下快門。

另一位嘛，差了一點，顏色略爲白皙，還好不像某奶油正太的病態白（對啦，我就是在說楊灕），而是帶點蜜色光澤，不是六塊肌，勉強算四塊加兩個半塊，肌肉紋理均勻，看起來十分有彈性，不知道摸上去的手感如何？

要命！四塊肌男鎖骨上的汗珠加分了，滑過胸前的兩顆小蜜豆，性感極了！又滑過他結實有力的腹部，傳說中的窄腰……

我咽咽口水，不知道四塊肌男的長相是否也如他的身材般可口。

鏡頭拉長到緊繃……疑？四塊肌男頰邊的小酒渦挺眼熟的？

「Come on!」外面的楊灕不耐煩地催促著，「林星辰，Hurry up!（快點！）」

「吵死了。」我探出腦袋趕他：「噓！你先去上課啦。」

眼睛再度黏回觀景窗，兩堵肉牆已經不見了，同時不見了！可惡！去上課了嗎？

不死心地搜尋了好一會兒，暗暗嘆了一聲可惜，正準備收工時，突然「砰」一聲，我的更衣室門瞬間被踹開！

不是被推開，不是被打開，而是硬生生被踹開了！

我嚇得立馬拋掉大砲單眼，雙手抱胸，瞪大雙眼，難以置信地瞪視他。

來人盯了我三秒，臉色由青轉黑再翻紅，「砰」一聲又迅速拉上門，可憐的鎖把搖搖欲墜地垂在門板上。

這次輪到我鄙夷他了。

「江念雨！你變態啊啊啊！」我的尖叫聲響徹整個聖萊昂。

十幾分鐘過後，我身穿香奈兒黑色騎士外套，裡面是一件白色低領蕾絲襯衫，搭配黑色超短皮褲，足蹬鉚釘高跟皮靴，左手戴著鉚釘皮手鐲，右手拿小皮鞭抖啊抖，帥氣地出現在馬場。

這套造型一發到臉書，按讚人數立馬破表，網友狂讚SM女王非我莫屬！

但，顯然真實世界裡，我徹底被無視了，大家的目光全都聚集在猛男教練以及他旁邊的面癱少年身上。

「教練身邊這位同學，想必大家都認識了，大家鼓掌歡迎——江念雨同學！」

頂著底下男學生羨慕既妒恨的目光，熱烈掌聲中夾雜了女學生的狼號，江念雨牽著一匹黑馬往猛男教練身邊一站，紅色緊身騎士服襯得他更加氣宇軒昂。

「江同學這學期剛復學，算是你們的學長，高二時曾代表學校赴西班牙參加馬術環球錦標賽，教練特別商請他擔任馬術課的助教。」

「啊啊啊！江念雨學長！」聽眾女們這尖叫的陣仗，眼神全是赤裸裸的意淫。

哼！我才不會跟她們一樣恨不得撲上去撕開他的緊身騎士裝，舔著他胸前的小蜜……

我搧了搧臉頰，目光不自覺飄到他騎士服上閃閃發光的金扣……欸，怎麼沒注意到這扣子……位置還挺曖昧的？

「紅色騎士服，嘖，騷包！」我咕噥一句，推了楊潍一把，「欸，你怎麼不也穿紅色？你皮膚白，我覺得穿起來一定比他好看。」

「紅色騎裝是得過比賽冠軍才有資格穿的。」楊潍的星星眼眨啊眨，「小雨學長眞的很厲害。」

突然聽見身後傳來一聲冷哼，我回過頭去，鄭楚曜雙手環胸，傲嬌地別過臉去，身上也是紅色騎士服，看來是鋒頭被搶了，正在不高興。

「嘖，有什麼好得意的？那些花痴女根本是在『視姦』江念雨！」我跟楊潍咬耳朵，自動忽略剛剛我也是其中一員悍將。

楊潍撫額：「林星辰，妳講話能含蓄一點嗎？」

我涎著臉：「我要是含蓄的話，怎麼當惡女？」

「林星辰，上前三步！」猛男教練古銅色的俊臉一黑，「遲到還說話？說！爲何遲到？」

我依言向前三步：「報告！我有理由的！」

「什麼理由？」猛男教練鷹眼微眯，「解釋不過的話，罰跑馬場三圈！」

「理由，就是——」我鼓起腮幫子，理直氣壯地瞪向江念雨。

他緊抿著下脣，微微撇過臉……

欸欸欸——那什麼表情啊？被看到三點內衣的人是我耶！他委屈什麼啊？又不是我強了他！

但……我還是莫名心軟了。

我直直走到高大的教練面前，招了招手，示意他微微彎下腰。

「教練……」我欲言又止，瞟了江念雨一眼。

「怎麼？」

「其實剛才在更衣室……」

話還沒說完，江念雨一手摀住我的嘴巴：「教練，林星辰剛剛在更衣室暈倒了，她好像生病了。」說完，一手撈住我的腰，把我拖出了馬場。

「唔唔……放開！」我奮力掙扎。

他在我耳邊低吼：「生病的人不用上課，在這裡休息就好。」

「我哪有病？」

「妳有！」

一個活色生香的美少女被人指明有病，這口氣怎麼也吞忍不下去！

我嘴裡嚷著：「我哪有病？我健康得很！你看你看，我還有人魚線，這可是每天健身的成果……」我驕傲地撩起蕾絲襯衫的下襬，剛掀起一角，想想不妥，又訕訕地放下。

唉，我幹麼證明這個給他看？我感覺自己的雙頰熱了起來。

「不用掀了，我剛剛看過了！」他倒是很冷靜，「反正，妳今天不准上馬術課！」

「爲什麼不行？」

「穿這樣？」江念雨口氣一凜，目光閃了閃。

我拿下墨鏡，只見香奈兒騎士外套門戶大開，裡面的白色蕾絲襯衫被汗水浸溼了，紅色胸罩若隱若現，皮短褲、高跟靴，把一雙細腿襯得纖長筆直。

這樣有什麼不對嗎？

我撥撥長髮，嬌笑一聲：「性感嗎？唉呀，算你有眼光，這套造型網友可是推到爆！」

「頭髮紮起來，穿上防護背心，襯衫要素面高領，褲子只能穿彈力馬褲，高跟鞋一律不准，珠寶首飾一律拔掉！」他咬牙切齒，「還有，不准噴香水，否則，妳這輩子別想碰馬！」

高跟鞋不准！珠寶首飾不准！香水不准！還要穿醜醜笨笨的防護背心？

我炸鍋了：「爲什麼不行？」

「因爲，我不想照顧一個公主病女！」他吼我。

「我才不是公主病！」我氣不過，手上的小皮鞭就要招呼上江念雨。

他動作更快地擰住我的手腕。

「放手！」我怒瞪他，「就算我是公主病又怎樣？誰讓你照顧了？江念雨！告訴你，我有未婚夫的，你別自作多情！」

「妳說誰自作多情？」一層薄冰悄悄爬上他眼底，混雜一些我看不懂的情緒，令我莫名產生一種說錯了話的錯覺。

我正在氣頭上，不想去細想這些，大叫道：「你誰啊！憑什麼管我？我就是想要穿高跟鞋，就是想要穿短短皮褲，就是想要戴漂亮首飾，就是想要全身上下美美地去騎馬！」

趁他不注意，我奪回小皮鞭，抽往他身上的細皮嫩肉。

江念雨吃痛，手腳並用擒住狀態失控的我，我拚命掙扎，劇烈拉扯中，竟被他死死壓在地上，我抬腳踢他，被他用腿抵住，手腕被他扭得生疼，全身動彈不得。

等我恢復理智，發現我們雙雙倒在乾草堆上，淡淡的牧草味嗆得我頭腦昏亂，他撐起手臂懸在我身體上方，他的呼吸很淺，我們四目相對，距離很近，近到有點曖昧……

他緩緩低下頭來，我的身影在他瞳仁中慢慢蕩漾開來，我忽然緊張起來，不由得輕輕闔上眼睛，嘴脣乾澀得發痛。

江念雨的聲音沙啞低迴，在我耳邊輕笑：「到底是誰自作多情？」

他放鬆對我的鉗制，把我從草堆上拉了起來。

是我……自作多情了。

江念雨這臭男人，把我趕到馬場外，連馬廄也不給進，整節馬術課，我只能摳著鐵絲網，看著場內同學策馬奔馳的英姿，蹲在角落畫圈圈。

初學者坐在上面讓教練牽著馬，繞著馬場轉圈圈，作基礎騎乘練習。

至於那兩位穿紅騎裝的色男，則半推半就輪流跟女同學共乘一匹駿馬，像電影演的那樣，雙人騎乘式，進行各種曲線運動……

嘖嘖，看那些色女笑得花枝亂顫，時不時往江念雨的四塊肌摸幾把，趁機吃上幾塊豆干，我更哀怨了。

下課的時候，我的好閨蜜終於發現了場外角落還蹲了一個怨念強大的貞子，誓言沒騎上馬絕對不離開！

「林星辰，妳眞的想騎嗎？」楊滌溫柔的藍眼睛像暖洋。

「想啊。」我拚命眨巴著眼，我的眼睛怎麼不能像于姎姎那樣說出水就出水呢？只好擠出一抹像是被人狠抽過的笑容，裝可愛地說：「口以嗎？」

「我的『萌萌』可以借妳騎，牠很溫馴。」

萌萌？我的口水「噗」地噴出來。

楊滌看著我，嘴角微微抽搐：「但是妳可以先擦一下口水嗎？」

「Sorry!」我抹了抹嘴角，「原來你的馬叫『萌萌』啊？」

「別小看『萌萌』！牠可是系出名門，父母得過世界賽前三名，祖父還是世界冠軍。」楊滌頗得意。

「是嗎？」我瞥了一眼他身後那匹瘦弱的小黑馬，「看不出來牠深藏不露……」

「『深藏不露』？」

有些太難的成語，楊滌會反應不過來，此時我就會亂七八糟解釋一通：「就像在說女生胸部很大，但平時看不出來的意思。」

「但牠是一匹馬。」

「那是比喻啦，比喻。」我哈哈幾聲打發帶過，「快點，你不是要帶我騎嗎？」

按著他的指示爬上馬，溫馴小馬兒突然抽風似地，不時揚起馬蹄，嘶嘶從鼻孔噴氣，我嚇得雙手環繞住馬脖子。

媽呀！好可怕！我可以不玩了嗎？

我孬孬地趴在馬背上，聲音抖得像被馬蹄踏過：「你確定牠很溫馴？」

「我也不知道爲什麼會這樣？妳堅持住，別掉下來……」楊灘手足無措，跑去找教練，把我留在原地跟馬兒奮鬥。

不一會兒，我的頭髮亂糟糟、妝全花了，配上不斷發出的尖叫聲，哪還有優雅千金的模樣？。

江念雨正巧騎馬經過，又調頭回來，嘴角噙上一抹看好戲的笑意。

「看什麼？沒見過美女騎馬嗎？去去……」我白了他一眼。

「妳好像很需要幫忙？」

不是說不想照顧一個公主病女嗎？

我嘴硬：「不需要！」

「那我走了。」

「學長救命。」唉，我唾棄自己沒骨氣。

「馬的感覺很靈敏，所以最好不要噴香水，也不要穿戴任何飾品，不然牠很容易受刺激而失控。」

他低聲地在萌萌的耳邊說了什麼，再拍拍馬頸安撫牠，經過一番安撫，萌萌總算安靜下來，乖乖讓江念雨牽住韁繩。

「我先帶著妳騎。」

疑？帶著我騎？

腦海浮現剛剛看到的雙人騎乘式，一前一後隨著馬匹前進上下起伏，動作多惹人遐想呀……

我故作嬌羞地雙手摀臉，想到江念雨的四塊半胸肌貼上自己的後背，內心嗷嗷嗷狼號不已。

半個小時後——

我眼巴巴看著鄭楚曜和他的小白花雙雙從我面前呼嘯而過，男生笑得特禽獸，女生笑得特淫蕩，姦夫淫婦！

騎馬，果眞是個適合「偷情」的好運動。

「喂，江念雨，爲什麼你只是一直牽著馬帶我繞圈圈？」我很不是滋味，「至少也要像那對姦夫淫……呃，我是說，至少也讓我感受一下策馬奔馳的快感。」

他隨意瞥了他們一眼，冷聲道：「再吵，我讓妳享受掃馬糞的快感！」

言情小說或狗血偶像劇的謎樣設定之一，灰姑娘成爲女主角的必經之路，大概不離抽屜或置物櫃被塞滿垃圾、課本被亂畫、走在路上莫名被球類物品砸到、明明不是鬼月卻還是被鎖在廁所或更衣間、刺激一點的，來個惡少調戲小白花，或跟男配「這樣那樣」時恰好被男主撞見……這類了無新意的劇情，老實說，毫無任何新奇感。

更奇怪的是，不管是言情小說還是偶像劇，這些灰姑娘受盡欺負，罵了不還口，挨打還不逃跑，被誤會更不能爲自己澄清，好像一反擊就會犯了某種「無法成爲王子的女人」的天條，還要逞強地說——沒關係，你們通通來呀！快來欺負我！我一定會撐下去的！

逆來順受的小模樣，看多了也會令人生厭吧？受欺負就要反擊，這才符合人性啊！

在本小姐看來，這些根本就是她們裝可憐，騙取同情的小伎倆！

偏偏，王子與黑騎士們卻一次又一次中招，樂此不疲。

這天中午發生的事，更加驗證了我的想法。

場景又是在學生餐廳，畢竟聖萊昂偌大的校園，能讓所有學生聚集在一處的，也只有學生餐廳了。

我跟F3——鄭楚曜、柏啓梵、楊濰照例坐在挑高二樓的專屬包廂內。

鄭楚曜一如往常，啃完盤中植物後就甩頭離去。

而江念雨不知去哪兒了，一直不見人影。

半小時過去，眾富家子女們吃飽喝足，卻沒人離去，大家似乎都在等待最後一個才出現的平民女于姎姎。

某種陰謀正在蠢蠢欲動。

聖萊昂學生餐廳裡的餐食媲美五星級飯店的料理，價格當然也是平民階級望而不可及的五星級，一套法式午餐包含手工麵包、開胃菜、前菜沙拉、湯品、冰沙、主菜、甜點、飲品……吃喝下來要價近千元，因此口袋不深的平民總是自己帶飯盒，拿到工友室蒸，蒸完要吃的時候，午餐時間通常已經過了一半。

幾位和于姎姎同班的男女學生彼此互看一眼，站起身來準備離去，算準時間似地，餐廳門倏地被推開，大家引頸期盼的灰姑娘終於出現了。

「嗚哇！這什麼味道？」惡同學甲誇張地搧了搧鼻子，「好像餿水。」

「聞這窮酸的飯菜味，就知道是我們班的平民女來了。」惡同學乙附和。

「欸，于姎姎，妳幹脆就在工友室裡吃完好了，幹麼還來這理吃？怕人家知道妳吃不起學生餐廳嗎？」惡同學丙挖苦道。

于姎姎無視這些嘲諷她的話語，捧著飯盒一步一腳印，認眞踏實地走著，那群惡同學交頭接耳一番，有人突然喊住她，趁于姎姎腳步一頓時，伸腳絆了她一下……

眾人發出毫無同情心的哄笑聲，于姎姎華麗麗地摔倒了，手中的飯盒也華麗麗地飛脫出去，砸到那群女生當中的一位繫著金線領帶的捲髮女，捲髮女下意識舉起手中的名牌包來擋，熱騰騰的咖哩飯瞬間散落開來，幾塊馬鈴薯還沾黏在包包上，模樣淒慘。
「那是雷嘉娜，雷氏珠寶的千金，也是學生會的副會長。」楊瀨用手肘拐拐我，「雷嘉娜喜歡小雨學長，看不爽于姎姎很久了，這下她一定會藉機找碴。」
「原來是她。」我從鼻孔哼一聲，認出捲髮女就是先前在日式料亭與我嗆聲的那個紅貴賓女。
「妳認識雷嘉娜？」
「一面之緣罷了。」我說，見楊瀨默默念了幾聲發音不標準的「一面之緣」，我拉起他的手，在他掌心寫著那四字，解釋道：「見過一次面的意思。」
以外國人而言，楊瀨的中文程度算不錯了，只是遇到成語就需要特別跟他解釋一下，這陣子相處下來，我儘量避免跟他說成語，若不小心說了，也會立刻跟他解釋。
「我知道了。」他扭了一下，紅著臉縮回手。
我嘀咕道：「你一個大男人，拉個手，臉紅什麼？」
「我才不是大男人……」他小聲地說道。
我「噗」地一下把口中的水噴出來——難不成我一直弄錯楊瀨的性別了？
他淡定掏出手帕抹了一把臉，正色補充：「我是紳士，gentleman。」
「是是是，王子殿下，小女魯莽了。」這些男的能不能別那麼傲嬌啊？
正當我跟楊瀨說說笑笑之際，大廳裡的鬧劇仍在持續。
「于姎姎——」雷嘉娜尖叫，「妳故意的！」

于姎姎拚命搖頭，非常委屈地說：「沒有，我沒有，我不是故意的……」

「像妳這種窮酸女根本就是心理陰暗，見不得人好！看雷嘉娜今天拿新包包，就故意把飯菜灑到她身上！」

于姎姎的眼淚在眼眶裡打轉，拚命忍著不掉下來，楚楚動人的演技又高了一個層次：「對不起，我幫妳擦乾淨……」

「擦乾淨？妳用什麼擦？這是LV限量款，妳懂什麼叫LV嗎？妳知道這一個要多少錢嗎？弄壞了妳賠得起嗎？」

我隨意瞥了一眼，對這種劇情已經很不耐煩了，但雷嘉娜手中掛滿湯湯水水的名牌包吸引住我的視線，研究了一會兒，我微微嘆氣：「唉，假的。」

「什麼假的？」

「包包。」

江念雨跟鄭楚曜這時到哪裡去了？難道就眼睜睜看著灰姑娘陷入窘境裡？言情小說或狗血偶像劇的謎樣設定之二，灰姑娘落難，男一男二不在時，總有熱心好基友男三男四跳出。

於是，我向柏啓梵使眼色：「兄弟，請英勇地上前去，展現你英雄救美的機會來了！」

「關我什麼事？」柏啓梵冷淡地拒絕：「我又不喜歡那女孩。」

「這跟喜不喜歡沒關係。」我瞪了他一眼，壓低嗓子，「這叫『路見不平，拔刀相助』！」

「妳有刀妳去啊！」柏啓梵一聳肩，「別忘了她是妳的情敵。」

我咬咬唇，猶豫了，看看樓下眾女將于姎姎圍在中間，巴不得將她生吞活剝的模樣，宛如動物世界眞人版。

救嗎？還眞不關我的事。

不救嗎？雷嘉娜手裡那個假貨實在很刺眼。

我當然知道于姎姎是我的情敵，但，我更無法忍受有人在我面前拿假LV硬說成是眞貨！

我霍然站起身，拍拍楊濰的肩：「那我去了，你幫我收拾一下桌子。」

楊濰口中嘀咕：「敢叫本王子幫妳收拾桌子，全天下也只有林星辰妳。」

我堵他一句：「這叫『吃虧就是占便宜』。」

「怎麼聽起來都是我在吃虧……」

我笑笑摸了摸他粉嫩的臉頰：「所以你占便宜啊。」

柏啓梵輕咳一聲，問：「欸，林星辰，妳打算怎麼幫她解圍？」

「我才不是要去幫于姎姎解圍！」我把手指關節扳得劈啪響，「我只是看不慣那群蠢女把假LV當成眞品。」

我向柏啓梵借了打火機，頂著他們「妳請保重」的目光走下樓，往雷嘉娜和于姎姎中間一站，舉起一隻手示意她們暫停一下。

「是妳？」雷嘉娜精心描繪的眼尾往上一挑，「妳笑什麼？」

「我笑——」我勾了勾嘴角，「妳這LV包根本就是假的！還好意思在這裡招搖？」

「怎麼可能？我花了十幾萬託人專程從義大利專賣店帶回來的，怎麼可能是假的！」雷嘉娜神色一變。

「眞LV包的皮革紋路比較深，妳這包花紋顆粒看上去過於光滑沒有質感，縫線仔細一看歪了，銅扣顏色這麼亮根本不對！」

「顆粒哪裡沒質感？縫線哪裡歪了？銅扣顏色哪裡不對了？」雷嘉娜激動地嚷著，把皮包裡的東西都倒出來，翻出序號牌，「胡說，我這LV包有序號牌的！」

「序號牌也能做假的！」我冷哼一聲，搶過她的包包，掏出打火機，啪啪啪彈了幾下，作勢點燃，「敢不敢燒燒看？假皮的味道一燒就知道了，跟餿水一樣喔……」

雷嘉娜搶回皮包，抱在胸前大哭起來：「我不相信！我不相信！妳騙人！我花了十幾萬怎麼可能是假的！」

「這只能說明妳蠢笨至極，白花了那十幾萬。」我不耐煩地揮揮手，「吵死了，拿著妳的假貨快滾吧，看了就礙眼。」

全場譁然，眾人議論紛紛。

「還說花了十幾萬從義大利帶回來的，原來帶回來的是假貨啊！」

「雷氏珠寶的千金連LV眞假貨都分不出來？會不會連珠寶是天然的，還是人工的都分不出來？」

「笑死人了，這樣誰還敢去她家買珠寶？」

可怕嗎？上流社會就是這樣，那些高高捧起你的人，在你摔落地時，也會毫不留情地落井下石。

雷嘉娜恨恨地把名牌包丟到地上，用力踩、死命踩，發洩狂罵道：「我這LV怎麼是假貨？你們看，你們看，這包包品質這麼好，我踩了這麼久都沒變形也沒脫線……」

「假貨就是假貨，品質再好也是贗品。」我涼涼拋下一句。

「妳憑什麼說我的包包是假貨？妳才是假貨！鼻子是假的，胸部是假的，渾身上下都是假貨！」雷嘉娜口不擇言罵道：「連婚約都是假的！曜王子根本不會娶妳！林星辰，妳給我記住！我會讓妳好看的！」

「讓我好看？憑妳這種連LV都分不出真假的遜咖？」我淡淡地掃了她一眼，「替本小姐提包包都不配！」

這一句狠狠踩在雷嘉娜的痛處上，她尖叫一聲，失控地拿起一旁餐桌上的瓷餐盤砸向我，眾人驚呼連連，趕緊將她架走。

走廊上迴盪著雷嘉娜不幹示弱的吼叫聲：「我們走著瞧！」

幸好我手腳俐落閃得快，瓷盤碎在腳邊，只有制服裙上被濺了點湯汁。

鬧劇結束了，我轉向于姎姎，輕蔑一哼：「妳就這樣任人欺負？」

「啊？」于姎姎一臉茫然。

「妳就不說點什麼？」

「星辰，謝謝妳，不然我真的不知道該怎麼辦……」于姎姎雙手緊握我的手。天！哪來的小白女？我頭好痛，鄭楚曜跟江念雨怎麼會看上這種貨色？

「謝什麼？」我嫌惡地皺眉：「別碰我！我們沒哪種好交情。」

于姎姎一怔，慌忙放手：「我……不是這個意思。」語氣仍殘留餘悸，看來很怕得罪我。

我轉身想離開，于姎姎喚住了我：「星辰，妳裙子後面弄髒了，我幫妳擦……」

我惡聲惡氣說了聲：「不用了！」

她仍固執地掏出面紙，我推了她一把，不料用力過猛，把她推倒在地，于姎姎好死不死倒在那片碎瓷上，她的小腿肚上瞬間刮出幾道血痕。

這時候說「我不是故意的」，會不會太矯情？

還來不及把她拉起來，門口就響起一聲怒喝：「這是怎麼回事？」

言情小說或狗血偶像劇的謎樣設定之三——惡毒未婚妻欺負小白灰姑娘時，好死不死，王子一定會出現，屢試不爽。

「楚曜，你別誤會，不是星辰的錯……」于姎姎急忙撐起身子，手掌鮮血淋漓，怵目驚心。

鄭楚曜雙手的指關節因用力而泛白，他扶起于姎姎，抬眸冷冷橫了我一眼：「林星辰，我只問妳一句話，于姎姎是不是妳推的？」

如果他問發生什麼事，我可能需要從頭到尾好好解釋，但他只問了于姎姎是不是我推的？

那麼，我就只剩一個回答了——

「是。」是的，于姎姎就是我推倒的。

「妳到底有什麼病？這樣欺負她很好玩嗎？」

本想辯解，但鄭楚曜的態度讓我心寒，不管我說什麼，他都不會相信我。

於是，我不甘示弱地抬起下巴：「怎樣！我就是看不慣她這懦弱的樣子！裝可憐給誰看啊！」

我不是白雪公主，因爲我的眞實出身並不高貴，我享受著優渥生活，因此也不是灰姑娘，我成爲不了童話故事、言情小說及狗血偶像劇裡任何一位女主角，但我卻漸漸發現，不管有心還是無意，大家已經把我看成故事裡邪惡反派，我的刁蠻、刻薄、使壞，恰恰好用來襯托小白花女主的美好、純眞、善良。

于姎姎可憐大家都買單，但我可憐就是活該！

鄭楚曜一副我沒救了的樣子，扶著于姎姎離開學生餐廳，他們前腳一離開，江念雨後腳才到。

「來英雄救美嗎？」我冷笑：「你晚了一步。」

「是嗎？我覺得剛剛好趕上。」他淺淺一笑，雙手環胸，一副看好戲的模樣。

剛剛好趕上看我狼狽的模樣嗎？

我狠瞪他一眼，高傲地一甩頭，邁步走出學生餐廳。

唉！為何極品天菜都只看上于姎姎那種平凡小白花呢？

眼見鄭楚曜和江念雨終日圍著于姎姎打轉，我忌妒得快抓狂，不知不覺間，學期也過了一半，期中考後，我向我的好閨密咬耳朵。

「楊濰啊……」我口氣柔和。

「幹麼？」他一臉戒備地望著我，讓我很受傷。

「我想到一個可以徹底讓鄭楚曜對于姎姎死心的辦法。」我往他身上蹭了蹭，「但是你得幫我。」

「什麼？」

「說來還眞不好開口……」我難得扭捏。

「那妳就別開口。」他難得霸氣。

這小子！

我臉上拉下黑線，隨即揚起邪惡笑容：「你去強了于姎姎吧！」

「什麼『牆』？」

我含糊解釋了一下：「你把于姎姎推到牆角，對她這樣又那樣，讓我拍幾張照片拿去給鄭楚曜看，鄭楚曜自尊心那麼強，發現于姎姎花心，大怒之下，一定會徹底對她死心……」

說出我苦思已久的邪惡計畫，自己都覺得得意不已，嘿嘿嘿，奸臣般笑了幾聲。

「什麼這樣那樣？」楊濰仍然一頭霧水。

「步驟很簡單，就是『壁咚』！漫畫裡男生把女生時最常出現的姿勢。」我咳了一聲，具體解釋了一下作法：「首先，你把于姎姎推到牆角……」

「這樣嗎？」楊濰一雙手按在我的肩膀，將我緊緊抵在牆邊。

「對，力道剛好，小子，你做得不錯嘛。」我讚許地拍拍他的頭，「再來，慢慢靠近……」

「這樣嗎？」楊濰的臉近在咫尺，翦水藍眸一瞬也不瞬地看著我，有點無辜，又帶點無賴。

「把嘴巴蓋在她嘴巴上面，停個幾秒……」

等等，我幹麼要教一個外國人接吻？

眼前驀然一黑，一瓣溼軟的脣輕輕印在我頰邊，我「咦」了一聲。

「He who lives by the sword shall die by the sword.（耍劍的人會死在劍下。）」楊濰講了一句英文，我聽不懂，呆呆望向他。

他偏過頭，一聲嘆息就從我耳畔擦過：「意思是，別玩火自焚。」

我聽懂了。

一陣腳步聲打斷我渾沌的思緒，我扭過頭，只見一道背影迅速隱去。

再度面向楊瀰，他又是一派陽光大男孩的模樣，伸手擦了擦我的臉頰，用不正經的口吻說：「Just a kidding!（只是個玩笑！）」

去你的歪果仁媽媽啦！

我嘟著嘴巴，喃喃地重複一遍，腦袋反應過來了，提腳就要去踢他小腿，卻被他靈活跳開。

「公主陛下，請饒了小生這一回吧！」他抱拳作揖，不知道從哪部古裝戲抄來臺詞，「小生進獻一計如何？」

「願聞其詳。」我也跟他玩了起來。

如此這般，兩個奸人商量好計策，心滿意足地回教室了。

症狀六　驕縱任性

這世上最容易讓人哭出來的三個字就是：不要哭。

其實，我和楊濰的計謀很簡單，就是拉攏江念雨，製造他跟于姎姎交往的假象，讓鄭楚曜對于姎姎心生嫌隙，我再趁虛而入。

聖萊昂常不定期舉辦各種交流會、同好會，幾個禮拜後，便是聖萊昂的高爾夫球交流日。

身爲名門中學之首，聖萊昂辦的可不是普普通通的社團聯誼，有些全校性的活動，例如古典音樂會（聖萊昂學生們自組了一個交響樂團，據說還頗負盛名，經常受邀至國外表演）、有些會對參加者做出條件限制，例如紅酒品茗會限定已滿十八歲的學生才能參加、超跑車改裝（這群高中生到底多有錢？）、有些屬於班級跟班級之間的體育競賽活動，例如馬術競賽、擊劍比賽、高爾夫球賽……而今天早上就是我們班跟江念雨他們班的高爾夫球交流會。

體育交流會，太陽底下男孩女孩揮汗運動散發青春氣息，也散發金錢豢養出來的炫富氣息。

我穿著BURBERRY高爾夫球裝，格紋短裙露出纖長美腿，像走伸展臺般一步一扭，繞過一整排穿著Nike、Adidas、PUMA、ASICS、FILA、Mizuno的男女學生前，停在一位正在揮桿練習的少年身旁，深藍色的高爾夫球裝襯得他身姿更加挺拔修長。

「嗨。」我的目光從下到上細細地打量著他，忍不住綻放一抹燦爛而壞壞的笑，「你說，我該稱呼你Kitty？Genesis最受歡迎調酒師？還是小雨學長？」

「妳可以轉過身，右轉直走大約十公尺的距離，那裡是金扣學生的休息區，去搭訕那一位穿著全套BALLY GOLF的男生。」他沒有反駁也沒有動氣，只是微笑地說：「然後假裝不認識我。」

我也好脾氣地笑笑：「好吧，為了紀念我們曾經患難見眞情，我決定繼續叫你Kitty。」

於是，他決定叫我「沒有人」，徹底將我無視。

我故意逗他：「Kitty，Kitty，Kitty……」

他總算有點惱了：「我好像沒有招惹到妳？」

我嘖嘖幾聲，伸出食指，豎在他面前搖一搖，輕佻地說：「你沒感覺到是我在招惹你嗎？」

唉呀，林星辰，妳有當流氓的潛質。

江念雨無言地看了我一眼，嘆了一口氣說：「妳有事嗎？」

那口氣眞熟悉啊，像在問：妳有病嗎？

「我想聲明一點，我是有未婚夫的女人。」我咬咬牙，扯出一點笑意，「所以那些……發生在我們之間的種種……你能不能當作沒發生？」

「哪些？」

江念雨挺識相的嘛！

我滿意地點點頭：「學長果然爽快，我們來合作吧！」

「……」他不理我。

「你知道鄭楚曜是我的未婚夫吧？」

江念雨拋給我一個「知道，但那是妳的事」的眼神。

「說來眞丟人，我未婚夫好像喜歡于姎姎……」

江念雨再度給我一個「知道，但關我什麼事」的眼神。

當然關你的事！你可是痴心絕對的男配！是邪惡未婚妻的重要盟友啊！

「你可得賣力點，努力守護好你的小白花，隨時隨地看好她，千萬不能讓我的未婚夫搶走她……」

我誠懇地抓住江念雨的手，語重心長地說：「一切都是爲了于姎姎好，你應該不希望她被捲入我跟鄭楚曜之間的感情，最後身敗名裂，變成人人唾棄的小三吧？」

「既然他們倆相愛……」江念雨微微一笑，仰頭看天，半晌才丟出一句，「爲什麼不是妳放棄鄭楚曜，成全他們？」

爲什麼不是我放棄鄭楚曜，成全他們？

我虎軀一震。

對啊，為什麼不是我放棄鄭楚曜？

喂，喂，不對不對啦，林星辰怎能放棄鄭楚曜呢？

他可是我未來的鐵飯碗、長期飯票，兼Dolly集團的搖錢樹啊！搖一搖，源源不絕的投資就掉進Dolly集團，我怎能放棄這棵金光閃閃的聖誕樹呢？

「反正，你加油點啦，不然到時候心愛女人跟鄭楚曜跑了，你就戴著凱蒂貓頭套自己哭吧……」我亂七八糟地鼓舞他一陣，隨即離開，前往更衣室。

為了方便王子公主們下課之後趕場跑趴，每位聖萊昂學生都有一間自己的專屬更衣間，不同的是，金扣學生的更衣室更加寬敞，一大面全身鏡、衣帽間、沙發躺椅、液晶電視、茶水區……宛如頂級明星的休息室，如果事先預約，還有專業梳化妝師幫忙打理造型。

我走到自己專屬的更衣室，管家德叔帶著一列女僕站在門口對我鞠躬：「小姐，已經按照您的吩咐，把所有球衣緊急送來了。」

「德叔辛苦了。」我揮揮手。

德叔一走，我便迅速換上整套BALLY GOLF，跟鄭楚曜同一牌子，嘿嘿，情侶裝有沒有？

一個禮拜前，我纏了鄭楚曜好久，想知道他會在交流日當天穿哪個牌子的高爾夫球裝，好跟他搭配成情侶裝。

這傢伙死活不肯說，他一定沒料到本小姐乾脆把各大精品高爾夫球裝給掃了下來！

前腳剛踏出更衣室，耳畔就傳來女子嚶嚶的啜泣聲，哭聲壓抑微弱，彷彿到了極傷心處。

本小姐向來惡人沒膽，聽得毛骨悚然。

「誰？妳是誰？」我顫顫地問，不是不想跑，而是嚇得腿軟跑不動。

哭聲霎時停了，我扶著牆壁慢慢走近角落一間女更衣室，見到于姎姎瑟縮靠坐在地板上，捧著一件破破爛爛看不出牌子的球裝，梨花帶雨，哭得好可憐。

該不會被……那個了吧？

「發生什麼事了？」我小心翼翼地問。

「嗚嗚，我的球衣被人剪壞了，嗚嗚嗚……」

原來只是球衣被剪壞了！

我無奈地撇撇嘴，不過就是一件路邊攤衣服，哭得讓我以為她被強了，本來想甩頭就走，看她哭得那麼傷心，內心不禁開始交戰。

幫？還是不幫？

腦袋裡的惡魔跟天使爭論不休。

小惡魔雙手扠腰：啊哈哈，活該活該，妳就讓她在這裡哭到交流會結束吧！

小天使雙手合十：幫她吧幫她，好心有好報，妳不是多帶一件球衣嗎？

我遲疑：可是，她是我的情敵啊……

小天使科科笑：妳這笨蛋，她躲在這裡哭，怎能親眼見到妳跟鄭楚曜穿情侶裝的閃光模樣呢？

有道理。

小天使壓倒性勝利！

「我還有一件球衣，借妳穿吧。」我嘆口氣。

「咦？眞的嗎？」于姎姎一臉不可置信，當我拿出那件格紋球衣裙，她雙眼發光，「我眞的可以穿上這種名牌嗎？」

我咬咬牙，點頭：「嗯。」

「林星辰，謝謝妳，妳眞……善良。」

善良？

我愣了一下，低頭見于姎姎握住我的手，一臉誠摯地說：「謝謝，穿完我會洗乾淨再還妳。」

「不用了！」我抽開手，臉色由紅轉青，「BURBERRY是要送去專門店乾洗的！」

于姎姎換上球衣，興高采烈地參加高爾夫交流會去了。

怪怪的，我應該是阻止灰姑娘去參加舞會的壞後母啊，怎麼變成送她美衣的神仙教母？

不行，我要逆轉！我要阻止灰姑娘跟王子在一起！

果然，好心有好報，命運之神對我還不錯，沒多久便給我逮著機會。

我滿意地看著眼前這一幕，信步踱到鄭楚曜身邊。

「疑？小雨學長在教于姎姎打高爾夫球欸，小雨學長好熱心哦……」怕他沒看見，還特意指了指躲在僻靜角落練習的兩人給他看。

「嗯？」鄭楚曜一看，瞬間渾身籠罩一層寒氣。

江念雨的胸膛貼著于姎姎的後背，手把手地教，不知道是天氣熱還是什麼，兩人的臉蛋都紅撲撲的。

「動作越來越親密了，你看，江念雨不知道跟于姎姎說什麼，于姎姎臉紅地點頭了！我看是男生趁機問女生：『妳要不要跟我在一起？』女的矜持一陣就答應了……」我效法狗仔精神，看圖說故事，還推了鄭楚曜一把，「欸，你看，他們是不是很相配？」

「嗯，很相配。」鄭楚曜板著臉，冷冷批評了一句，「痴男配怨女。」聲音隱隱含著百分百的醋意。

「你讓我別動于姎姎，你爲她做了那麼多，可是——」我湊近他耳邊問，「于姎姎知道你對她的心意嗎？」

鄭楚曜沉默不語。

我假裝很驚訝的樣子，實則暗暗嘲諷：「你該不會是暗戀吧？想不到你這麼純情啊，鄭楚曜。」

「什麼暗戀？」他聲音大了起來，惹得眾人頻頻回頭，當然也成功吸引到沉浸在粉紅泡泡裡的兩人。

哈，我就知道，傲嬌鄭楚曜怎麼會坦白承認感情呢？

「是嗎？于姎姎曾說你對她死纏爛打……」我賣力挑撥，「原來都是你自作多情啊！」

「死纏爛打？是于姎姎自己招惹我的！」鄭楚曜聞言怒了，迫不及待跳進我挖的坑，「我不可能喜歡那個窮酸女！」

鄭楚曜不可能喜歡那個窮酸女！

「這可是你說的，你不可能喜歡那個窮酸女！」我優雅地推出一記長桿，小白球飛向天空，越飛越遠，最後消失在一望無際的藍色天空裡。

鄭楚曜毫無風度地甩掉球桿離去。

我悄悄對江念雨比出一個勝利V的手勢，後者苦笑地對我搖頭。

不需要去看于姎姎的表情，我知道我的奸計已經達成——為兩人的感情種下嫌隙！

陰險有沒有？

林星辰妳好有心機啊。

可是，看著江念雨摟著于姎姎，我心中為什麼有種說不出的滋味？

我贏了啊，為什麼眼睛卻酸酸的？

難道，這就是「贏了世界卻輸了你」？

呸呸！爛比喻。

鄭楚曜受了「江魚戀」的刺激，高爾夫球交流會還沒結束就說要去游泳，一下午不見人影，手機也沒開，現在還讓我等這麼久，絕對是故意的！

學生漸漸散去，我望了一下天色，臨近傍晚了，天空澄澄的一抹藍。

校門旁停了一輛校車，酒紅色車身襯得金色校徽更加醒目，如果我沒記錯的話，這應該是今天最後一班校車，那些平民學生打掃完校園，通常都是搭這班校車回到市區。

「星辰小姐，您要不要進轎車裡等？」鄭家的司機問我。

「不用了。」

山裡的溫度總是冷得特別快，因爲運動而紮起馬尾，此時風吹拂過頸間，捎來陣陣涼意，我下意識縮了縮身子，跳了跳，又走來走去，想藉此驅散涼意。

相對於我的不安定，有個少年始終倚在牆下，脣角含笑看著我，雙手插在長褲口袋，好像跟我等了一樣久。

一抹來不及褪去的霞光沾染在他的白色運動外套上。

江念雨是在等于姎姎嗎？

我別過臉，撫順了頭髮，終於看見鄭楚曜從校門口慢慢踱出來。

「走吧。」鄭楚曜走到我的身邊，隨意瞥了江念雨一眼。

我看了看手錶，語氣說不出的挖苦：「我還以爲你溺死在游泳池了。」

沒有平時的飛揚跋扈，他語調軟軟地回：「妳就那麼想我死？」

「你喝酒了？」聞到他身上隱隱散發的酒味，我皺眉。

「別再說了，我今天很累。」

還想再問什麼，鄭楚曜突然把我拉進懷裡，低聲說：「我們交往吧。」

「呃？」我一定是幻聽了，「什麼？」

鄭楚曜沒有說話，伸手扯開我用來綁頭髮的髮帶，我的髮絲頓時被風吹得散落開來，拂在臉側、頸後，有癢癢的觸覺。

他撩起我的長髮揉了揉，然後扣住我的後腦勺，輕輕把我的臉壓向他，意識到他要做什麼，我微微掙扎了一下。

快吻上的那一刻，我側過臉避開：「鄭楚曜，你知道自己在做什麼、在說什麼嗎？」

「嗯，知道……」他半闔上眼，彷彿累極似地順勢把頭靠在我的頸肩，「林星辰，我們交往吧……」

鄭楚曜說要跟我交往？

爲什麼我沒有高興的感覺？

不得不承認，鄭楚曜喝醉時說話的聲音很好聽，低啞中帶著難以抗拒的性感，我差點就上當了。

「你知道我是誰嗎？」我深呼吸，努力調整氣息。

「知道……」他的聲音模糊如夢囈，「妳是林星辰。」

我抬起頭，看見校車車窗上透出一個綁馬尾女孩的身影，她臉貼著車窗，表情好像很悲傷，我們相擁的這一幕，想必已經落進她眼裡。

鄭楚曜早就知道她在校車上了！

太過分了，我被利用了！

校車一開走，我立刻扶著鄭楚曜坐進轎車後座，他閉上眼睛嚶嚀幾聲，不舒服地扯扯衣襟，藏在胸前的鏈墜滑了出來，精巧的白金十字架流動銀白色光芒，我不止一次見他佩戴著。

這次，我看清楚十字架上刻的英文小字——Y&Y

Y&Y？曜&姎？

眼睛忽然酸澀得難受，我挺起身，告訴鄭家司機說：「你家少爺喝醉了，想辦法弄醒他再回家，不然家裡大人知道了，他又要挨罰。」

「那林小姐您呢？」

「我家司機會來載我。」嘆口氣，未婚妻做到這般地步，我是太善良呢，還是太好心？

最後一班校車走了，鄭楚曜也走了。

看見江念雨跨上重型機車，油門噗噗幾聲蓄勢待發，我立刻衝上前，張開雙臂攔住他：「停，停下！」

「妳非得用這種方式攔車？」白色安全帽後，一雙眼睛露出淺淺的笑意。

我以前所未有的溫柔語氣說道：「今天真的謝謝你。」

「謝我什麼？」

「鄭楚曜說要跟我交往了。」早知道這招有用，我就不用費盡心力去改變造型討好他了。

「嗯。」拋下聽不出任何情緒的語氣詞，他重新發動重機。

「這次你表現得很好，再接再厲，說不定鄭楚曜就會被刺激到想跟我上床了！」

江念雨重重咳了一聲：「妳能委婉點嗎？」

「委婉不是本小姐的風格。」

「……」

「爲了感謝你，我請你吃飯。」我趕緊說。

「不用……」

「不用客氣。」我爬上機車後座，像隻猴子似地攀住他的肩，「你能騎多快？」

他詫異地看向我，我吐吐舌頭，指指不遠處開上山道的一輛賓士車。

車上壯漢見我爬上陌生人的摩托車，緊張地停下車，朝我們奔來：「星辰小姐！您要去哪兒？」

我催促江念雨：「快點，快點，我要被司機逮回去了！」

「大小姐，別勒我脖子。」

「我不知道手要抓──啊！」話還沒說完，重機「噗」的一聲往前跳，我下意識抱住他。

沒有戴安全帽，我的臉幾乎緊緊貼在江念雨後背，他的運動外套敞開著，我的雙手就毫不客氣環上他結實的腰腹。

重機如脫韁野馬奔馳在山道上，一下就把轎車甩得老遠，我興奮地喊：「江念雨，恭喜你把本小姐綁架了！」

秋風從身邊穿梭而過，我的聲音飄揚在風中，地上枯黃的葉片被風捲高，像拖了一襲金箔……

「不對。」他的聲音又低又輕，「是我被妳綁架了！」

重機進入市區，江念雨減慢了速度，穿梭在大街小巷，停在一家機車行前。

「咦？這裡有吃的？」我撫了撫無限凌亂的髮絲，全都打結了。

「市區有警察。」江念雨拋了一頂白色安全帽給我，「接住。」

我歪著頭研究半天，不知道該怎麼把腦袋塞進去，江念雨用「妳是白痴嗎？」的目光瞥了我一眼。

「我沒戴過安全帽。」我解釋：「其實，這是我第一次坐摩托車。」

我乾乾笑了幾聲，他嘆口氣，將安全帽往我頭頂一扣，手在我頸邊撓啊撓。

「你幹麼啊？」我怕癢拚命縮脖子。

「扣帶子。」他突然抬起我的下巴，正對上一雙清澈的眼眸，我只覺得一股血氣熱辣辣直撲面頰，趕緊閉上雙眼。

看不到他眸中的自己，也假裝看不到他瞬間燒紅的臉頰。

「好了沒？」

「還沒。」

「好、了、沒？」

「還沒。」

「到底——」

「好了。」

頭頂被狠狠拍了一下，我睜開眼，看見江念雨眼中似乎有一道狡黠的光閃過，左頰邊的小酒窩深的很可疑。

我扯下安全帽，下一秒，就聽見我我哇哇大叫：「江念雨！你才是豬！」

白色安全帽被他前面畫了豬鼻，後面畫了捲捲豬尾巴！

「哈哈哈！」他大聲嘲笑，「公車不會坐、安全帽也不會戴，林星辰笨得像小豬！」

「你找死！」見我捲起袖子一副想幹架的姿勢，他立馬拔腿就跑。

我追著江念雨跑了幾條街，跑得上氣不接下氣，心臟咚咚跳，熱氣全湧上臉頰，而他仍臉不紅氣不喘，最後我擺擺手，表示投降：「不行了，我不跑了，跑不動……」

他確定我沒力氣打人了，才慢慢走近我。

我彎腰一手撐在膝蓋上，一手不停搧風：「這次先饒過你，下次……絕對讓你好看……」

「好啊，我等著。」他的笑聲清爽，像陣風，「林小豬。」

既然被叫豬了，我也不客氣行使豬的權利：「本小姐肚子餓了，哪裡可以吃東西？」

「那裡。」他手指向一家髒兮兮的小麵店。

「咦？」我詫異地看著這家小麵店，小麵店位在小巷入口處，是兩層樓建築，連裝潢都沒有，一大片破敗的帆布當作招牌兼遮雨棚，騎樓裡簡單擺了瓦斯爐、鍋、碗跟幾張桌椅。

小麵店面對大馬路，汽車、大卡車經過時捲起的塵土就飄進麵攤裡，油膩膩的桌面彷彿隨便一刮就會刮出一層汙泥。

在這裡吃上一口麵，估計回去要拉上半天肚子。

我不自覺皺起眉頭：「江念雨，你不用替我省錢。」

江念雨不顧我的抗議，拉了我就往小麵店走。

老闆是一位身材乾瘦的大叔，看到跟在江念雨身後的我，撈麵的手頓了一下。

「小雨，你來了啊。」老闆熱絡地招呼，「今天一樣是餛飩麵嗎？」

「嗯，兩碗餛飩麵，切盤滷味……」江念雨熟門熟路地點菜，見我眉頭越扭越緊，又說：「再來個燙青菜好了。」

「帥哥美女這邊坐嘿！麵很快來了。」老闆娘拿了抹布隨便擦了桌子幾下。

江念雨坐好之後，見我瞪著他身旁位子發呆，他無奈嘆口氣，起身替我拉開椅凳。

「請坐，大小姐。」

「嗯。」我將手帕鋪在椅面上，才緩緩落坐，江念雨遞給我一雙竹筷，我猶猶豫豫地接過。

看到竹筷上青青黑黑的可疑霉斑，本小姐忍了！

看到燙青菜裡漂浮著幾塊油蔥酥，本小姐也忍了！

看到滷味盤邊一小塊油漬沒有擦去，本小姐更忍了！

但，我的忍耐在老闆娘端麵來的那一剎那，立刻爆破！

老闆娘端麵的手，一節拇指居然浸在湯裡！

我乾嘔一聲，正想起身奪門而出，江念雨按住我的肩：「現在走了，就見不到妳的未婚夫了。」

我的未婚夫？鄭楚曜？他怎麼會來這種破地方？

江念雨不肯回答，我訕訕坐下，一片一片夾著菜葉吃，菜餚調味不錯，尚稱新鮮，就是衛生糟了點，我邊在心裡嫌棄，邊拉長耳朵偷聽老闆與老闆娘大聲說悄悄話……

「小雨這孩子從來沒帶過女孩子來我們這裡，那是不是他女朋友啊？」

「蠢豬啊你，要真是女朋友，早帶去吃大餐了，哪還會來我們這家破店？」

「呵呵呵，老婆妳說的有理，害我白擔心一場，這樣看來，我們家女兒還是有機會的……」

這家破店的老闆夫婦似乎打算收江念雨做女婿，我踢了江念雨一下，他聳聳肩，一臉不在意，還問我吃不吃餛飩麵，我嘴角抽搐了幾下，他端起我那碗一起解決了。

小小麵店生意不錯，很快就坐滿人，我與江念雨坐在騎樓下，路人經過時，視線總是有心無意從我們身上掃過。

幾位眼尖的大嬸似乎發現我的身分，不停竊竊私語著，連帶我面前的江念雨也成爲議論的物件。

「吃完快走吧。」我坐立難安。

「妳好像很在意別人的眼光？」江念雨笑道，把幾塊滷味夾到我碗中，「吃過滷味嗎？」

「我不吃黑色的豆干，蛋只吃蛋白不吃蛋黃。」我照例挑三揀四一番，壓低音量：「不是呀，我可是頂級名媛林星辰，被人發現在這種破店吃麵很奇怪！」

「頂級名媛……」他無語幾秒，伸手摸摸我的額頭，了然一笑，「嗯，的確病得不輕。」

「喂！」我抬腿想踢他，沒踢到卻撞得桌子一跳，發出「砰砰」的聲響，碗裡湯汁溢出了一些，所有人視線齊刷刷地投向我們。

「沒事，沒事。」老闆娘笑咪咪地忙打圓場，掄起骯髒的抹布又擦了桌子幾下。

Oh no！我摀住嘴，把差點滾出喉嚨的胃酸跟髒話強壓下去。

路邊傳來汽車引擎熄火的聲音，一個熟悉的瘦弱身影快速閃進店裡。

「女兒，看看是誰來了！」老闆扭過頭喊著。

于姎姎見到我的表情，就跟老闆見到我的表情一樣，瞬間失神。

「嗨。」我主動向她打招呼。

她紅著眼眶，像做壞事被抓到的小孩，對我們胡亂點點頭，敷衍一句：「我去換衣服了。」便逃上樓了。

原來于姎姎是麵店老闆的女兒，我再度環顧這間破破爛爛的小麵店，莫名感嘆……于姎姎果然距離我們的世界很遠。

才感慨了幾秒，另一個高大的身影隨即闖入店裡，來人太急，還差點撞翻我們的桌椅。

「鄭楚曜？」我驚呼，昏黃的燈光下，他臉頰上清晰可見五指印。

鄭楚曜被于姎姎甩巴掌了？

他似乎比我更驚訝，瞪大了眼又搖搖頭，好像看到一個幻影。

這男人太過分了！前腳才說要跟我交往，後腳就追來于姎姎家！

我憤怒地跳起來，抄起桌上的湯碗就要潑向他。

江念雨動作更快，抽去我手中的湯碗，淡淡地問：「鄭楚曜，你是來接林星辰的，對吧？」

「……對。」鄭楚曜像隻鬥敗的公雞，任誰都聽得出他回答得十分勉強，江念雨這樣問他，不過是在議論紛紛的眾人前，幫我們保留一點面子。

我和鄭楚曜交往的消息很快傳遍聖萊昂。

「曜王子不喜歡窮酸女于姎姎，跟富家女林星辰在一起了。」

「一切都是于姎姎主動招惹鄭楚曜。」

「于姎姎出局了，轉而對小雨學長死纏爛打。」

似乎從那天起，灰姑娘于姎姎的噩夢開始了。

而鄭楚曜總是冷眼旁觀，不知道是因為那天的事在忌憚我，還是在跟于姎姎賭氣，總之絲毫沒有任何維護她的意思。

「最近看起來，是不是太……平靜了？」午餐時間，我跟楊濰咬耳朵，柏啓梵跟鄭楚曜坐我們對面，前者大口撕咬著羊肋排，後者拿著刀叉不斷往盤子裡撥弄，一盤蔬菜沙拉被他絞的細細碎碎，汁液橫流，十分噁心。

「哪裡平靜了？」楊濰壓低音量報告，「大前天抽屜被塞滿垃圾，前天馬術課被叫去洗馬廄，昨天被鎖在女廁裡半天……」

沒錯，這一連串校園霸凌事件的苦逼女主角就是于姎姎小姐。

邪惡未婚妻都還沒出手呢，一堆人搶在我面前教訓她，于姎姎的人緣是有多不好？

回想起那天鄭楚曜臉上可疑的五指印，我狐疑地望向他。

「看我幹麼？又不是我幹的。」他目露凶光，冷哼，「我才不會幹這種幼稚至極的事。」

是是是，我當然知道不是你幹的！但是，你表現得也太冷淡了吧？

「今天早上一顆大蘋果從天而降……」

聽到大蘋果，我剛入口的水，「噗」一下，噴了出來。

「……差點砸上她腦袋，幸好被小雨學長擋了下來。」楊灕嫌棄地看看被我噴了滿口水的菜，嘴角抽了抽，放下刀叉不吃了，目光悠遠地飄向某處，「幸好，大家都還忌憚著小雨學長，不敢欺負得太厲害。」

小雨學長？

我順著他的視線瞧去，隔了一棵盆栽，見到江念雨獨自一人坐在靠窗角落吃飯，白襯衫手臂的位置帶點暗紅，看來這是他英雄救美的證據。

「唉，什麼時候才能和小雨學長一起吃飯？」楊灕莫名有些感嘆，「以前我們四人常在一起的……」

「不吃了。」鄭楚曜終於放棄虐待他盤裡的植物，起身離去。

「四人？你以爲是在演F4嗎？」柏啓梵從羊肋排堆裡抬頭，白了楊灕一眼，「吃你的吧。」

「欸，于姎姎來了。」楊灕推推我的手肘。

特權分子就是這個好處，學生餐廳裡有專屬包廂，位在挑高二樓而且視野極佳，我一下就看到于姎姎捧著自己帶的飯盒東張西望，她抬頭見到江念雨對面還有一個座位，高高興興地往二樓移動。

她一腳剛踏上階梯，就被迎面而來的三個花枝招展女擋下來。

「惡女三人組。」楊灕壞笑，一臉唯恐天下不亂，「林星辰，妳有對手了！這三個女的是妳未婚夫的鐵粉。」

「憑她們？」我瞄了三人一眼，語氣滿是鄙夷，「也配？」

「小雨學長身邊的位子是妳能去的？」惡女A率先開口。

「招惹了曜王子不夠，現在連小雨學長也想染指嗎？」惡女B雙手扠腰，「窮酸女，說穿了，妳進聖萊昂的目的就是想釣金龜婿吧？不要臉！」

「我沒有這個意思……」于姎姎慌亂地往後退。

「鄭楚曜有未婚妻了，小雨學長也不適合妳，妳啊，別做灰姑娘的美夢了！」惡女C冷笑，用力推了她額頭一下。

「說得眞好，但是——」我微微皺眉，「我怎麼有種被人搶臺詞的感覺呢？」

按照狗血偶像劇的公式，只要女主陷入危機，男主不在，男配必定要第一時間跑到她身邊。

江念雨的位置有點偏僻，渾然不知他的灰姑娘正陷於水深火熱之中，我等了半天，眼巴巴望著江念雨，拚命用眼神傳遞訊息給他，卻只等到他抬眸狠瞪我一眼，隨即低下頭扒了幾口飯。

還吃！有沒有這麼不敬業的黑騎士啊！跟鄭楚曜半斤八兩，一個傲嬌一個彆扭。

我拿起水杯，湊到脣邊發現只剩半杯水，便推開椅子站起來：「我去裝水。」

惡女三人組站在階梯上，妳一言我一語挖苦于姎姎，擋住了本小姐的路，我深吸一口氣，硬擠過去，從後方狠狠撞到惡女C的肩膀，力道沒控制好，一失手，半杯水就朝于姎姎身上潑去。

惡女C「啊」了一聲，怒氣沖沖地回過頭，見到本小姐駕到，一時之間不好發作，跟惡女A、B面面相覷了好一會兒。

「借過。」我斜睨惡女三人組一眼，「好狗不擋路。」

「林星辰，妳……」惡女C的手顫顫指著我，「妳剛剛說什麼？」

「好狗不擋路。」我不耐煩地重覆一遍，「妳耳背啊！」

「林星辰，妳跩什麼？要不是妳背後有Dolly集團撐腰，曜王子連多看妳一眼都不願意！」惡女A跳出來替好友抱不平，「誰都知道妳跟曜王子只是政策聯姻，他不是真的愛妳！」

正中要害。

「喔？」我挑眉上下打量她，視線落在惡女A胸前的名牌，揚起笑容：「我覺得妳挺眼熟，原來是Dolly集團『下游廠商』的女兒啊，難怪這麼關心我跟我未婚夫的婚事。」但憑「下游廠商」四字，就判定了我與惡女A一個天上一個地下的雲泥之別，「不過妳放心，就算鄭楚曜不娶我，也輪不到妳們三個！」

「妳……」惡女A說不出話來。

「先別說男人的事了，星辰剛轉來聖萊昂不久，遇到認識的人總是開心的，不如找個時間大家好好聊聊吧。」我握住惡女A的手搖一搖，故作熱絡地說：「對了，我聽家母說妳爸來借周轉金，家母正在考慮這件事呢。」

我又轉向惡女B、C：「代工廠競爭激烈，不少人主動來爭取Dolly集團的訂單，兩位家裡的長輩，前天還親自來給我送禮了，星辰身爲晚輩，說什麼也過意不去，記得回去幫我問候一下。」

惡女B、C臉色漸漸發青。

「還有，」我逼近她們面前，壓低嗓音，柔柔地說：「我啊，很討厭別人搶我的臺詞，欺負窮酸女這件事，本小姐來做就夠了！」

「話說完了。」我舉起手往外揮了揮，惡女三人渾身抖了幾下，飛也似地逃走了。

打發掉三惡女，接下來要料理這朵小白花了，我嫌惡地丟出一句：「妳還站在這幹麼？」

于娭娭呆愣在原地，不知所措地看著我，頂著一張素顏，身上的白襯衫被我潑得半溼，透出女孩姣好的曲線，看起來清純又野性。

我煩躁地皺皺眉，從口袋抽出一條ANNA SUI的手帕，遞給于娭娭，她遲疑著不敢接，我惡聲惡氣道：「還不快拿去擦擦？杵在這兒等本小姐跟妳說聲對不起嗎？」

這陣騷動終於引出江念雨了，他脫下外套披在于娭娭身上，溫柔地說：「外套口袋裡有乾淨的手帕。」

聽到這句話，我深吸一口氣瞪向江念雨，在和他目光交錯的一瞬間，他一把攬過于娭娭的肩膀。

我從鼻孔重重哼了一聲，轉身上樓。

屁股一黏在椅子上，楊滟就迫不及待地問：「妳剛剛是在幫于娭娭嗎？」

「我怎麼可能幫她？」我撇撇嘴，「我才沒那麼笨。」

江念雨偕于姎姎走到餐廳門口，他突然回過頭朝我望來，嘴角抿出一絲笑意，眼神透露出玩味的訊息。

江念雨看出什麼了？那玩味的眼神又代表什麼？

一陣騷動又起，已經離開的鄭楚曜又出現在門口，手裡捧著玫瑰花束，時間掐得剛剛好，剛剛好和江于兩人錯身而過！

頂著眾位男女同學羨慕嫉妒恨的目光，鄭楚曜緩緩將玫瑰花束遞到我面前。

「粉色玫瑰，花語是初戀，三百六十五朵玫瑰，天天愛妳。」他俯在我耳邊，用我們兩人才聽得見的音量說：「對不起……」

我內心草泥馬不停奔騰，巴不得指揮千軍萬馬踏爛他假惺惺的笑臉跟那束粉色玫瑰。

「林星辰，妳願意接受我的心意嗎？」他笑容不減。

眾花痴女圍著我們，興奮地不停尖叫，彷彿鄭楚曜求愛的對象是她們。

我咬咬牙，僵硬的表情下一秒換成天使般的甜美微笑：「看你的表現嘍！」

如果不知道他愛的是于姎姎，這一幕應該也是我夢寐以求的吧？

我伸手接過花束，微微側過臉，踮起腳尖靠近他耳朵，也用我倆才聽的見的聲音說：

「這次原諒你，下次你再送我三百六十五朵玫瑰，我就全數砸到你臉上！」

我實在太高估富家少爺的求愛技能了。

隔天，瞪著眼前圍上一圈粉紅色羽毛、綴上滿天星，直徑超過一百二十公分的香檳玫瑰花束，我頭皮發麻，拚命告訴自己要笑，要幸福的笑，要讓眾女（尤其是于姎姎）又羨又妒的笑，卻發現嘴角像吊了鉛塊一樣沉甸甸，只好雙手捧住臉頰，假裝又驚又喜的模樣。

「九百九十九朵玫瑰，天長地久。」鄭楚曜嘴角上揚的弧度像是精心計算過。

草泥馬的九百九十九朵！草泥馬的誰要跟你天長地久！

大花束沉得我差點直不起腰，二十多公斤的玫瑰，別說扔向鄭楚曜的俊臉了，光是雙手捧著，全身都在打顫。

「林星辰，妳願意接受我的心意嗎？」

「哈啾！哈啾！哈啾！」我回他三個特大噴嚏，淚眼朦朧。

「妳哭了？別太感動……」他掏出手帕不嫌髒地替我擦去鼻涕眼淚，體貼的舉動惹得眾女又是一陣尖叫。

「我對玫瑰花過敏。」我咬牙切齒。

「抱歉，我不知道，下次……」他抿抿唇，臉上浮現淡淡歉意，歪著腦袋凝視我的表情有些欠抽，我眼巴巴望著他，滿心期待他說下次不送了，他卻接著問：「下次送別種，鬱金香？香水百合？」

「謝謝，但是我對所有花都過敏。」我淚流滿面。

「嗯，我知道了。」他淡淡一笑。

爲什麼女生都要接受男主表面上充滿愛意，實則炫富耍帥的狗血花束？

我以爲我的苦難就此結束了，誰知，再隔天，又是午餐時間，見到鄭楚曜雙手捧著一「坨」金光燦爛的巨大花束緩緩走進餐廳，「嗡」的一聲，我腦袋一空，下意識蹬蹬蹬往後退了幾步。

那坨，對，一大坨，不是一大束。

「是金莎——」

眾人有志一同發出巧克力廣告中的尖叫聲，鄭楚曜將巨型金莎巧克力花束遞給我，金色包裝紙反射出璀璨亮光，恰恰遮掩了他瞥向于姎姎的視線。

毫無意外，灰姑娘于姎姎神色一暗。

「一千三百一十四顆金莎，愛妳一生一世。」曜王子的脣角漾出迷人微笑，配上那雙不帶感情的冷色雙眸，異常邪魅，「林星辰，妳願意接受我的心意嗎？」

一千三百一十四……那是一千三百一十四顆巧克力啊！

我恍恍惚惚看著鄭楚曜額上的薄汗，手臂微微隆起的肌肉因施力浮現出淡淡青筋，再看看自己細嫩的手臂……草泥馬的，我一纖纖弱女子，如果接了這坨巧克力花，非死即殘啊！

「三百六十五、九百九十九、一千三百一十四，下次就是一萬朵了唷，愛妳一萬年！」楊濰興奮地嘖嘖幾聲，「林星辰，讓我們見識見識日曜集團繼承人的財力吧！」

一萬!?

噢不！

我張大嘴巴，腦袋浮現我淹死在一萬顆的巧克力海中，永生永世不得超生。

「我願意！我願意！我願意！」我痛哭流涕地喊，隔著巨型金莎花束擁抱他一下，隨即裝羞逃開。

聖萊昂的學生們又多了一則茶餘飯後的笑談：曜王子燒錢三天，輕易拿下刁蠻公主林星辰。

鄭楚曜的情商或許零分，但智商不弱，腹黑程度甚至超過我的想像，他高調向我求愛，還選在全校師生聚集的午餐時間，不就明擺著向江念雨和于姎姎示威？

「星辰小姐，這些巧克力……」

放學時，司機老吳來接我，看到這坨黃澄澄的巨型金莎花，也是愣了好久說不出話來，我揉揉發疼的額頭，讓他去要了一個大麻布袋。

浪費食物是可恥的，不能丟掉，巧克力又不能像玫瑰那樣扯碎花瓣拿來泡澡……

「想好要怎麼處理這些巧克力了嗎？」不知何時出現的江念雨笑得涼薄，「我可以幫妳。」

「幫我吃掉嗎？」我沒好氣。

江念雨將金莎巧克力全部裝進大布袋裡，綁在重型機車上。

「走吧，去處理掉妳未婚夫的心意吧。」

江念雨載我到東區，停好車後，打開麻布袋，將金莎花束拆開，三顆一束綁好，拿了幾束給我。

「拿著。」

「幹麼？」我狐疑地瞪著他。

他一手拖著麻布袋，一手拽著我，往人來人往的廣場上一站：「跟著我喊……」

「喊什麼？」

「金莎巧克力花，一束三十九！」

「蛤？」

「三束一百！」

「蛤？」

「快喊啊！」說完，他自己就「金莎巧克力花，一束三十九，三束一百！」不停地喊了起來。

「你這是讓本大小姐當街叫賣的意思嗎？」我連連搖手，「我不幹！我可是——」

「知道了，知道了，妳是千金大小姐。」他用沒得商量的語氣，把小豬安全帽扣在我頭上，「戴上這個，沒人認得出妳！」

「金莎巧克力花……一束三十九……」我咬咬牙，有氣無力像小貓叫：「三束一百……」

「太小聲了！」他敲敲我頭頂，「大聲點，豬頭妹！」

「你這隻凱蒂貓！」我氣得跳起來，大吼：「你叫誰豬頭妹？」

「對了對了，就是這音量！」

四周很快圍起人群，憑江念雨那張俊俏皮相及甜死人不償命的笑容，我們很快成交好幾束。

一千三百一十四顆金莎巧克力花，第一天我們聲嘶力竭地叫賣，順利賣出了兩百多束，原本以為可以延續運氣，誰知第二天遇到警察抓違規攤販，大街小巷到處亂繞躲警察，業績慘澹收場。

躲了大半夜，想起還沒吃晚餐，我拉住江念雨：「欸，我餓了。」

「嗯，妳想吃什麼？」

「乾淨一點的餐廳就好。」我不奢望大餐了，只求江念雨別再帶我去那種骯髒小麵店，我會崩潰！

兩人並排坐在便利商店臨窗座位上，兩碗麻辣關東煮冒出陣陣輕煙，拿起一串黃金魚蛋，我細細地咬了一小口，混著醬汁的辣味刺激我的味蕾，讓人回味無窮。

我吃自己碗裡的，眼睛邊好奇地瞟向江念雨那碗。

「你吃什麼？」

「腐皮蝦捲。」

「那你現在又吃什麼？」

「魚丸香腸。」

「你的香腸看起來比較大隻。」我盯著他手中的食物，「給我咬一口。」

他臉一紅：「不是都一樣？」

「沒想到世上居然有這樣美味又便宜的食物。」熱辣辣的湯滾下肚，我滿足地發出一聲喟嘆，「欸，我跟你說，這可是我第一次吃便利商店的麻辣關東煮，想來本小姐很多第一次都給你了……」

很多第一次都給江念雨了，第一次騎重型機車、第一次戴安全帽、第一次吃路邊攤、第一次吃便利商店的關東煮、第一次沿街叫賣、第一次坐公車、第一次被壞人追著跑、第一次在警察局過夜、第一次摸到……咳！

想起那些曖昧的畫面，我羞窘地垂下頭，默默啃玉米。

「哦。」江念雨怔怔應了一聲，淡淡笑了開來，「林星辰，妳的第一次還眞多。」

第三天傍晚飄起了小雨，爲了怕巧克力受潮融化，我們躲在天橋下，辛苦叫賣了幾個小時，麻布袋漸漸看得到底。

「大哥哥，我要買一束巧克力，可以算我們便宜一點嗎？」一群女國中生背著書包，看起來剛補完習，醉翁之意不在酒地趁亂蹭向江念雨。

我正靠在橋墩下休息，見狀，趕緊去「美救英雄」，卻聽見江念雨說已經賣完了，女國中生們露出極度惋惜的可憐模樣。

爲了彌補她們受創的小小心靈，纏著江念雨跟她們玩幾下自拍才離去。

看著袋裡明明還有一束巧克力，我心裡不是滋味：「怎麼不賣給她們？」

「借花獻佛。」江念雨剝下一顆巧克力塞進我嘴裡，「林星辰，生日快樂。」

林星辰，生日快樂。

我都忘了過幾天就是我生日了。

他修長的手指似不經意地撫過我的唇，我耳根一熱，低聲說：「謝謝。」

「這些錢要怎麼辦？五五分？四六分？算了算了，全部都給你！」說多不多，說少不少，不到兩萬塊，讓本小姐買個名牌包都不夠。

「走吧，我們去痛痛快快花掉。」

「咦？」

想到要花錢敗家，我腳步變得輕盈起來，沒想到他帶我到市區某處醫院，將我們這三天賣掉金莎巧克力花賺的錢，全數捐給該醫院的重症兒童醫療基金會。

「一下就花掉了，呵呵，果然痛快！」我……心痛不已。

下過雨後，夜晚的溫度驟降，走出醫院，冷風吹得我受不了，江念雨脫下一隻手套替我戴上，極其自然地把我另一隻手塞進他的外套口袋握著。

因爲他的動作太過流暢、太過理所當然，一時之間，我竟忘記阻止這個過於親暱的行爲。

走在寂靜的馬路上，我們兩人不輕不重的腳步聲彷彿敲在心上，這樣沉默下去不免有些尷尬，不得已，我找了個話題開口：「欸，你怎麼會想到捐錢給醫院？」

沒想到這問題讓江念雨的笑容漸漸淡去，他沉默了很久才緩緩開口：「我妹妹得了紅斑性狼瘡，就是在這家醫院接受治療。」

「那她現在？」我的聲音很輕，心裡已預知最壞的結果。

「死了。」

雖然是意料之中，我卻仍感到心臟一沉。

「她罹病後，用藥物控制病情曾經一度好轉，我們都以爲沒事了，沒想到突然復發，在加護病房以葉克膜救治將近一年，最後仍然因爲細菌感染去世了。」他眼裡瀰漫起憂傷。

「什麼時候的事？」

「去年。」

我心想：原來這就是江念雨休學一年的眞正原因。

不知道該如何安慰他，我只能反握住他冰涼的手：「你跟你妹的感情一定很好。」

「爲什麼這樣認爲？」

「你是個好哥哥。」我毫不猶豫地說，「江念雨，你很會照顧人。」

「但是，我再也照顧不了我妹妹。」他脣角勾起一個極淺的笑，小酒渦淺淺地陷在頰上。

又是這樣的笑容！

以前總覺得他的微笑帶點淡漠，而今知道這些，覺得更多是感傷。

不想再看到他臉上的陰霾，想看到他眞正愉悅的微笑，好想好想撫平他的憂傷，好想好想抱抱他……

「你妹妹是個什麼樣的女孩？一定很可愛，你才會那麼疼她。」

「她啊……」江念雨陷入回憶中，又淺淺一笑，「幼稚，刁蠻任性，講話沒大沒小，一點也不可愛，反而還很可惡，常常惹事生非，我卻拿她一點辦法都沒有。」

我窘了窘。江妹的個性跟我還眞像！

「很倔強，痛的時候不知道要哭，開心的時候卻笑得比別人大聲……」他停頓了一下。

「大概……她想引起你們注意，又怕你們擔心吧。」我輕聲接了話。

「嗯，是個讓人心疼的小笨蛋。」

「她喜歡什麼？」

「她喜歡……凱蒂貓。」江念雨語氣一澀，停了好一會兒，低聲說：「我本來答應她病好之後帶她去看凱蒂貓玩偶。」

我愣了好一會兒才回過神，有點懂了爲什麼江念雨會扮成凱蒂貓的模樣。

「明天是假日，我們去醫院當志工吧！」我笑著提議，「你不是有凱蒂貓玩偶裝嗎？穿去給小鬼……呃，小朋友們看，念故事給他們聽，小朋友們一定會很開心。」

他凝視著我的笑臉，眼神恍惚了一下，頰邊小酒渦深了深，應了聲：「好。」

幾天之後，我收到一張生日賀卡，是醫院的兒童病患聯合捎來的祝福，看著上面歪歪扭扭的字體和不知所云的塗鴉，我不自覺微笑起來。

給星星姊姊跟小雨哥哥：

星星姊姊生日快樂。

老師說星星跟雨是住在天空裡的，所以你們一定要永遠在一起喔！

星星姊姊妳好漂亮，我長大以後可以娶妳嗎？

星星姊姊不要打小雨哥哥，他會痛痛……

祝星星姊姊天天黑皮，長命百歲，早生貴子……

「這些死小鬼還挺可愛的嘛！」我把卡片拿給江念雨看，興致高昂地跟他討論：「欸，你說，我是送每個小鬼一人一隻凱蒂貓玩偶好？還是請五星級飯店主廚去幫他們做頓大餐？或者包下一整座遊樂園讓他們去玩……」

「林星辰。」他眉梢挑起來，語氣帶了一點揶揄，「妳是不是第一次收到生日卡片？」

第一次收到生日卡片？

我愕然，恍惚回想：「我朋友才不會寫這種寒酸的生日卡片給我，通常都是送我各種名牌。」

「收到卡片很開心吧？」他很快打斷我。

「嗯，還好啦……」我傲嬌一陣，最後還是點了點頭，「是滿開心的。」

「覺得被愛的時候就跟對方說謝謝；覺得開心、覺得快樂的時候可以笑；覺得難過可以哭……」江念雨清澈的眼神幾乎讓我無地自容，「妳不需要藉由金錢來表達自己的情緒。」

江念雨不說，我都沒發覺，這麼多年來，我一直是用花錢來表達自己的情緒，開心的時候去血拚，難過了更要血拚。

往年，我的生日禮物不是名牌包，就是昂貴首飾，今年我卻收到了一分別具意義的生日禮物，有個溫暖又悲傷的少年教我如何憑自己的力量賺得金錢、如何付出、如何愛人，以及……如何被愛。

他還教會我如何表達開心跟難過。

林星辰十九歲的生日宴是在日曜集團的豪華遊艇上舉辦的。

鄭楚曜沒送我一萬朵玫瑰當生日禮物，但他送了一幕燦爛的高空煙火秀給我。

煙火升空之後立刻轟然四散，盛開出一朵朵絢爛煙花，轉眼湮滅，無聲無息墜入漆黑的夜空，燒掉大筆金錢，只餘濃重的硝煙味直衝鼻端。

衣著華貴的人們舉杯向我慶賀，在這樣紙醉金迷的場景裡，卻有些什麼堵在胸口，悶悶的，快喘不過氣來。

煙火光芒將鄭楚曜稜角分明的側臉輕輕勾出一層光輝，一身亞曼尼白色訂做西裝，看起來無比高貴。

「你如此費盡心思討好我，鄭楚曜……」我聽見自己的聲音平靜如水，「你是真的愛我嗎？」

王子別過臉去，似有若無地嘆息：「林星辰，妳贏了。」

林星辰，妳贏了。

豪門裡最碰不得的就是愛情。

我剝開一顆金莎巧克力含入嘴裡，慢慢咬著，卻嘗到了苦澀的味道。

宴會散場後，下起了小雨，雨水連成了一條一條細細密密的銀線，布滿落地窗，透過窗戶看出去，外面的世界彷彿被銀線綑綁，變得一片朦朧。

星星跟雨都是存在於天空裡的，但是，下雨的天空看不見星星。

仰躺在床上，我睡不著，聽著窗外的雨聲叮叮咚咚，腦袋明明很清醒，手指卻不受控制地撥出一通電話。

「欸，江念雨……」

「嗯？」他的嗓音慵懶，彷彿還在睡夢中。

「你忘了送我生日禮物。」

「妳想要什麼？」

「唔……」我想要什麼禮物？該有的都有了，太昂貴的他又送不起。

「唱歌給我聽吧。」

「唱什麼？」半夢半醒之間的江念雨，柔順聽話得像隻小貓咪。

「英文歌。」

「《小星星》？」

「你好敷衍……」

不理會我的抗議，幾個細微和緩的呼吸聲後，手機裡傳來沙啞低沉的歌聲：

Twinkle, twinkle, little star,
How I wonder what you are!

Up above the world so high,
Like a diamond in the sky.
Twinkle, twinkle, little star,
How I wonder what you are!

歌聲停歇後，我和他都沒說話，四周靜謐無聲，感覺有些空蕩蕩。

「五音不全，唱的眞爛。」我彆扭地送他一句批評。

「嗯，所以麻煩妳別再讓我唱了。」聽不出生氣，他輕輕地說：「晚安，公主病小姐。」

Twinkle, twinkle, little star, how I wonder what you are.

一閃一閃小星星，我想將妳看清。

我的心裝了太多連自己也弄不清的情緒，像吸飽水的海綿，沉甸甸的，被人溫柔地觸碰，就化成淚水從眼睛裡湧出來。

對著傳來嘟嘟聲的手機，我擦去眼淚，無聲呢喃：「謝謝你。」

晚安，公主病小姐。

「只是過個生日，幹麼弄得像國慶日，還放煙火。」我向朱莉亞大嬸批評鄭楚曜的燒錢行徑，「矯情。」

「擁有一位高富帥未婚夫是多少女孩夢寐以求的事，妳還不滿意？」她如此問我。

問題是，我根本不想要一位不愛我的王子啊！

這齣狗血愛情戲演變至今，情況似乎變得有些棘手了。

大媽打聽到鄭楚曜跟于姎姎的曖昧情事，拿去威脅孟熙叔叔，再次逼他將于姎姎退學，孟熙叔叔爲了息事寧人，逼鄭楚曜不能再跟于姎姎見面，還要百般討好我。

我並沒有因此感到開心，鄭楚曜做出讓步，不就間接證明了于姎姎在他心中有多重要？

我努力說服自己，爲了家族利益，絕對不能放棄鄭楚曜。

然而，隱隱約約不想承認的是，我堅硬的決心好像被鑿開了一條裂縫，讓一場溫柔的雨下進來了……

症狀七　莫名失控

那些我們無法改變的事情，最後改變了我們。

日曜集團投資，Dolly集團開發的新品牌形象廣告總算拍攝完畢，沒多久，電視、網路、雜誌、戶外看板都刊上公主王子宛如童話般美好的畫報，全世界都在猜測林鄭兩家的商業合作關係是否會升級成姻親關係，成爲一段佳話。

爲此黯然神傷的也大有人在。

這天是週末，我剛從百貨商場血拚出來，正等著鄭楚曜來接我，一眼就瞧見灰姑娘于妜妜站在廣場前，神情落寞地望著我們的巨型廣告看板發呆，臉頰上似乎還沾染可疑淚痕，再一眼，又瞥見不遠處有個熟悉的凱蒂貓身影，也正痴痴地望向這邊。

痴男怨女啊，我怎麼有股淡淡的憂傷呢？

因爲鄭楚曜遲到太久，我承認我無聊，想找點樂子。

一番心理催眠後，邪惡的我，決定上演一段未婚妻打擊灰姑娘的煽情戲碼，若能因此趕快撮合于妜妜跟江念雨，趁早結束我們四人這齣狗血鬧劇也不錯。

我先撥了通電話給江念雨，手機嘟嘟響了好久，凱蒂貓從口袋掏出手機，拿起來瞄了一眼，又收回去，看起來並不想搭理我。

我從地上撿了顆石子拋到凱蒂貓身上，他才慢吞吞拔下凱蒂貓頭接起手機。

「幹麼不接我電話？」隔著一條街，我朝他嘟嘴。

「嫌麻煩。」他的聲音卻隱隱含著笑意，「有事嗎？」

「別說我對你不好……」我抿脣嘿嘿一笑，「十五分鐘後過來英雄救美。」

不等江念雨回答我就按掉通話鍵，蹬著高跟鞋，挾著強大氣場走向于姎姎，她看見我走來想要逃離，我故意橫在她的面前，擋住她的去路。

「嗨，好巧。」我做作地揚起笑容，「妳也來逛街？」

于姎姎僵硬地牽了牽嘴角：「來打工。」

「喔，抱歉，我忘記週末是妳的打工黃金時間，辛苦了。」

于姎姎垂頭不語。

「剛剛看妳一直望著我們的廣告看板發呆，我跟楚曜都是第一次拍廣告，覺得很新鮮，也很有趣，拍攝成果好像很不錯。」我勾脣一笑，「不知道妳覺得如何呢？」

「很……很好。」

「大家一定會覺得我和楚曜是一對眞正的戀人吧？」

「嗯。」她眼眶紅紅地點頭，「你們眞的很登對。」

「謝謝，衝著妳這句話，我送妳幾雙新品牌的鞋子，妳穿幾號鞋碼？」我的笑容說有多善良就有多善良。

「不……不用了。」

「妳別推辭了，就當作我代替楚曜送妳的分手禮物吧。」我口氣一轉，「于姎姎，妳別這麼怕我，我並不想把妳當敵人，當妳是好同學、好朋友才想和妳說這些話……」

「妳到底想說什麼？」她咬唇。

「說實話，妳對鄭楚曜有一點點心動吧？」

于姎姎驚愕地望向我，垂在身側的雙手顫抖著揪緊裙子，不知該如何回答我的問題。

我也不需要她回答，剛才看她望著海報默默垂淚的模樣，我就已經知道答案。

唉！棒打鴛鴦，我頓時覺得自己罪孽深重起來。

「勸妳最好收回這心思，才不會受傷太重。」我的語氣說有多誠懇就有多誠懇，「就算楚曜對妳有點特別，那也是因爲妳這樣的平民女對他而言是新鮮的，時間一久，等他新鮮感一過，妳拿什麼吸引他？」

「……」于姎姎臉色慘白，雙手環抱自己，好像不這樣，隨時就會倒下去一樣。

「就算你們眞的不顧一切在一起，妳以爲鄭家那些長輩都是省油的燈？他們會眼睜睜接納一個小麵店老闆的女兒當兒媳婦？如果他們對妳下手，楚曜保護得了妳，保護得了妳的家人嗎？」唔，好像把鄭家說的像黑道了，台灣畢竟還是有法律的，我趕緊收斂起威脅的口氣，勸說道：「就算他們勉爲其難接受妳了，妳要知道，楚曜他將來是要繼承整個日曜集團的男人，妳沒權、沒錢、沒有美貌、沒有才華，拿什麼幫助他家的事業？」

極盡所能的詆毀于姎姎，就是要讓她知難而退！

我稱職地扮演好自己惡毒未婚妻的角色，刮腸搜肚，把各大偶像劇、言情小說中的刁鑽臺詞通通都搬出來，但講了沒幾分鐘，就發現再也想不出來了。

我邊苦苦思索，目光搜尋不到凱蒂貓的身影，內心直咆哮：草泥馬的，江念雨死去哪裡了？怎麼還不出來英雄救美？惡毒女沒臺詞了啊！

于姎姎渾身抖如秋葉，不停往後退，沒注意到腳下有個突起的臺階，我正要開口提醒她，她腳一拐就跌坐在臺階上，我想拉起她，她死活不肯起來，摀著臉嗚嗚哭了。

我尷尬地看著有些失控的場面，不知如何是好，只能伸手推推她的肩膀：「欸，別哭了。」

「林星辰，妳在對于姎姎做什麼？」鄭楚曜面色陰沉地出現了，不等我回答就直接上前將于姎姎拉起來。

「她自己跌倒的……」我雙手一攤，很無辜。

女孩不斷搥打男孩攬在她腰側的手，哽咽說道：「別用你的髒手碰我。」

我怎麼感覺，她的潛臺詞是在說：別用你碰過別的女人的髒手碰我。

男孩不肯鬆手，眼見人群議論紛紛起來，我低聲提醒他：「鄭楚曜，注意一下你的行爲舉止，別忘了……」

聞言，他才如大夢初醒般手一鬆，女孩趁機推開他轉身離去，男孩正要追上去，她猛地回頭，淚眼汪汪的模樣，眞是我見猶憐。

「鄭楚曜，我討厭你！我不想再見到你！」她揮揮小拳頭跟他劃清界線，「你別追過來！去陪你那有錢的未婚妻吧。」

鄭楚曜腳步一滯，似乎被這句話打擊到了！呆呆站了半晌，回頭恨恨瞪我一眼，隨即又緊追于姎姎而去。

數不清是第幾次，未婚妻又被丟包了。

太可惡了！我牙齒咬得喀喀響。

林星辰是肉包嗎？好捏好揉又好掐，隨時隨地被丟包。

「林星辰。」

一道清朗的聲音在我耳畔響起，滿腔怒火瞬間消了大半。

「英雄救美？」江念雨換回一身的白T恤牛仔褲，雙手插在口袋，站在我面前，語氣帶著一縷戲謔，「英雄來了，美女在哪兒？」

「人都跑了。」我沒好氣地嚷：「您老爺還能再慢點……」

「妳不是說十五分鐘後，我很準時的。」他食指輕輕地敲了敲手錶，嘴角微微抿起，小酒窩越發明顯。

「怪我嘍？」唉，當然怪林星辰自己啊，小說看得不夠多，惡毒未婚妻的臺詞背得不夠熟，才會講沒幾分鐘就辭窮。

「所以沒我的事了？」

「沒了。」我悶聲說。

天黑了，無數霓虹燈將我和鄭楚曜的巨幅廣告看板映得如夢似幻，畫面裡定格了一則美好童話，王子輕蹙著眉，神情莊重而認真，單膝半跪在地上，以一種求婚的標準姿勢，托起公主的腳套進美麗的鞋子。

任誰一看都會相信王子公主從此之後會過著幸福的日子。在全台北市最精華的地段刊上這幅商業童話，有誰知道背後是用多少金錢堆砌出來的假象？

不管如何，林星辰也算一償宿願了吧？終於讓鄭楚曜那暴躁鬼替我穿上鞋子。站在巨幅廣告看板底下，突然覺得一切都很諷刺。

江念雨沒有離開，靜靜站在我身邊。

「你怎麼不走？」

「我等公車。」

「喔。」我看著車輛來來去去，車燈將馬路點綴得流光溢彩，「我不等公車，司機會來接我。」

「我知道。」他瞥了我一眼，笑了笑，「妳是千金大小姐。」

我怔怔想著：其實，我不是。

我可以不是。

努力斷了這思緒，我指指頭頂上的巨幅廣告看板：「拍的不錯吧？聽說這則廣告引起很大的回響，大家都說照片裡的女孩看起來真幸福……」

身旁的男孩沒有接話，我就自顧自說下去：「你知道嗎？拍廣告的時候，造型師準備的樣品鞋太小了，我穿了一整天，苦著一張臉，磨得腳後跟都破皮起水泡了，當攝影師說要收工時，我開心極了，這張被選中上廣告的，就是最後拍的，攝影師說很笑得自然……」

「很諷刺吧？大家以爲是幸福的笑靨，其實我只覺得終於可以解脫了！」

我微微牽起嘴角，像那張海報裡的自己那樣假裝幸福地微笑，側頭望著江念雨：「你看，這樣笑，是不是很騙人？」

「嗯，而且很做作。」江念雨不會安慰人。

我正想回嘴，他視線往下移，盯著我的腳半晌，突然半跪在我面前拉起我的一隻腳，我被迫撐著他肩頭穩住身子，他迅速脫下我的高跟鞋，動作俐落的讓人來不及發生任何遐想，我兩腳後跟磨破皮的地方就貼上了OK繃。

我想跟他說謝謝，但是話溜出口變成挖苦他的一句：「江念雨，你眞當自己是黑騎士啊？英雄救美救上癮了吧？這些OK繃你留給于姎姎就好。」

話一說出口我就後悔了，江念雨隔著OK繃用力戳了戳我的水泡，我哇地大叫起來，五官皺成一團，差點沒哭出來。

他站起身，毫無同情心地說：「知道痛，以後看妳還敢不敢穿不合腳的鞋子？」

我氣得抄起流蘇小鍊包砸他，他剛要抓住我的手腕，不知怎麼，他的手竟硬生生停在半空中，身體被我砸個正著，只見他紋風不動，而我收不住勢，踩著高跟鞋向前一撲，一頭撞進他硬挺的胸膛裡。

嗚嗚嗚……我的鼻子……

「知道什麼叫英雄救美了吧？」耳裡傳來江念雨沒良心的訕笑：「不擋著妳，妳的鼻子就留著親吻大地吧！」

唉，與此人交手，我除了輸，還有更輸。

我揉著鼻子，痛得眼淚鼻涕直流，一點形象也沒有。

他嫌棄地看了我一眼，猶豫了一下，從包包裡掏出一袋凱蒂貓廣告面紙，不等他給我，我直接搶過他的面紙擤鼻涕。

「剩下的都給我。」

「我還要發的……」

「多少錢？我向你買。」

「這是非賣品。」

叭一聲，一輛豪華轎車停在我們面前，司機老吳下車開了車門，我搶過江念雨手中那袋凱蒂貓面紙便衝上車，隔著車窗朝他扮了個鬼臉。

我看著江念雨露出莫可奈何的笑，轉頭吆喝一聲：「老吳，快開車！」

晚上睡覺的時候，我拿出那袋凱蒂貓面紙，突然想到什麼似地從衣櫃拿出Marc Jacobs連帽薄外套，翻了翻外套口袋，果然發現一包快用完的凱蒂貓面紙，曾經被池水浸溼，後來又乾涸，現在已經發皺變硬了。

那天在W飯店救我的人……是江念雨？

原來，我們的緣分早在相遇之前就已經開始了。

放學時分，校園裡的學生都散得差不多了，我剛步下階梯，就發現噴泉旁停了一部招搖的銀色跑車。

鄭楚曜居然還沒走？是在等我嗎？

我很快發現不是。

做完打掃工作的于姎姎繞著圓型噴泉的另一邊走過，很明顯是爲了避開鄭楚曜，銀色跑車迅速開到拐角處，在于姎姎面前停了下來。

鄭楚曜下了車，兩人不知道在爭執什麼。

好奇心驅使下，我緩緩向前挪動腳步，胳膊被人猛地拉住，還來不及驚叫出聲，脣已被人用手掌蓋住，下一秒便被拖回柱子後。

江念雨用氣音噓了一聲，示意我安靜，我點點頭，他才放下摀住我嘴巴的手，但仍不放心地箝制住我的雙臂，並沒有放開我的意思。

我才剛張開口，他動作更快地把脣貼在我耳殼，近乎無聲地威脅：「安靜，不然我只剩嘴巴能堵住妳了。」我訕訕閉上嘴巴。

我凝了凝心神，側耳傾聽前方兩人的談話，大概就是鄭楚曜在質問于姎姎爲什麼這陣子老是避開他，于姎姎如泣如訴，說灰姑娘的童話現實生活中是不可行的，拜某惡毒未婚妻所賜，讓她正視了自己的處境。

總結一下大意，就是把「林星辰」的惡行惡狀當著她未婚夫的面數落一番。汙衊，這是明明白白的汙衊啊！除了某天早上拿蘋果砸她（我發誓我不是故意的，我當時正倚在窗檯吃蘋果，手一滑，就……），其他都不是我幹的！

反正我是惡毒女，壞事通通推給我就對啦！

「楚曜，你放開我吧，我好累，真的好累……嗚……」

裝什麼可憐，聽不下去了，我卯足力氣，準備用正宮太太聲討小三的架勢，衝出去甩她幾巴掌，于姎姎嗚咽的聲音突然停止——

用腳趾頭都能想到，鄭楚曜正對她做什麼事，我氣瘋了，奮力掙扎了幾下，想掙脫江念雨的懷抱，他見狀不妙，索性一手抓住我的手腕，一手緊緊環住我的腰貼緊他的胸膛，腿擠進我的雙腿之間防止我因掙扎而亂踢。

江念雨的身體呈現一種壓迫的姿勢，把我抵在在牆壁上。

好……好近，腦袋開始混沌起來，全身細胞彷彿隨著狂亂的心跳而顫動。

「放……唔……」眼前一暗，還沒反應過來，江念雨的臉突然欺近我，溼潤的唇瓣堪堪停在我的脣上方，只餘幾毫米的距離。

「安靜，不然我只剩嘴巴能堵住妳了。」

腦中閃過他剛才說的話。

難以置信！我驚愕地瞪大著雙眸，爲了保護于姎姎，江念雨居然想落實他的威脅！

更可恥的是，我還孬得放棄了掙扎，緊緊闔上眼……

時間尷尬地靜止了好幾秒。

心底忽然升起一份期待。

期待什麼？

不知道過了多久，不知道鄭楚曜和于姎姎何時離開，只感覺到覆在臉上的熱度慢慢散去。

「林星辰……」

「嗯？」我不敢睜開眼。

「林星辰。」

我舔舔被他的呼吸弄得太過乾燥的雙唇，眼睛仍閉著：「人走了嗎？」

「走了。」

「喔……」我的聲音有說不出的失望。

極度接近，但他最終沒吻我。

我是在期待江念雨的吻嗎？

這個念頭鑽進腦海，我猛然打了個寒顫。

我深深喘口氣，慢慢掀開眼皮，迎上他帶著戲謔笑意的目光。

江念雨一鬆開我，我就羞憤交加地抬起腳踢他，卻被他敏捷躲過。

「對不起，我警告過妳了。」他落落大方地跟我道歉，「看妳一副挺想被吻的模樣……」

大爺，你能不落井下石嗎？

風一吹，枯黃的楓葉滿校園飛舞，秋天到了。

一片葉子被秋風捲著在空中飄旋，風止，葉子落在地上，風起時，葉子又再度逐風而行，憑風擺弄，彷彿沒有自己的意見。

「那些陷害于姎姎的事，都不是我做的！」

「嗯，我知道。」

我抓下一片飄零風中的枯葉，無意識舉到鼻尖，發現枯黃的葉子是沒氣味的，暗罵自己一聲笨蛋，乾燥的葉尖掃過鼻頭，癢癢的，我打了一個噴嚏，江念雨以爲我冷了，脫下外套披在我身上，動作自然的彷彿做了幾百次。

爲何要對我那麼體貼啊？害我嚥回「但是對不起，那天早上的蘋果是我丟的……」這句話。

「能問你一個問題嗎？」

「嗯。」

「你喜歡于姎姎嗎？」

「那妳喜歡鄭楚曜嗎？」江念雨不答反問。

我才沒有喜歡他呢？我在內心反駁，但嘴上不能這麼說，只能咬著唇回：「剛才爲什麼要阻止我衝出去？」

「妳剛才太激動了，我怕妳會打人。」

「被于姎姎誣陷那些沒做的事，我當然生氣啊！」

江念雨停下腳步，盯著我看了將近五秒鐘，才開口：「所以，妳不是因爲看到鄭楚曜強吻于姎姎而生氣？」

應該要生氣嗎？我才後知後覺想到。

「對喔，也有因爲這樣生氣。倒是你，你爲什麼又不出面阻止？」

「我想姎姎跟鄭楚曜需要好好談談，確定一下彼此心意。」江念雨脣角勾起完美的弧度。

「你讓一個男人當著未婚妻的面跟小三確定心意？」我不可置信，提起腳來，狠狠地踢了他一腿。

他又敏捷地閃開，哈哈一笑：「凡事都有先來後到，妳確定那小三說的不是妳自己？」

江念雨此言一出，正中我要害。

我一心只想逼退于姎姎，剷除情敵，卻忘記自己才是那個後到的人。

也忘了問自己，眞正喜歡的人是誰？

正當我糾結萬分的時候，他用手肘拐拐我：「要不要我載妳回家？」原來已經快走到校門口了。

我搖搖頭，手指指向一輛豪華轎車，身穿白色筆挺制服的司機見我走來，恭恭敬敬開了車門。

「要不要我載你回家？」我也用手肘拐拐他。

他搖搖頭，手指指向校門旁的鐵欄杆下，重型機車停在那兒。

我向他道了再見，正要坐上車，終於發現一個奇怪的地方，又下了車，攔住江念雨：「等等，不對啊，為什麼你心情看起來很好的樣子？」

「為什麼我要心情不好？」

「你喜歡的女孩被強吻了，你怎麼還可以這麼冷靜？不衝出去爆打鄭楚曜一頓？」要知道男一男二為了女孩打架，可是讓收視率飆高的經典戲碼啊。

「我什麼時候說我喜歡于姎姎了？」

「啊？」我怔怔看著他，江念雨是沒說過，但「黑騎士」這角色他不是演得很歡？

「而且，我是君子。」他幾分認真幾分戲謔地笑，「動口不動手。」

「我看你是怕打不過鄭楚曜吧。」我鄙夷他。

我與鄭處曜之間若是沒有于姎姎插足，應該會順應父母之命、媒妁之言，成爲「門當戶對」、「各取所需」的豪門夫妻，但因爲于姎姎，我們之間的婚約關係產生了變數。

一切如兩家長輩所願，拍了形象廣告，再加那天的生日煙火秀，經過媒體的大肆渲染，我跟鄭楚曜王子公主幸福美滿的童話形象深植人心，于姎姎備受打擊，鄭楚曜也越來越討厭我。

鄭父鄭母知道他跟于姎姎的事後，大爲震怒，放話要讓于姎姎一家沒有立足之地，爲了保護于姎姎，鄭楚曜才勉強與我約約會，裝裝樣子，表示已經對于姎姎毫無留戀了。

不知不覺間，我也承受著巨大壓力，爲了逃避各種煩人的商務宴會、應酬，我勤快跑醫院當志工，千金大小姐當志工這種有益企業形象的事，長輩們自然不好阻止我，還找了新聞媒體大大報導一番，直把我寫得媲美聯合國親善大使。

其實，我只是不想跟那討厭鬼鄭楚曜約會啊！

說到到醫院當志工，星星姊姊的好伙伴就是凱蒂貓少年——小雨哥哥。

唉，江念雨，他也是我煩躁的原因。

如果沒有跟鄭家的婚約，我喜歡的是鄭楚曜，還是江念雨？

一路走來，我弄不清江念雨到底是什麼時候闖進我心裡面，直到我醒悟過來，才意識到自己總是貪戀他給的溫柔，好像再也離不開了。

我為這個想法嚇一跳，心裡隨即出現一個聲音提醒自己：江念雨對我呢？也是同樣的感覺嗎？會不會只是我自作多情？

我拚命說服我自己。

說不定我在意江念雨，也只是想利用他，若他能跟于姎姎交往，鄭楚曜或許就會拋掉于姎姎跟我在一起了。

看著布告欄裡的海報，我默默嘆了一口氣，要不是隔了一層玻璃，我幾乎有伸手去撕掉這張海報的衝動。

不知過了多久，我的視線一動，發現玻璃櫥窗的反光映襯出一個男孩的身影。

鄭楚曜正站在我身後。

我僵立著，一動也不動，連呼吸也停滯了，隔著玻璃，我察覺他的神情看起來有些奇怪……

憂傷，為什麼會是憂傷？

從我認識鄭楚曜的時候算起，他一直是一個很強勢、很霸氣的男孩，我從未見他露出過這樣的表情，一定是自己眼花了。

雖然眼神很憂傷，但是他剛才看著自己的樣子，分明有些冷颼颼，教我莫名起雞皮疙瘩。

我眨了眨眼睛，再度看去，鄭楚曜已經一言不發地離去。

「林星辰同學，請到校長室一趟。」

放學鐘聲一響，孟熙叔叔的祕書就出現在教室外。

一條長廊通往校長室，見到江念雨正佇立在廊下柱子旁，我有些微怔。

不知道他站了多久，只見他正凝望著長廊外的楓樹，黑框眼鏡後的長睫毛微垂，眼神深邃得教人看不透，聽見腳步聲，他側過臉看了我一眼，頰邊的小酒渦深了深。

這樣的表情太過淡漠，我甚至猜測不出那是不是微笑，他就迎面走來，與我擦身而過。

一聲招呼哽在喉嚨，那些寒暄與聊天的起頭彷彿都派不上用場，我只能默默從他身邊經過，心底浮現出一個疑惑：他來找孟熙叔叔？

推開校長室的厚重大門，進到玄關的那一刻起，就被雄偉的氣勢震懾住，挑高玄關、牆壁掛著幾幅巨大油畫、具有歷史感的仿古鐘、精雕細琢的棕色實木書桌、實木書櫃裡擺滿厚殼書，彩色琉璃檯燈及天花板上結構複雜的水晶吊燈，盡情地將光線灑落，整個空間充滿沉穩雍容的氣氛。

祕書送來茶水後，抱歉的說，校長與理事們的會議有點耽擱了，請我稍等一下。

書桌後面的裝飾櫃上立滿一排金屬小相框，全部都是孟熙叔叔在各種場合跟學生的合照，有畢業典禮、體育活動、頒獎授獎、與外籍同學餐會……看著這些照片，總算才讓我有種「孟熙叔叔是聖萊昂校長」的眞實感。

校長室的大門陡然被推開，我伸出的手一縮，不小心碰倒了一個相框，骨牌效應般，隨著劈里啪啦聲響，一長排相框壯烈倒下。

一位氣質優雅的男人站在門口處，不可思議地望著被我魔爪摧殘後的景象。

我呵呵傻笑幾聲，手忙腳亂地把倒下的相框重新立起。

孟熙叔叔沒有多說什麼，走過來幫我，有他的幫忙，相框很快重新歸位。

祕書送來一套茶具，他在沙發上落座，問：「喝茶嗎？」不等我回答，便開始泡茶，燙壺、置茶、溫杯、高沖、聞香……姿態優雅從容，像已經在此地重複過這個動作數百遍。

有點莫名拘謹，大概是從來沒跟孟熙叔叔單獨見面，我攏了攏瀏海，後背挺直，又覺得太過不自然，只好輕輕靠在沙發的天鵝絨抱枕上，找到一個舒服的姿勢，這一套動作做完，抬起頭來見到他一臉似笑非笑地凝視我。

我立刻撇過頭躲開他的視線，在他面前，我好像又變成當年在他婚禮撒潑胡鬧的小女孩。

「學校生活還習慣嗎？」他問。

「嗯，還可以。」我聳聳肩，一口氣喝完了茶，對方問是否還要再來一杯，我盯著冒著騰騰熱氣的紫砂茶壺，搖搖頭。

沒有繼續勉強我，他托著茶杯踱到窗前，望向窗外，怡然自得地飲著熱茶。

孟熙叔叔的視線並沒有從窗外離開，卻察覺到我審視他的目光，於是他開口了：「妳想問什麼就問吧。」

「我一直很好奇，你跟你妻子是因爲愛情而結婚？還是因爲家族利益？」

對於我的魯莽，他沒有生氣，只淡淡吐出一句：「這很重要嗎？」

我一時語塞。

對啊，這很重要嗎？

「這樣……你們幸福嗎？」我吶吶地問。

他沉默了，看向窗外，窗外有棵楓樹長得高大，陽光從掌形樹葉的縫隙中灑下來，反射在透明的玻璃窗上，投下一塊塊金色的光斑。

「聖萊昂的楓樹都是我爺爺一棵一棵親手種下的，到了秋天，滿樹綠葉會變成紅色，迎風飛舞，很美。」他沒有直接回答我的問題，卻道出了他結婚的原因——「或許我有想守護的東西，這樣就夠了……」

想守護的東西……

我忍不住衝口而出：「你想守護的是什麼？」問完才驚覺他一定不會回答我這個問題。

沉默了幾分鐘，他輕輕吐出兩個字：「這裡。」

我一愣，抬頭看到他依舊平靜地微笑。

「當年，聖萊昂中學陷入股權危機，身爲創辦人的孫兒，只要哪個家族願意出讓聖萊昂股權，我就跟哪家孫女結婚。」他的聲音沉了下來，「而那個人剛好是我妻子。」

我怔怔地看著他。

「星辰，我們是同一類人。」

不，我跟你不一樣。

我想反駁他，卻發現話哽在喉嚨說不出口。

我跟孟熙叔叔是一樣的，他爲了守護聖萊昂，而我爲了守護Dolly集團，父親去世之後，如果不是鄭家的投資，Dolly集團只怕已經成爲一個空殼了。

鄭楚曜大概也知道這點，所以他總能對我擺高姿態。

我必須承認，我現在很害怕，害怕我跟鄭楚曜會重蹈覆轍，明明知道他喜歡于姎姎，卻不得不與我結婚。

「鄭楚曜說他不會愛上我，也曾說我不懂愛上一個人的感覺。」我想著，覺得有些苦澀，「我也是個普普通通的女孩，只想談場單純毫無雜質的戀愛，這樣很難嗎？」

「很難。」孟熙叔叔語氣如此淡漠，透出無止盡的虛無，「人生不可能盡如人意，妳身在豪門，應該知道身不由己的悲哀。」

身不由己。

林家那些大股東們等著把檯面上唯一的女繼承人，也就是我送進鄭家，就可以關閉在北台灣的廠房，將所有生產線遷移至人力成本較低廉的東南亞，而原本廠房所在的土地則轉賣給鄭家開發成百貨商場、度假中心、商辦大樓……這麼龐大的、牽一髮動全身的商業利益，兩家長輩必定處心積慮，積極推進。

若我不跟鄭楚曜，大媽也會為我找下一位「鄭楚曜」，換言之，若鄭楚曜不跟我，鄭家也會為他找下一位「林星辰」。

如果逃脫的話，我們將會付出什麼代價？

我不知道。

「像我們這樣的人，注定就不能擁有愛情？」

「命運最殘忍的不是讓妳永遠無法擁有愛情，而是在於它不懷好意地將愛情送到妳眼前，讓妳身陷泥淖無法自拔，讓妳為他拋棄所有，引誘妳不顧一切朝他狂奔，再告訴妳一切都只是美麗的幻覺……」孟熙叔叔笑了笑，笑裡有種淒涼的味道，「與其一場過眼雲煙，從來不曾擁有過不是更好？」

「為什麼跟我說這些？」

「妳可以當成勸告。」

「勸告？不對……」我思考了一會兒，最後抬起頭直視孟熙叔叔的眼睛，「不對，這不是勸告，你分明在告訴我，真正愛上一個人之後，會心甘情願地為他犧牲一切。」

他一愣。

我不知道為什麼自己這樣的肆無忌憚，也許真的是被刺激到了，所以無所顧忌。

「孟熙叔叔，你沒有對我誠實，」我直視他的眼睛，「你想守護的根本就不是聖萊昂！你眞心想守護的那個人，讓你心甘情願爲了她娶了另一個不愛的女人，就算一輩子無法擁有愛情也沒關係……」

「妳眞聰明。」他神色複雜地望著我，笑容似乎別有含意，「那妳呢？爲了想守護的那個人，妳願意拋棄掉什麼？」

爲了那個人，我願意拋棄掉什麼？

孟熙叔叔似乎猜到什麼……我神經猛然一繃，眼裡湧起一陣酸澀。

時間在反覆煎熬中溜走，學測來臨。

絕大多數聖萊昂學生並不擔心升學問題，不是因爲實力好，而是富家子女們高中畢業後都會選擇「出國深造」，只要肯砸錢，頂著外國學歷的光環聽來更唬人，至於送出國後，深造的是哪部分，就不是平民百姓所能探究的範圍。

鄭楚曜、柏啓梵、揚灕國外大學早就已經申請好，只等著拿到高中畢業證書。

于姎姎不知道是不是受了失敗戀情的影響，考得不是很理想，分數落點在私立大學，這對家境不好的她，無疑是雪上加霜。

江念雨學測考得很好，滿級分的好成績，最高學府手到擒來。

而我的學測成績，當然——

「前無古人，後無來者。」江念雨比我還感嘆，「聖萊昂有史以來最爛。」

「就說我只是去陪考啊。」我搶回成績單，不以爲意地勸他：「看開點。」

「到底誰要看開點？」他撫撫額，建議：「妳要不要衝七月指考？」

我搖搖頭：「到時我就出國啦。」

閉上眼就能預想到自己的未來：一畢業就和日曜集團繼承人訂婚，然後被送出國，念什麼科系不重要、有沒有興趣也不重要，反正等某個適合的時刻來臨，我就會洗洗乾淨，披上嫁紗，不管願不願意也只能說「Yes，I do」，結婚幾年後，丈夫忙事業，我當貴婦，再幾年之後，丈夫有小三，我當妒婦，再幾年之後，丈夫有小三小四小五，我變成棄婦……突然一陣惡寒。

「妳就這樣混吃等死一輩子？」江念雨鄙夷地看我一眼。

「這樣哪裡不好？」我痞痞一笑，「我本來就是一個敗家女啊。」

「……」感覺得出江念雨在努力克制情緒。

「別說我了。你想念哪間大學？什麼科系？雖然你穩上醫學院，但我覺得興趣比較重要啦，這年頭醫生又累又辛苦，醫療糾紛又多……」比起自己，我更好奇他的未來，興致勃勃地翻著各大學的簡介，「電機系……唔，不好，聽說念出來都變宅男。土木系，又土又木，難聽死了。咦？你看建築系怎樣？你蓋的房子本小姐一定全買下來，哈哈！」

「不關妳的事。」拋下這句話，江念雨轉身離開，只留給我一個冷淡背影。

江念雨是在生氣嗎？

呆呆望著他遠去的背影，深深埋在心裡的某種情感彷彿正在一點一點崩落。

三月了，已經是春天了，聖萊昂的冬天卻彷彿沒有盡頭。

策馬奔馳在馬場上，冷風正一點點滲入皮膚血管，漸漸麻木的疼痛。

「林星辰。」

我扭過頭，是于姎姎，她緩緩走過來，我居高臨下望著她。

她雙眉緊蹙，臉色蒼白嚇人，下巴似乎更尖細了，穿著單薄的外套，冷風中瘦弱的身子似乎在窣窣發抖。

那一剎那，我幾乎想同情她。

「聽說楚曜要跟妳訂婚了，」她語氣有點不自然，嘴角揚起一抹勉強的笑，「恭喜。」

「如果妳只是想對我說這些廢話，大可不必。」見她憔悴的神色，儘管心軟，我嘴上還是刻薄地說：「早點放手不是很好？像妳這種窮酸女根本就不是我的對手。」

「林星辰，妳有什麼爛招數儘管衝著我來，不要對付我家人！」

沒想到個性畏縮柔弱的她，也會有反擊的一天。

看來鄭家這次應該下了猛藥，務求一帖見效。

「不這樣妳怎會清醒?」我尖銳的笑著，「我早就警告過妳了，是妳自己不聽，硬要跟鄭楚曜糾纏不清。」

「妳難道不怕受到報應?」

「報應?我搶回我自己的未婚夫，需要受到什麼報應?」我冷笑：「妳父母整天忙著賣麵，沒教妳搶人老公的才會有報應嗎?」

「林星辰，妳可以污辱我，但不可以污辱我父母!」

小白花憤怒起來也是會變成一朵食人花的，只見她揚起手中的馬鞭作勢揮向我，我大驚之下側身閃躲，韁繩從我手中滑落，于姎姎的馬鞭直直擊上馬身，馬兒吃痛，揚蹄嘶吼幾聲，我抱住馬的脖子才沒摔下來。

于姎姎拔高的尖叫聲似乎讓馬兒更興奮，馬兒拔足向前狂奔，我拉不住韁繩，無法穩定住馬兒，眼睜睜讓牠背著我跑出馬場，往滑翔翼練習場方向跑去。

嗚嗚!誰來救我……

難道這就是邪惡女林星辰的報應?

我雙手死死抓住馬鬃，幾次顛簸間差點摔下馬，突然有人橫衝出來，徒手抓住韁繩，馬兒拖著他繼續跑了幾公尺才停下來。

爬下馬背，我已經嚇得渾身癱軟，耳邊聽到卻是江念雨無良的大吼：「林星辰，妳不要命了!我不是說過不准刺激馬兒嗎?」

我無措地低下頭，看見江念雨襯衫長袖下的手掌滲出點點血珠。

白痴，還敢罵我！

「你才不要命了！」抬起他的手，我眼前瞬間模糊一片，「手都流血了，還一直罵我……」

在滑翔翼練習場旁的器材室裡找到醫藥箱，江念雨仰躺在草地上，我半坐在他身邊，把整罐碘酒到在他掌心上，他痛得直抽氣，皺著眉說：「妳能輕一點嗎？」

裹上厚厚一層紗布，把他兩隻手包成豬蹄一樣，我狠狠一抓，他哇地一下大叫起來。

「痛死你，看你還敢不敢逞英雄？」嘴裡挖苦他，眼淚卻受不住地心引力的牽引，一滴一滴往下掉在白色紗布上，浸出一朵一朵灰色小花。

「我沒想那麼多……」他彆扭地伸出豬蹄手抹著我的臉頰，「妳，別哭了……」

紗布粗粗的觸感磨得我很不舒服，我微微直起身，抬高他的手壓制在他的頭兩側，他悶哼一聲，沒有掙扎，直勾勾看著我。

「受傷的人別亂動！」我霸道得很。

「妳想做什麼？」他眉梢微挑，嘴角輕輕抿著，抿出左頰一個深深的酒窩。

這隱忍神情、這魅惑眼神，配合我壓制他的動作，根本就在引人犯罪啊！

我盯著身下少年，確定我沒喝酒，可能是剛才在馬背上顛簸太久了，以致於我腦袋呈現迷迷糊糊的狀態，因此輕易就被他蠱惑住了。

「做人要認清本分。」我凝凝心神，千萬不能被這張妖孽臉勾了魂去，「跟日曜集團繼承人鄭楚曜相比，你只是個男配啊，男配只要好好守護小白花女主就夠了，你老是跟我瞎攪和在一起幹什麼呢？」

「林星辰，妳是不是小說看太多了？什麼男配？什麼小白花女主？」他有些莫名其妙。

「你是男配，小白花女主身邊痴心絕對的男配，我是女配，非男主不嫁的邪惡未婚妻。」

「那誰是男主？誰是女主？」

「鄭楚曜是男主，于姎姎是女主，我們現在演的這部戲叫『王子愛上灰姑娘』！」

「哦？」他還是一頭霧水的模樣，「原來我不是男主角……」

「雖然第二男主通常比第一男主更惹人同情，但男配終究是男配嘛，是女主角的第二選擇。」

「是嗎？」他若有所思。

話都說開了，我也就無恥一回：「但是，江念雨，你知道你總是在勾引我嗎？」

「……」他默了默。

「勾引一位有未婚夫的女性很不道德的，你知道嗎？」我對他曉以大義。

他露出似笑非笑的神情，眼睛深得一眼望不到底：「哦，我勾引妳什麼了？」

「老是像這樣，」我俯下身，他一下沒反應過來，脣微微開啓著，我作勢咬他，「一副隨時隨地想吻我但又不眞的吻我……」

「我不知道妳一直對我存有這種變態幻想。」他抿緊嘴脣，強忍住笑，「以後妳想要的話就直說吧，我很好商量的。」

我這麼認真地在跟他反應「不能誘惑女配愛上男配」這個問題，他卻當我在開玩笑！太可惡了！

再也按捺不住心中情緒，我揪著他衣領低吼：「快點說你對我沒興趣，快點說你喜歡的是于姎姎！」

江念雨只輕輕喚了我一聲：「林星辰……」

「嗯？」

對上他眼睛的一瞬間，彷彿有細微光亮從他眸底燃起，瞬間燒成最璀璨的火光，我不由自主地合上了雙眼，幾乎就在同時，感覺他握住我肩膀的手一緊，緊到我開始有點疼痛，還來不及開口，我的脣瓣就貼上一抹熾熱。

心跳聲幾乎大到令我耳鳴，意志力渙散殆盡。

那抹熾熱一直在我脣上流連不去，柔軟卻又霸道地反覆碾壓我的嘴脣，折磨得我幾乎無法呼吸，心裡有個細若蚊蚋的聲音驟然響起：不行，這樣不行。

灰姑娘的黑騎士怎麼能喜歡上王子的未婚妻呢？

我想推開他，卻使不上任何力氣。

「妳不會遲鈍的到現在還沒發現吧？」那抹炙熱終於離開我的脣，江念雨附在我耳邊，似呢喃似誘惑地低語：「我喜歡的是……」

「別說！」我渾身顫抖地打斷他的話：「別說出來，我不想知道！」

這個春天十分不平靜。

首先，日曜集團繼承人鄭楚曜與小麵店女兒于姎姎的緋聞終於瞞不住，兩人含淚擁吻的相片上了八卦版頭條，大家都在注目著未婚妻林星辰的反應。

媒體面前，我落落大方地微笑，擺出十足元配的架勢，扯著連自己都不相信的謊話：「那只是捕風捉影，我跟鄭楚曜感情很好，謝謝關心。」

沒多久，于姎姎得到聖萊昂校長頒發的獎學金，被送出國念書。

表面上是風光出國深造，實際上是鄭家給了她一大筆錢，打發她出國去，用意已經很明顯了，讓她徹底退出我們的世界，而巷口小麵店也搬得不見蹤影。

一週後，我收到一件航空包裹，我靜靜看著信封上自己的名字好幾分鐘，才小心翼翼地拆開取出裡面的東西，是我遺落在W飯店游泳池畔的施華洛世奇皇冠頭飾。

一張信紙滑出來，于姎姎寫著——

林星辰，妳說的沒錯，喜歡上鄭楚曜是我不自量力。

現在夢醒了，這首飾也該物歸原主了。

緊緊握著皇冠，水晶折射出璀璨的光芒，但那稜角卻刺痛了我的掌心，忽然覺得意興闌珊，與鄭楚曜的訂婚宴近在眼前，童話故事裡王子公主即將迎來結局，美夢成眞的那一天，對我而言，似乎已經失去任何期待與憧憬。

然後是大媽偷偷挪用大筆公司資金，自行在外投資的連鎖麵包店捲入食安問題，負責人遭到警方聲押，眼看就要供出幕後資金來源。

我輕輕嘆了一聲，含著淡淡譏嘲：「活該。」

「星辰，妳跟鄭家的婚約是勢在必行。」大媽談論的語氣仍然像在說一樁買賣，「那麼一大筆金錢缺口，若不即時補上，被林家那些大股東發現，一定聯合起來把我們趕出Dolly集團不可！」

我搖晃著酒杯，透過鮮紅色的液體，眼前的一切都被扭曲的不眞實，彷彿我身不由己的人生。

我淺淺抿了一口紅酒，只嘗到滿嘴苦澀：「我不想跟鄭楚曜訂婚！」

「妳不想？」大媽陰沉沉開口，精緻的妝容遮掩不住眼窩深深的皺紋，「是因爲那男孩？」

紅酒溢出杯緣，幾朵鮮紅開在潔白桌巾上。

「他……叫江、念、雨，是吧？」大媽輕笑一聲。

我拚命告誡自己要鎮定，指甲卻一點點掐進掌心，嘴脣咬出深深牙印：「別動他！如果妳還希望見到我跟鄭楚曜走進結婚禮堂的話。」

這天晚上，我又從別墅偷偷溜出來，一路漫無目的地遊走，清醒過來時，才發現居然無意識地走到了小時候住的菜市場。

此時已是夜深人靜，菜市場脫離白天的喧囂，高跟鞋叩著路面發出的聲響分外驚人，我彎腰脫去鞋子，雙腳獲得自由，踩在地上，陣陣沁涼透入腳心，稍稍緩解了被鞋子綑綁的疼痛。

想起我曾對媽承諾：絕對不會讓我們再像從前那樣！

聞著混合各種頹敗氣息的餘味，全都是慘痛的過往，都已經過去了……

我穿上高跟鞋，就算鞋子再不合腳，我現在要做的，就是一步一步往前走，走該走的路。

一道刺眼的重型機車燈光射入眼簾，我呆滯地望向那燈光，即使眼前光亮如白晝，內心卻依然感覺灰暗，好像心裡某處被關閉起來。

「林星辰！」來人下了車，逆光下我看不清他臉上的表情，聲音卻十分熟悉。

「是你呀！你怎麼在這裡？菜市場裡也有Party嗎？」

江念雨擰起眉：「妳喝醉了，不要胡言亂語。」

「我才沒喝醉。」我走近他，將尖細的鞋跟踩在他的運動鞋上，下巴一抬，「喂，江念雨，我跟鄭楚曜的訂婚宴你會來吧？」

「妳明明知道鄭楚曜喜歡的是于姎姎。」江念雨的眼神平靜而淡漠，問：「這樣，妳眞的覺得幸福嗎？」

我拉開一個燦爛的笑靨：「當然幸福，就算鄭楚曜曾經喜歡于姎姎又如何？于姎姎最後還不是走了！經不起考驗的感情根本不能稱之爲愛情。而我跟鄭楚曜雖然是商業聯姻，剛開始沒有感情基礎，但經過一段時日的相處，我們發現彼此眞心相愛，經得起考驗，拆也拆不散……」

「你說，這樣算不算顚覆那些狗血肥皀劇的設定？通常王子最後會跟灰姑娘在一起，沒想到這次讓我這個惡毒未婚妻逆襲成功了……」

我呵呵笑了幾聲，卻越說越心虛，聲音不自覺低了下去，因爲江念雨唇角的笑容怎麼看都像譏誚，甚至帶點隱隱的薄怒。

「妳講了這麼多，是講給我聽的呢，還是在說服妳自己？」

我不服氣瞪著他：「這是事實，我爲什麼要說服自己？」

「妳已經通過我這個考驗了嗎？」

「什麼考驗？我不懂。」

「如果妳眞心愛鄭楚曜，那天爲什麼不敢聽完我的話？」

「我喜歡的是……」

「別說出來，我不想知道！」

我愣了一下，想起那天江念雨似呢喃、似誘惑的低語，眼神游離片刻，才低聲說：

「好，你說，我聽。」

「林星辰，我喜歡妳。」

他的聲音很輕，卻重重落在我心口，敲的我渾身一顫。

他靜靜看著我，一直看著我，直到我不得不迎上他的目光。

明明是江念雨在對我告白，爲什麼他如此平靜，而我卻這麼難受？

此時此刻，我要說什麼？

我該說什麼才適合？

冷靜，冷靜，拒絕告白這種事，林星辰駕輕就熟。

「謝謝，但是我不能喜歡你。」我終於想出一句萬年臺詞，「江念雨，你一定會找到一個比我更好更適合的女生……」

「我想也是。」他毫無眷戀地說，「妳的確一點也不適合我。」

我挺了挺背脊，逼自己也裝出毫不在意的模樣：「我們還是朋友吧？」

「好！」他很快說，幾乎沒有猶豫。

我心裡淌淚，這混蛋怎麼回得這麼爽快，好像他剛剛說「我喜歡妳」只是一個玩笑：喂，我喜歡妳，妳不喜歡我？算了沒關係，妳別在意，反正我只是隨便說說。

「我載妳回去吧。」他伸手拉住我。

我輕輕顫抖：「我自己會走！」邁開步伐，高跟鞋很不配合地拐了一下。

「沒事。」在他越來越冷的視線下，我又硬撐了好半晌，才不情不願地咕噥一句，「腳扭到了……」

不再跟我廢話，江念雨果斷地將我打橫抱起。

「啊——」我嚇得尖叫出聲，「快放我下來！」

「別亂動，又摔到鼻子我可不管！」

威脅立刻奏效，我恨恨地將手圈上他的頸項，江念雨想讓我坐在重型機車後座上，但我穿著緊身禮服穩不住重心，老是滑下後座。

不知道他是在抱怨還是在嘆息，他說：「妳眞的是……生來折磨我的。」

到家後，江念雨伸手來抱我，我說自己能走，腳剛落地就軟綿綿的使不上力，差點跪倒在地上。

江念雨又嘆口氣，重新打橫抱起我，兩人一轉身，就看見鄭楚曜佇立在我家大門口當門神。

鄭楚曜見我躺在江念雨的懷裡，眼中閃過幾分訝異，輕皺了一下眉頭，若有所思凝睇了江念雨幾秒。

「她交給我就好了，」他淡漠地說，語氣帶著顯而易見的諷刺，「謝謝小雨學長送我未婚妻回來。」

「你不用替她道謝。」江念雨抱我的手緊了緊。

一進家門，室內的光亮讓我瞇了瞇眼，好一會兒才適應光線，睜開眼，看見一屋子的人，大媽和鄭楚曜的父母正笑臉吟吟地看著我們，那表情活像在看新郎抱新娘入洞房一樣。

我很快意識到長輩們聚集我家的目的，也很快發現鄭楚曜對我的溫柔不過是在演戲，趁他跟長輩們打招呼的時候，趁機擰了他腰側一把，他抱著我的雙臂往下滑了一點，我嚇得攀緊他的肩膀，一抬頭就看見他挑釁的笑。

眞的很幼稚。

鄭楚曜把我抱進房間，放倒在床上後，似乎鬆了一口氣。

「我今天才知道，原來鄭楚曜也挺會演戲的……」我略帶一絲嘲諷。

他突然俯下身子，在我的額頭處落下一個吻。

「既然要演戲，就要演全套吧？」他把我說過的話，拿來回敬我。

我驀然睜大眼睛。

脣邊溢出一絲苦笑，鄭楚曜深深望了我一眼，說：「妳一定不知道，我一直是很敬業的演員。」

「懦夫！鄭楚曜，你這個懦夫！」我恨恨盯著他的眼睛，低聲嘶吼：「你不敢違抗你的家族，還拉我陪葬！」

「妳不也是？」他問。

「星辰，這週末是我生日，我包下Genesis夜店開生日趴，妳一定要來唷！」雷嘉娜巧笑嫣然，「來玩嘛，我介紹一票帥哥猛男給妳認識認識。」說完還嫵媚地眨了眨眼。

若是平時，我一定不會去的，但此時的我急需宣洩某種快潰堤的情緒，便點頭答應了。

我又到美容沙龍弄造型，阿凱老師替我弄了弄頭髮：「星辰小姐最近好少來，勾引男人還順利嗎？」

我沒回答，只是微笑。

性感銀色亮片抹胸短裙，燈光下炫麗奪目，迷濛煙燻大眼，雙層假睫毛，配上正紅色唇妝，我妖嬈的像個狐狸精，踩上八吋紅色尖頭細跟高跟鞋，前往Genesis。

「大名鼎鼎的星辰公主居然出席雷嘉娜的生日趴，我們眞是與有榮焉啊。」

「星辰，一個人喝酒多寂寞，我們來陪妳……」

一杯接著一杯，仰頭將杯裡的酒呑下，也許醉了，我就不用再強顏歡笑，也不會以爲自己快要窒息而亡了吧。

「走了，生日快樂。」我把名牌包送給雷嘉娜，起身離開。

剛踏出Genesis沒幾步，還沒見到司機老吳開車來載我，就聽見後方傳來一陣騷動：

「警察臨檢！通通不准離開，據報這裡有人販毒。」

我下意識停住腳步，正要回頭，一個留著八字鬍的陰沉男人拽住我的胳臂。

「嘿嘿嘿，瞎貓碰到死耗子……」男人操著特殊口音，很耳熟，但我一時之間想不起來他是誰。

我腳尖一舉一頂，尖細的高跟鞋往他胯下招呼，他痛得嗷嗷慘叫，我轉身就跑，邊跑邊大聲呼救，但歹徒動作更快，轉眼便抓住了我的頭髮，將我往後一扯，我摔倒在地，手臂磨擦過粗礪的水泥路，傳來熱辣辣的疼痛。

我勉強撐起身體，掏出手機撥了快速鍵，沒有細想撥給誰，電話接通了就大叫：「江念雨！救命！我在Genesis旁小巷……」

「啪！」男人一巴掌甩在我的臉上，連帶手機也被打飛，一塊帶著濃厚氣味的手怕迅速蓋住我的口鼻，我奮力掙扎，盡力讓自己保持清醒不那麼快暈過去。

腦袋漸漸發昏，力氣一點一滴流失，我拚命想掙開歹徒的手，卻怎麼也掙不開，任由他將我往暗巷裡面拖。

暗巷……

是那販毒集團的歹徒之一！

江念雨，快來救我……

淚眼朦朧之際，我只記得自己用盡全身細胞呼喚他——江念雨！快來救我！

一抹修長的人影劃開混沌衝向歹徒，兩人扭打成一團，隱隱約約見那歹徒手中閃現出刀光……

「小心！」我撲向前，欲抱住江念雨，他卻用力推開我。

江念雨抬起手臂擋開了歹徒的刀，扭過頭對我說：「快走。」

「不要！」我大吼一聲。

又讓我走！我偏不走！林星辰這輩子賴定你了！

趁兩人纏鬥無暇顧及我，我脫下高跟鞋砸向那歹徒，高跟鞋尖利的細鞋跟此刻成爲最好的武器，兩三下就在歹徒身上挖出幾道血窟窿，歹徒沒料到我一區區弱女子，抓狂起來特別剽悍，又被江念雨糾纏住，當警察趕到時，他已經躺在地上奄奄一息。

歹徒被抓走，危機一解除，江念雨卻突然倒向我，壓在我身上輕喘，似乎忍受著巨大痛苦。

「江念雨，你還好吧？」我嚇了一跳，推了推他，他輕嚀幾聲，想要起身，卻力不從心。

眼淚一顆顆從眼裡滾落，他冰涼的手來回摩娑我的臉頰，輕輕地吻去我的眼淚，慢慢地，輕柔地吻，順著眼角、鼻梁一路往下，就在要吻上脣的時候，他偏過頭去。

勾起一抹蒼白的笑容，他伏在我肩上，呼吸急促微弱。

「對不起，我差點忘記妳要訂婚了……」

我抬頭看著眼前這個男孩，淡淡月光下，他偏過去的臉一半在亮光裡，一半隱在陰影中，眼睛緩緩闔上，神情十分安詳，彷彿睡著了，什麼也吵不醒他。

我輕輕頂了頂身上的江念雨，他一點反應都不給我，我感覺自己的腹部一陣溼黏，往下一摸……血，滿手的血，不是我的，是江念雨的！

「江念雨……江念雨？你別嚇我……」

我伸手用力抱緊他，吻吻他失去血色的脣，最後放聲大哭。

幾個禮拜後，鄭林兩家聯合舉辦了一場盛大宴會。

地點一樣在W飯店頂樓。

楊濰說錯了，日曜集團繼承人的財力，區區一萬枝玫瑰不夠看，九萬九千九百九十九枝玫瑰花填滿露天泳池，像一座巨大的玫瑰花海。

大媽拉著盛裝打扮的我，高調地步入會場，茱莉亞大嬸說她生平沒見過這麼大的陣仗，吵著要來。

我心情愉快地答應了。

說來，茱莉亞大嬸也算可憐，雖然是我親媽，在外人面前卻無法跟我以母女相稱，早在我進入林家，成爲爸跟大媽的女兒那年，她就被逼著拋棄身爲母親的資格。

夏夜涼風絲絲襲來，音樂輕輕流洩，九萬九千九百九十九枝大馬士革玫瑰花香充滿空氣中，馥郁芬芳。

身著黑色燕尾制服的男女侍者穿梭在衣著華麗的賓客之間，鏡面吧檯上，擺滿米其林星級主廚精心烹調的各式餐點，琳瑯滿目，色香味俱全。

一切都跟去年沒有什麼不同。

不同的是這場宴會的主題。

迎著此起彼落的鎂光燈，鄭楚曜挽著我的手款款走出。

身著一襲Mag & Logan晚禮服，白色半透明薄紗材質，綴上典雅的手工蕾絲，我知道自己美得讓人屏息。

日曜集團老董事長拄著拐杖出現在舞臺上，他拿起麥克風，先說了一些制式場面話當鋪墊，當男女主角登場的那一剎那，老董事長笑道：「感謝各位商界友人蒞臨，今天大家齊聚一堂，藉此機會，特意宣布鄭家長孫楚曜與Dolly集團林氏家族千金星辰小姐訂婚！」

會場裡，掌聲響徹雲霄，久久不曾停歇。

鄭楚曜手裡拿了一枝純銀打造的含苞玫瑰，花苞微微綻放處是兩枚金戒指，我把金戒指套進他的左手指頭，他牽起我的手，準備將金戒指套進我的右手指……

「等一下。」我朗聲喊，縮回了手指。

我走到老董事長面前拿起麥克風，還不忘萬種風情地將頭髮捋到一邊，微笑開口：「這個婚我不訂了。」

眾人一陣錯愕。

「林星辰，妳什麼意思？」就連鄭楚曜也備感訝異。

「原因有三個。」我笑容不減，嘴角上揚的弧度早已練習過幾百次。

「第一個原因，你不愛我。第二個原因，我不愛你。」

「第三個原因，」我蓮步輕移，走下臺牽起茱莉亞大嬸的手，「我的親生母親不是Dolly集團總裁陳明儷，而是這位女士，她跟當時已婚的Dolly集團總裁也就是我爸談戀愛，沒錯，她就是俗稱的『小三』，沒錢沒權沒家世沒學歷。」我掃視全場一圈，欣賞眾人臉上千變萬化的表情。

大媽陳明儷臉色由青轉黑再轉白，顯示內心活動十分精采。

親媽茱莉亞大嬸則是頻頻擺手，臉色又羞又窘。

「小三未婚懷孕生下我，是的，我就是俗稱的『私生女』！」我高傲地昂起下巴，頗有睥睨一切的氣勢，「我想，這三個原因應該夠充分了吧。」

鄭家那樣的豪門世家，知道我的真實身世，是斷然不會讓我進鄭家大門了。

這招厲害吧！只是付出的代價，便是一無所有！

鄭楚曜怔怔望著我，嘴角向上輕輕一勾。

老董事長顫抖著聲音：「妳，妳……」半天說不出話來，隨即咚一聲暈倒在舞臺上，訓練有素的醫護人員立刻奔向前去，將他抬上救護車。

唉呀，老先生得沒事才好，不然我就罪過了。

我走到石化的大媽身邊，拍拍她的肩，低聲說：「看在妳是我『死去老爸的老婆』分上，如果妳被趕出林家，我會收留妳的。」

「林小姐，您是否需針對退婚事件跟鄭家道歉？退婚之後，您的心情如何？生活作息有沒有受到影響？」社會版記者問。

「退婚是否會影響兩家的商業合作？Dolly股價會不會因此重創？總公司能否提出有力的解決方案？」財經版記者問。

「星辰小姐是否另有心儀的人？是學校同學嗎？怎麼認識？在哪兒認識？」娛樂版記者問。

我扭過頭去，嫣然一笑：「從今天起，我已經不是名媛林星辰了，公事方面我相信Dolly集團不久之後會發表聲明，至於私事，請容我保留隱私，謝謝大家。」

誰不是一步一步走到今天？

誰不是自以爲是地做出選擇？

到頭來又有多少人眞正獲得幸福，對自己的選擇毫無悔恨？

我只知道，有一種情感支撐著我，讓我勇敢無畏，讓我心甘情願不顧一切，奔向那人所在的地方。

那是此生此時此刻，我不想錯過的人。

他雖然不是王子，卻願意把我當公主。

症狀八　公主沒病

所有故事都有美好結局，如果沒有，表示一切尚未結束。

四年後

「因爲地溝油事件，不少小吃、路邊攤受到影響，不過這家開業不到四年，位在傳統市場的鹹酥雞攤，生意依舊搶搶滾。嗚哇！看看這排隊人潮，揪～竟店家有什麼獨門祕技？讓美食記者帶您一探究竟……」

「我們家的雞隻都是每天凌晨電宰後直送的，不怕不新鮮或有什麼食安問題，本店更不惜成本用中藥材下去醃製，絕對沒有地溝油的問題，讓您吃得安心又健康……收您五百零三元，找您十五元，謝謝，歡迎下次再來光臨。後面麻煩先領號碼牌……」臉上戴著花布口罩，眼神仍然犀利的婦人邊回答記者問題，邊找錢收錢，還不忘招呼排隊的客人，一心多用的功力記者也自嘆弗如。

一位身形豐滿的婦人撈起油鍋中的鹹酥雞，熟練地瀝油、灑上調味料，見攝影鏡頭對準她，不忘擠眉弄眼：「保證好吃！吃過都說讚啦！」

「咬下去一股淡淡的中藥味撲鼻而來，還有那juicy juicy肉汁，一不小心就會滴到衣服……」

「好吃！讓人再三回味，一試成主顧！」顧客人手一大包，豎起大拇指。

「記者實地走訪，非常推薦這間鹹酥雞攤給大家，營業時間每天下午四點到晚上十點，假日營業到晚上十二點，滿五百可外送。以上是《第壹週刊》美食記者在台北的報導……」

「借過！借過！」

伴隨著一聲刺耳的緊急剎車聲，一台腳踏車停在雞排攤前，綁著利落馬尾的女孩單腳踩地，屁股仍黏在車墊上，不雅地伸著舌頭喘氣，不停甩手扇著風：「熱死了！」

「小姐回來了。」一名頭髮花白的老人上前遞水遞毛巾，我咕嘟咕嘟喝完了水，抹了一把臉，問：「接下來還有哪邊要送？」

「接下來是中山北路一段，詳細地址是……」犀利婦人把幾袋鹹酥雞放在塑膠籃子裡，交代著：「一定要五點到。」

「沒問題！」我剛蹬上腳踏車，一輛勞斯萊斯從巷子口駛進，氣燄囂張地擋住我的出路。

傳統菜市場的老居民們這輩子沒見過頂級名車，紛紛探出腦袋好奇張望。

「喂，喂，菜市場裡不能開車！」我不耐煩地拍拍車蓋，眞想拍扁立在上面的飛天女神立體車標，「沒看見前面那個禁止車輛通行的標誌嗎？」

一位男人下了車，陽光從遮雨棚的縫隙投射下來，男人的臉被光和影分割得明朗而輪廓分明，黑色西裝襯得他身材高大挺拔，俊美得宛如從時尚雜誌走出的男神。

收工的美食記者正往雜誌社打電話，瞄了男人一眼，興奮到差點尖叫：「總編，總編，你一定不相信我看到誰……拍到加獎金？是！沒問題！」張開捕捉八卦的雷達，示意攝影師躲到一旁偷拍。

一雙黑眸定定地看了我足足一分鐘，男人淡淡一笑：「終於找到妳了，林星辰。」

「鄭楚曜，我懷疑你根本就有灰姑娘情結。」我撇撇嘴，心中哼了一聲。

「我可以幫助妳回Dolly集團，」他與我對視了幾秒，語氣不冷不淡，「我現在有能力……」

「鄭楚曜，你往最前面看。」我突兀打斷他的話，指了指，「菜市場入口處有一家現打果汁攤，水果是老闆的南部親戚自家種的，保證原汁不含色素。果汁攤過去一點是魚店，老闆的漁船每天凌晨出海自己捕魚回來賣，雖然沒有龍蝦、大閘蟹，但魚貨保證最新鮮。再過去那家肉販，老闆娘獨自撫養一個智能不足的孩子，那孩子見到你若要跟你擁抱，表示他很喜歡你。還有左邊那個賣菜的老婆婆……」我對菜市場的攤販們如數家珍。

「所以謝謝，但是不需要，」我回他真誠的微笑，「我覺得現在的生活很快樂。」

故事最終，王子或許還在痴痴尋找他心目中的灰姑娘。

但那不是我。

「星辰小姐，起床了。」德叔禮貌性地敲敲房門。
「嗯？」我拉上被子蓋住耳朵，繼續躺在床上裝死。
「您又畫了一晚上的圖了……」德叔把牛奶跟三明治放到床邊櫃上，碎碎念攻擊穿透薄薄的被子，聽起來像蚊子嗡嗡叫，「早睡早起身體好，您這樣白天幫忙鹹酥雞攤外送，晚上還熬夜，身體怎麼吃得消呢！」
幾分鐘過後，我受不了了，自己掀開被子，手掌不停在頰邊搧搧：「好好好，別念了別念了。」
不是因爲德叔不停嘮叨，而是悶在棉被裡熱死了！
從豪宅搬到這裡，我對一切適應良好，唯一無法忍受的就是沒有冷氣。
「都快秋天了，怎麼還這麼熱啊？」我扒了扒亂七八糟的頭髮。
「唉，我的寶貝小姐，覺得熱怎麼不開電風扇呢？您是金枝玉葉，萬一中暑了怎麼辦？」德叔按按風扇開關，「咦，沒反應，又被斷電了嗎？我記得這個月大夫人有去繳電費啊……」
「又停了，沒關係，看我怎麼修理它。」我跳下床，用力搥了搥，電風扇卡吱卡吱發出幾聲怪叫，葉片緩緩轉動幾圈，我把它拎起來左右用力晃了晃，終於順利啓動這台老舊的電風扇，強風吹落了幾張書桌上的畫稿。

德叔收拾散落地上的畫稿，咕噥道：「小姐，您畫的這些男娃娃怎麼都沒穿衣服？而且兩個男娃娃還抱在一起是怎麼回事……」

剛入口的牛奶，我「噗」的一聲噴出來，連忙搶過來：「什麼兩個男的抱在一起，是一男一女啦，只是女的特徵比較不明顯……」

德叔咳了一聲，沒繼續深究，不慌不忙掏出一本小記事本：「小姐，提醒您，您今天的主要行程是要到《ELLA》雜誌，工作內容是擔任助理編輯……的助理，時間是早上九點。」

今天是我第一天上班的日子。

「嗯，現在幾點了？」

「八點半。」

第二口牛奶又順利噴出，我抹了抹嘴：「要死了！剩半小時，搭公車怎麼到得了？」何況我還沒梳妝打扮呢！

花不到三十秒漱洗完畢，我動作迅速地往臉上塗塗抹抹，畫好淡妝約二十秒，隨意紮起馬尾，不用五秒，總計一分鐘內搞定梳洗化，林星辰又破紀錄了！果然人類的潛力是無限的。

糟糕，忘記去買面試用的正式套裝了！

看看躺在衣櫃裡的T恤、牛仔褲、路邊攤洋裝，都是大學時期穿的，只好硬著頭皮穿上念聖萊昂中學時穿的白襯衫，拿掉金扣應該沒人發現那是學校制服吧？搭上黑色牛仔褲，還好，之前留了一個巴黎世家的機車包還沒賣掉，戴上寶格麗手環，勉強拼湊出職場新鮮人的靚麗模樣。

衝下樓，大媽拿著垃圾追出來，吼著：「林星辰，妳又忘記倒垃圾了！」

「晚上回來再倒啦！」

看看手錶，不到二十分鐘了，我在腦中衡量計程車車資跟遲到扣薪哪個損失較大，牙一咬，我對著滿街小黃招手……

一輛騷包的黃色保時捷停在我身邊。

切！這年頭什麼事都有！千金大小姐賣雞排，保時捷跑車當計程車。

車窗搖下，探出一顆頭顱，奶茶色頭髮十分顯眼：「小姐，妳需要計程車嗎？」

我瞪大眼睛。

「上車吧！」年輕司機笑得俊朗，推開副駕駛座的車門。

「你怎麼會在這兒？」

「經濟不景氣，我在這附近轉了半天都招攬不到生意。」他俏皮地眨眨眼，「小姐，妳當我第一個客人吧！」

「跳錶還是喊價？」我坐上車，嘴角忍不住上揚，「醜話說前頭，雖然你開的是保時捷，但如果要因此加價門都沒有……」

「喊價，」他豎起一根食指，「一千塊隨便妳要去哪兒，我都載妳去。」

「韓幣？」我挑眉，「敢開歐元你試試。」

「新台幣。」

「一千塊……新台幣？喂，你有沒有搞錯啊？」我推了他一下，若不是看在他踩著油門，還真想像從前一樣賞他一腳，「本小姐搭公車只要十二塊，搭捷運二十五塊，就算搭計程車頂多不到兩百塊……」

「妳見過這麼貌美如花的計程車司機嗎？」楊瀰雙手捧著臉頰，自戀得很。

「是是是，貌美如『如花』。」我嘴角抽搐了幾下，「看在同學一場的分上，打個折吧！」

「不行，不二價！」他態度強硬，「已經特別優待了！」

「你當我還是從前那個千金大小姐啊！」我拉下臉，手拉住門把作勢離開，「唉，黑心計程車，黑心司機，不坐了不坐！」

他笑笑按住我的手，俯過身替我繫上安全帶，「喀答」一聲安全帶扣好了，他的胸膛仍然懸在我上方，溫熱的呼吸吹拂在我的耳畔，撓得我癢癢的，心也癢癢的。

「一千塊台幣，當林星辰專屬的司機。」那張精緻的臉龐突然湊近我面前，魅惑地說：「all my lifetime.」

all my lifetime，一輩子。

我呆呆凝望著他如海般深邃的藍眼睛，差點被蠱惑的點頭了。

「好了，別玩了。」我猛然回過神，用力推開他，尷尬地撫順身上被弄皺的襯衫，

「我上班快遲到了。」

報了上班地點，我看向窗外，根本不敢再看楊瀧，直到一個硬紙袋打中我的身體。

「這什麼?」我拉開紙袋，裡面是一件VERSACE（凡賽斯）黑色小洋裝。

「A gift!（禮物），慶祝林星辰找到第一份工作，本來想晚一點再拿給妳，沒想到這麼快就派上用場了。」他手握方向盤，嫌棄似地瞄一眼我身上的襯衫牛仔褲，「妳該不會打算穿這樣去上班吧?」

楊瀧眼光很好，這件VERSACE款式穩重不浮誇，也不顯老氣，的確很適合穿去時尚雜誌社工作。

「第一天上班你就讓我穿VERSACE?楊瀧，你想逼死誰?」抱怨歸抱怨，我摸摸剪裁精緻的美麗洋裝，雙眼發光，「我現在呢，只是個小小小的編輯助理，要高調什麼的也要等我升上總編輯再說……」

不依靠家世背景，我想憑自己的努力，去贏得我自己的人生!

「林小姐念高中時就穿CHANEL、Dior、PRADA、BURBERRY……當時怎麼不覺得自己很高調?」停紅綠燈時，他偏頭，笑笑地看了我一眼，然後把視線調回正前方，「妳可以到後座試穿看看，如果不適合，我順便拿去換……我保證不會轉頭偷看。」他補充，目不轉睛直視前方，臉上拉開的笑容燦爛的讓窗外陽光都相形失色。

我警覺地抬眸，看到後照鏡清楚映出後座倒影，兇狠地喂了他一聲:「楊瀧，你這色胚，你以為我會上當嗎?我才不換!」

「妳不肯付我計程車資，又不讓我占點便宜，一點福利都沒有，我來這趟，還眞是虧大了。」纖長的眼睫微微動了一下，他睜著眼睛一臉無辜。

實在是拿這隻妖孽沒轍。

「唉，好吧，我貼點油錢好了，總不能讓你太虧。」我勉爲其難脫下高跟鞋，很不文雅地晃晃光腳丫，往駕駛座招呼，「讓你見識見識本小姐的佛山無影腳……」

「林星辰，我在開車！」楊濰嚇得差點踩剎車，「快點拿開妳的髒腳丫！」

週末，我照例去醫院當志工。

這天，我說了一個關於凱蒂貓的故事給眾小鬼聽。

我豎起食指放在脣邊，小鬼們識相地安靜下來，我壓低音量慢吞吞開口：「凱蒂貓有著一段不爲人知的故事……從前從前，有一個叫北村玉上的日本小女孩，她從小就長得很醜陋，不受父母兄弟姊妹喜愛，沒人陪她玩，十五歲那年終於忍受不住寂寞，在自己房間上吊自殺，唯一一直陪伴她的是一個白臉微笑的娃娃。她去世之後，每當有人經過她房間時，總聽到白臉娃娃在哭泣『我好寂寞』、『爲什麼不陪我』，爲了平息人們的恐懼，她父親派雕工將娃娃的臉雕刻成貓臉，但爲了不再讓它發出聲音，故意沒刻出貓嘴巴，幾百年過後，就變成大家現在看到的無嘴凱蒂貓。」

「星星姊姊，妳的意思是，如果凱蒂貓有嘴會說話，牠一開口……」膽大的男孩從棉被探出半顆頭問。

「牠就會說……」我拉長語調，「嗚嗚嗚，我～好～寂～寞～快～來～陪～我～」

「嗚嗚嗚哇！我不要我不要！好可怕的凱蒂貓，嗚嗚嗚……」眾小鬼的幻想破滅了，號啕大哭起來。

望著滿病房哭泣的小鬼，我心中無限哀號。

「怎麼回事？」總醫師顏凱看到病房內哀鴻遍野，厲聲詢問。

我擺出一副懊惱的姿態，垂下頭，眼角餘光瞄到隨後進來的醫學院大四生——江念雨嘴角隱隱抽動，臉上表情明明白白寫著：無奈，很無奈，非常無奈！

「江念雨，這志工你負責訓練的，你來收拾。」顏凱揉著額頭離開。

「我不過講了一個凱蒂貓的故事啊！」我又說了一次給江念雨聽，見他臉色越來越陰沉，我也識相地閉上嘴。

「嗚嗚嗚，我好像沒有一件事做得好……」我揉著眼睛，虛情假意滴下幾滴眼淚。

怎麼辦？

我現在已經不是過去那個富家千金林星辰了，不會煮飯、不會帶小孩，學歷不值一提，雜誌社的工作還是我死纏爛打，人家才賞我的最小咖職位——助理編輯的助理。

江念雨要是嫌棄我怎麼辦啊？

「唉——」他長嘆一聲，「別太客氣了，至少妳有一件事做得很好。」

「哪件事？」我雙眼一亮。

「折磨我。」

一針見血！

我面壁幾秒，慚愧幾秒，突然靈光一閃。

「妳又想動什麼歪腦筋？」聽完我如此這般後，江念雨眸光變得冷冽：「又要我幫妳收爛攤子？」

抗議無效，五分鐘過後，我拽了一隻貨眞價實的凱蒂貓玩偶到兒童病房。

「哈嘍，各位小朋友，剛剛星星姊姊是在跟你們開玩笑的啦！」我的笑容說有多燦爛就有多燦爛，語氣說有多陽光就有多陽光，「其實啊，凱蒂貓是一位很帥的大哥哥變成的唷，讓我們來看看他的眞實面目，鏘鏘！」

我拔下無嘴貓頭套，江念雨露出招牌的小酒窩微笑，小鬼們哇一聲，停止住哭泣。人帥眞好。

收工回家，我坐在重機後座，環抱住江念雨的腰，把臉埋在他的後背，隔著薄薄的夏季襯衫，他背部的肌肉線條充滿了陽剛性感的誘惑味道……

停紅綠燈的時候，突然想到楊濰送我名牌包跟名牌服飾當禮物，應該向江念雨報備一下，免得他看到以後，以爲又是哪個追求者送我而醋勁大發就不好了。

裝腔作勢的我開口了：「欸，楊濰送我名牌包欸。」

他吐出毫無妥協餘地的三個字：「還回去。」

「爲什麼？」我不滿地嚷，「這是他送我的開工禮物，好歹也是人家一番心意……」

「要拿可以。」前方冷冷飄來一句，「妳哪隻手碰過名牌包，那隻手就不准……摸我。」後面兩個字的音量還瞬間變小。

我訕訕收回爬上他長成六塊腹肌的兩隻賊手，挺直背脊離開他的後背，無限惆悵：「他還送我名牌衣，我今天還特別穿來給你看……」

重型機車載著我，光速飆回江念雨的賊窩。

房門從我身後重重地被關上，整個身體旋即被抵在厚實的門板上，我扭動著身子想從他的禁錮之下逃離。

他扯扯我身上的VERSACE，命令：「脫掉。」

「不要，禽獸。」

「林星辰——」他低喚我的名字，尾音拖長，呼吸濃重起來，我嗅到一絲危險氣息

聽到這聲音，我就知道要糟，使勁推推他的胸口。

他一隻手抓過來，將我的手拉到頭頂，緊緊擒住：「妳不自己來，我會更禽獸！」

……

他微涼的手指在我背脊上滑動，探進我的衣服裡面，彷彿帶著高壓電流般激起我的一層層雞皮疙瘩。

VERSACE滑落地板，他拿了一件自己的白色長襯衫替我穿上，穿好之後，很凝重地

注視著我。

「林星辰，妳聽好了——跟我在一起，我沒辦法給妳買名牌衣、名牌包或是常常帶妳去吃高級料理，沒辦法供妳像妳過去那樣的豪奢享受……」他口氣慎重得像在發誓，「但我會讓妳幸福，讓妳不受任何委屈。這樣，妳願意和我在一起嗎？」

他的模樣很嚴肅，連一貫的淺淺笑容都收斂起來。

我怔怔凝望著他，最後緊緊擁抱住他：「我願意，我願意。」

「江念雨，我不需要名牌，因爲你就是我最好的名牌！」

你還是我的高級料理……

默默在心裡接了這句話，我涎著臉淫笑：「那你現在就讓我幸福吧！」

「林星辰，妳別得寸進尺……」他故作嬌羞地逃開。

我追著他跑進臥室，然後，就……嗯，好嘍，以下兒童不宜。

我的愛情不需要奢侈品，只要我是他永遠的VIP，就足夠了。

「晚安，公主病小姐。」

晚安，黑騎士先生，要跟公主病小姐一直幸福下去唷。

全文完

後記　給我的公主們

每朵玫瑰，都有自己的模樣；每個女孩，都有自己的倔強。

某日，家母翻著《小祕密》，口氣輕淺地問：「眞不知道妳怎麼想出這些有的沒的？」

朵朵愚昧，不知母親大人這話是褒還是貶，只能嬌羞地小聲答道：「因爲念書的時候不認眞念書，都在想這些有的沒的……」

誠實是美德，但家母臉上拉黑的三條斜線讓我瞬間頓悟，有時，善意的謊言是必要的。

總之，朵朵從小就是個膚淺又平凡的（腐）宅女，小少女時期除了暗戀班長，最期待的就是段考後，那一本本在班上女生間傳閱的各式浪漫言情小說，舉凡：總裁好忙、古今穿越、異國戀曲（封面大多是穿著暴露的男人女人，十八禁無誤）……一律來者不拒。

也可以說，言小、漫畫、日劇、韓劇灌溉了我全部的少女時期！（灑花轉圈圈）

懷抱粉紅少女夢，我多麼憧憬愛情來敲門，可惜現實生活是一個破茶几，上面擺滿各種杯具（悲劇）。

經歷幾次感情波折（不准問我幾次），若你問我是否還相信完美王子的存在？

相信！我當然相信！

就像我相信宇宙深處一定有一顆KMT 184.05星球，還有一個外星王子掉在地球，只是他遇到的不會是我！

《親愛的公主病》故事剛成形時，適逢韓劇《繼承者們》熱播，一句話劇透，就是個集團繼承人與貧窮女孩邂逅後發生的浪漫故事，但不知道爲什麼（大概是因爲年紀大了，哈哈），小白花類型的女主已經完全激不起朵朵的共鳴，那些女生欲迎還拒、半推半就的樣子根本矯情呀！

要知道現實生活裡，若是擁有八塊腹肌、又高富帥、又深情專一的李敏鎬告白平凡女瑪琪朵，我一定邊滴口水邊撲上去，扒了他的襯衫先摸幾把再說……嗷嗷！（某女顯示亢奮充血狀態）

咳，總之，吸引我注意的反倒是淪爲灰姑娘陪襯的白富美未婚妻，這些女配在觀眾抱持著「王子跟灰姑娘修成正果」圓滿結局的期待下，還要使出各種登不上檯面的伎倆，盡責破壞男女主角的感情，不斷被觀眾唾罵、吐槽，忙了半天，到頭來一場空，只能黯然離場。

更不公平的是，小白花女主受了委屈，有深情男配在一旁溫柔安慰，而未婚妻只能苦水往肚裡呑，心事無人知，眼睜睜看著女主、男主、男配三人大玩三角戀。

想當初看《流星花園》時，少女朵朵多少次想衝進電視機裡搖晃杉菜的肩膀吶喊——道明寺給妳，放開花澤類！

於是，懷著對小白花女主的羨慕忌妒恨，我寫下了《親愛的公主病》。

這個故事有些顛覆傳統，有些不按牌理出牌，女主角「林星辰」其實就是各類言小中不可或缺的嬌嬌女未婚妻。她有時任性挑剔，其實是因為堅持原則；她有時無理取鬧，其實是想勇敢表達自己的意見；她雖然拜金愛打扮，但知道自己要什麼，也知道什麼該拋棄、什麼不該留戀……

這樣內心強大的女孩兒，我覺得她值得一個美好的結局，不需要王子的玻璃鞋，她也能活得像公主一樣優雅、美麗、從容、善良而堅強。

看完了《親愛的公主病》，朵朵想跟大家做個約定。

女孩兒們，讓妳心底也住進一個公主吧！

十年後、二十年後，甚至更久以後，那時妳可能每天忙碌奔波，汲汲營營地工作，或許妳結婚了，卻被現實生活折磨得不再相信童話，記得讓內心的公主提醒妳，要對自己好，偶爾把自己弄得漂漂亮亮，去喝下午茶、去逛街、去旅遊……去享受妳的人生。

不要讓自己受委屈，有時堅持原則不是任性，因為妳值得世間所有的美好。

最後，謝謝POPO辛苦的工作人員，謝謝你們守護這塊讓人安心創作的園地。

謝謝責編尤莉跟總編輯馥蔓，對不起，我又拖稿了。（跪）

最後，謝謝陪著我的，閱讀《親愛的公主病》的你們。

我們下本書再見。

瑪琪朵

城邦原創 長期徵稿

題材

(1) 愛情：校園愛情、都會愛情、古代言情等，非羅曼史，八萬字以上，需完結。
(2) 奇幻/玄幻：八萬字以上，單本或系列作皆可；若是系列作，請至少完稿一集以上，並附上分集大綱。

如何投稿

電子檔格式投稿（請盡量選擇此形式投稿）

(1) 請寄至客服信箱service@popo.tw，信件標題寫明：【投稿城邦原創實體書出版／作品名稱／真實姓名】（例：投稿城邦原創實體書出版／愛情這件事／徐大仁）
(2) 稿件存成word檔，其他格式（網址連結、PDF檔、txt檔、直接貼文於信件中等）恕不受理；並請使用正確全形標點符號。
(3) 請附上真實姓名、性別、聯絡電話、email、POPO原創網會員帳號、作者簡介與出版經歷。
(4) 請加入POPO原創市集(www.popo.tw/index)申請成為作家會員，並將投稿作品公開放上該網站至少4萬字，若想全文公開也可以。

紙本投稿

(1) 投稿地址：10483台北市民生東路二段149號6樓A室
城邦原創實體出版部收
(2) 請以A4紙列印稿件，不收手寫稿件。
(3) 請附上真實姓名、性別、聯絡電話、email、POPO原創網會員帳號、作者簡介與出版經歷。
(4) 請自行留存底稿，恕不退稿。
(5) 請加入POPO原創市集(www.popo.tw/index)申請成為作家會員，並將投稿作品公開放上該網站至少4萬字，若想全文公開也可以。

審稿與回覆

(1) 收到稿件後，約需2-3個月審稿時間，請耐心等候通知。若通過審稿，編輯部將以email回覆並洽談合作事宜，如未過稿，恕不另行通知。
(2) 由於來稿眾多，若投稿未過，請恕無法一一說明原因或給予寫作建議。
(3) 若欲詢問審稿進度，請來信至投稿信箱，請勿透過電話、部落格、粉絲團詢問。

其他注意事項

(1) 請勿抄襲他人作品。
(2) 請確認投稿作品的實體與電子版權都在您的手上。
(3) 如果您的作品在敝公司的徵稿類型之外，仍然可以投稿，只是過稿機率相對較低。

國家圖書館出版品預行編目資料

親愛的公主病／瑪琪朵著. -- 初版. -- 臺北市：城邦原創, 家庭傳媒城邦分公司發行, 民 104.01
面； 公分. --（戀小說；33）

ISBN 978-986-91055-4-5（平裝）

857.7 103023373

親愛的公主病

作　　者／瑪琪朵
企畫選書／楊馥蔓、簡尤莉
責任編輯／簡尤莉

行銷業務／林政杰
總 編 輯／楊馥蔓
總 經 理／伍文翠
發 行 人／何飛鵬
法律顧問／元禾法律事務所　王子文律師
出　　版／城邦原創股份有限公司
台北市中山區民生東路二段 141 號 6 樓
電話：(02) 2509-5506　傳眞：(02) 2500-1933
E-mail：service@popo.tw
發　　行／英屬蓋曼群島商家庭傳媒股份有限公司城邦分公司
聯絡地址：台北市中山區民生東路二段 141 號 11 樓
書虫客服服務專線：(02) 25007718．(02) 25007719
24小時傳眞服務：(02) 25001990．(02) 25001991
服務時間：週一至週五09:30-12:00．13:30-17:00
郵撥帳號：19863813　戶名：書虫股份有限公司
讀者服務信箱 email：service@readingclub.com.tw
城邦讀書花園網址：www.cite.com.tw
香港發行所／城邦（香港）出版集團有限公司
地址：香港灣仔駱克道 193 號東超商業中心 1 樓
email：hkcite@biznetvigator.com
電話：(852)25086231　傳眞：(852) 25789337
馬新發行所／城邦（馬新）出版集團 Cité(M)Sdn. Bhd.
41, Jalan Radin Anum, Bandar Baru Sri Petaling,
57000 Kuala Lumpur, Malaysia.
電話：(603) 90578822　傳眞：(603) 90576622
email:cite@cite.com.my

封面設計／黃聖文
電腦排版／浩瀚電腦排版股份有限公司
印　　刷／漾格科技股份有限公司
經 銷 商／聯合發行股份有限公司
電話：(02)2917-8022　傳眞：(02)2911-0053

■ 2015 年（民 104）1月初版
■ 2020 年（民 109）8月初版 15 刷
Printed in Taiwan

定價／250元

ISBN 978-986-91055-4-5

城邦讀書花園
www.cite.com.tw